풀하우스

소설 풀하우스 Full House

초판인쇄 | 2006년 8월 1일
초판발행 | 2006년 8월 11일

지 은 이 | 서유미
원 작 자 | 원수연
펴 낸 이 | 김정순
책임편집 | 심선영, 성정석
펴 낸 곳 | (주)북하우스
출판등록 | 1997년 9월 23일 제406-2003-055호

주　　소 | 413-756 경기도 파주시 교하읍 문발리 파주출판도시 513-8
전자메일 | editor@bookhouse.co.kr
홈페이지 | www. bookhouse.co.kr
블 로 그 | blog.naver.com/bookhouse1
전화번호 | 031-955-2555
팩　　스 | 031-955-3555

ISBN 89-5605-156-9 03810

※ 이 도서의 국립중앙도서관 출판도서목록(CIP)은 e-CIP 홈페이지(http://www.nl.go.kr/cip.php)에서
이용하실 수 있습니다.(CIP제어번호:CIP2006001617)

소설

풀하우스

원수연 원작 | 서유미 지음

북하우스

차례

Prologue

악몽의 시작

투명한 햇살이 하얀 울타리에 부딪혀 황금빛으로 부서지는 아침. 은수는 이제 막 피어나기 시작한 꽃을 바라보며 화단에 물을 주고 있었다. 은빛 물방울들 사이로 작은 무지개가 떴다.

이곳은 '풀하우스(full house)'. 은수의 부모님이 몇 년에 걸쳐 공들여 완성한 전원주택이다. 떨어지는 물방울 소리에 맞춰 콧노래를 흥얼거리는데, 어디선가 '따각 따각' 말발굽 소리가 들려왔다. 아무리 시내에서 멀리 떨어진 한가한 전원주택이라고는 하나, 지나치게 고풍스런 소음이다.

'어느 집 황소가 뛰쳐나왔나?'

지극히 현실적인 상상을 하며 시큰둥한 얼굴로 은수는 고개를 돌렸다.

그러나 담장 밖에 서 있는 것은 어느 농가에서 뛰쳐나왔음직한 황소가 아니라, 동화책 속에서나 볼 수 있을 눈처럼 하얀 백마였다. 어이없어 말은 못 하고 눈만 동그랗게 뜨고 있는 은수를 향해 백마를 타고 온 남정네가 말을 걸었다.

"낭자, 물 좀 얻을 수 있겠소?"

생뚱맞은 백마의 출현과는 대조적으로 남자는 어디선가 들어본 듯한 상투적인 대사를 읊어댔다.

'뭐 하자는 꿈이냐…….'

흔치 않은 순백의 백마와 범상치 않은 미모의 남정네가 느닷없이 나타나 물을 얻어먹겠다고 덤비는 설정! 대단한 연출은 아니었지만 이왕 꾸는 꿈, 은수는 이쯤에서 자신도 한몫을 해야 한다고 생각했다.

"잠시만 기다리소서……."

여린 꽃잎처럼 가냘픈 목소리로 대답하고, 몸을 돌려 호스에서 콸콸콸 쏟아지는 수돗물을 바가지에 받아…….

'고럼, 고럼…… 이파리 몇 개 동동 띄워주셔야지.'

교과서에서 본 이야기처럼 바가지에 나뭇잎을 동동 띄워 내밀었다.

왕자는 잘생긴 얼굴에 미소를 걸고는 바가지를 내민 은수를 바라보았다. 은수도 그의 아름다운 시선을 온몸에 받으며, 꽃처럼 아리따운 미소로 그를 마주보았다.

'아유, 고놈 참, 잘생겼네…….'

간만에 참으로 만족스러운 꿈을 꾸는 것 같다. 기왕이면 다홍치마라고, 못생긴 남자가 나오는 꿈보다야, 다소 비현실적이어도 미남자가 나와주는 꿈이 훨씬 좋지.

왕자는 화려한 레이스를 휘날리며 바가지를 받아들고 몸을 돌렸다. 그 모습을 흐뭇한 눈으로 쳐다보며 은수는 생각했다.

'그 물 마시면, 나랑 사는 거야. 알아?'

이렇게 그림처럼 아름다운 남자와 살게 된다면 매일매일 꿈같은 날만 계속될 것 같다. 얼굴만 봐도 행복할 테니까. 참으로 바람직한 얼굴이고 착한 몸매다. 그러나 꿈에서도 그런 일은 흔치 않은 모양이다.

"에?"

은수는 기가 막혀서 아무 말도 못 하고, 왕자 녀석이 하는 짓만 눈을 크게 뜨고 쳐다보았다.

급히 마시다 체하지 말라고 잎사귀를 동동 띄워준 바가지를 받아서는 자기 말에게 주는 것이 아닌가. 그러고 자신은 유유하게 말안장에 매어둔 가방에서 생수병을 꺼내들더니 음료수 CF라도 찍는 양 우아한 포즈로 그것을 마시기 시작했다.

꼴깍…… 꼴깍…… 꼴깍…….

청명하고 얄미운 소리가 정적 속에서 작게 울려 퍼졌다.

"지금 무슨 짓을 하는 게요?"

어이가 없어서 한마디 물어보니, 왕자 녀석, 손수건을 꺼내 입가를 사뿐사뿐 닦으며 하는 말이 더 가관이었다.

"물 마셨소."

"내가 준 물은……."

"천박하게 어찌 사람이 수돗물을 마신단 말이오?"

왕자는 당연한 우주의 법칙이라도 된다는 양 우아하게 말했다.

"뭣이라?"

불현듯 이마에 빠직, 핏줄이 솟는다. 아니 뭐 이런 고까운 인간이 다 있단 말인가! 문득 생각해보니, 하는 짓도 재수없는데 초반부터 반말이었다.

"이봐! 당신, 사람이 그래도 성의가 있지! 어떻게!"

"잘 마셨소."

왕자는 따져묻는 은수를 무시하듯 말 위에 훌쩍 오르더니, 지갑을 꺼내 새파란 지폐 한 장을 내밀었다.

"이봐요! 내가 돈이 없어서 물 퍼준 줄 알아요?"

기가 막히고, 하도 어이가 없어서 두 손을 허리에 올리고 한마디 해주려 할 때였다.

"이정도면 수돗물 한 사발 값은 충분히 되고도 남을 것이오."

그는 지폐를 받지 않는 것이 귀찮은지 은수의 어깨에 돈을 얹어놓고는 휘이잉 말을 타고 달려가버렸다.

"뭐 저런 싸가지가 다 있어?"

한마디 제대로 쏘아붙이지도 못하고, 무시만 당하다 끝난 바보 같은 꿈 때문에 은수는 머리를 쥐어뜯으며 비명을 질렀다.

Episode 1

스캔들의 사나이

"아악! 재수없어!"

까치가 둥지를 튼 머리 모양으로 은수는 벌떡 일어나 소리를 질렀다.

"우씨! 뭐야!"

아무리 꿈이라도 기분이 상한다. 베개를 퍽퍽퍽 때리다가 벽에 내던지고는 온몸을 부르르 떨었다. 뭔가 하루 종일 재수가 없을 거라는 일종의 예지몽이 틀림없다. 하루 종일 밖에 나가지 말고 풀하우스에 콕 박혀서는 조용히 공모전 준비나 하는 것이 나을 성싶다. 하지만 핸드폰 액정에 찍힌 날짜를 보고 은수는 고개를 푹 숙였다.

"으어…… 먹고 살기 진짜 힘들구나."

오늘은 친구를 위해 봉사하기로 약속한 날이다. 부탁한 당사자도 잊지 않고 있는 듯 어김없이 전화가 울렸다.

"알아, 기억하고 있어. 곧 준비하고 나갈게. 응…… H호텔 커피숍 다

섯시. 이따 봐."

친구 사이에 이정도 일도 못 해주겠는가 싶지만 악몽을 꾼 탓에 머리도 아프고, 기분도 찝찝해서 정말 나가기 싫기만 했다.

국내 최고급 호텔이라 불리는 H호텔 결혼식 연회장, 진후는 짙은 선글라스로 얼굴을 가리고 가족들과 함께 테이블에 앉아 있었다. 드라마를 시작하기 전에 한 번 만나고는 드라마가 다 끝난 오늘이 처음이라 가족들 앞인데도 어딘지 어색했다.

"아파트 비우고 집으로 들어오너라."

아버지가 잠시 자리를 비우자, 예상대로 어머니의 잔소리가 시작되었다.

"너도 이제 그만 놀고 아버지 사업을 도와야지."

"제 일은 제가 알아서 합니다. 걱정 마세요."

"네가 알아서 한 게 대체 뭐니? 삼류 뉴스에 오르내리는 것 외에, 영화 한 편, 드라마 두 편 주연 맡은 것? 그게 집안 돕는 것보다 나을 게 뭐 있어?"

"자꾸 제가 하는 일을 천대하시는데요, 요즘이 무슨 구한말 시대도 아니고 연예인을 누가 그렇게 대해요? 직업엔 귀천이 없다고 하셨으면서 왜……."

"너 때문에 내가 집에서 기를 못 펴니까 그렇지! 이 집안에 들어와서 내가 인정받은 일이라곤 너 하나 낳은 건데, 네가 똑바로 살아주지 않으면……."

진후는 어머니의 히스테리를 견딜 수가 없었다. 전처 아들은 버젓이 아버지 사업을 도와 회사의 중역을 맡고 있는데, 자기가 낳은 아들은 늘 말썽만 일으키고 영화배우가 되겠다며 집을 뛰쳐나가서는 매일매일 가십난이나 장식하니, 집안에서 고개를 들 수 없다는, 늘 들어온 한풀이 시나리오였다.

"이미 늦었어요. 저도 벌써 스물일곱이고요, 대학도 다시 다닐 생각 없어요. 아버지 회사 일을 도울 생각은 더더욱 없고요."

그것으로 할 말을 다 끝낸 듯 그는 무심한 얼굴로 하얀 웨딩드레스를 입고 작은아버지와 함께 등장한 사촌누나를 바라보았다.

"아버지 오신다. 아무튼 오늘은 싸우지 말고 얌전히 있어."

진후는 어머니에게 자신은 늘 평화주의자며 전쟁을 일으키는 쪽은 아버지와 어머니라는 말을 하고 싶었지만, 아버지가 다가오는 것을 보곤 입을 다물었다.

"큰애는?"

"아직 안 왔어요. 공항에서 바로 온다고 했는데……."

그들이 큰아들이 언제 올지 이야기를 나누고 있을 때 어둠 속에서 한 남자가 다가와 진후의 어깨에 손을 얹었다.

"죄송합니다. 늦었네요."

로비를 지나 약속장소인 호텔 1층 커피숍으로 오는 동안 은수는 내내 여자들의 시선을 받아야 했다. 여자치고는 큰 키에 번듯하게 남성용 정장을 입고 자리에 앉는 그녀의 모습은 준수하기 이를 데 없는 미청년이었다.

"자기야, 왜 이리 늦었어. 기다리느라 지루해 죽는 줄 알았잖아."

은수가 자리에 앉기 바쁘게 친구인 혜정이 팔짱을 끼며 어리광부리는 아이처럼 말했다. 이미 몇 번 겪어본 일이라 은수는 그냥 미소를 지으며 커피를 주문했다.

"채은식이라 합니다. 그쪽은……."

혜정의 맞은편에 앉아 있던 고리타분하게 생긴 남자의 얼굴에 송골송골 땀이 맺혔다.

"정준구…… 입니다. 혜…… 정씨랑은 언제부터……."

그는 혜정을 쫓아다니던 두 달 동안 채은식이라는 남자를 본 적이 없었다. 그런데 갑자기 약혼자라며 나타났으니 당황할밖에.

"그걸 그쪽이 알아야 할 필요가 있습니까?"

은수는 능숙하게 남자 목소리로 말했다. 남자의 얼굴에서 드디어 식은 땀이 흐르기 시작했다.

"아직 혼인신고는 안 했지만, 혜정인 이미 내 여잡니다. 멀쩡하게 약혼자가 있는 여자를 자꾸 괴롭히시면 안 되지요."

생긴 것은 꼭 기생오라비 같지만, 여자들이 말하는 소위 '꽃미남' 반열에서도 상위권을 차지할 녀석이 혜정과 다정하게 앉아 있었다. 아무래도 게임이 되지 않을 외모였다.

"삼십 분이나 버텼어. 대단한 놈이다."

"그치? 내가 웬만했으면 너 안 불렀다. 아무리 말해도 애인 있다는 말을 안 믿는 거야."

은수는 다 식은 커피를 홀짝거리며 친구를 흘겨보다가 손을 내밀었다.

"수고비 삼만 원."

"아유, 지지배. 내가 떼먹을까봐?"

"내가 요새 좀 궁하거든. 여기까지 오느라 든 교통비는 따로 계산해 줘."

혜정은 이미 준비해온 듯, 앙증맞은 분홍색 토드 가방에서 하얀 봉투를 꺼내 주머니에 찔러주었다. 은수는 배시시 웃고 혜정의 이마에 '쪽' 소리가 나게 뽀뽀를 해주었다.

"근데 아까 그 남자 착실하고 얌전해 보이던데, 왜 차는 거야?"

"너도 알잖아. 난 내 마음에 찰 정도로 잘생긴 남자 아니면, 싫어."

"그 병 아직도 못 고쳤구나…… 허우대 멀쩡하다고 다 제대로는 아니야."

은수는 마치 할머니처럼 충고했다. 혜정은 파인애플주스에는 입도 대지 않고, 맹물만 야금야금 마시며 대답했다.

"이 병은 남자들이 걸리게 만들어준 거야. 이건 내 인생의 목표이자 지난 이십 년간 당한 수모의 복수라고."

"모든 남자가 여자를 외모로 평가하는 건 아닐 거야……."

"교과서 읊니? 동화에서든 디즈니 만화에서든 남잔 지긋지긋할 정도로 마른 인형 같은 공주만 찾아다녀. 어째서 여자만 예뻐야 하지? 왜 여자만 예뻐지겠다고 그런 고생을 하고, 조금만 미의 기준에 맞지 않아도 괴물 취급을 당해야 하냐구!"

혜정은 속에서 열불이 나는 듯 냉수잔을 한 번에 비워버렸다.

"봐, 이 몸매, 이 피부, 이 얼굴! 내가 이 미모를 가지려고 얼마나 고생했는지 너도 알지?"

"응……."

혜정은 키가 좀 작아서 그렇지, 정말 모델이라고 해도 손색없을 정도로 몸매와 얼굴이 예뻤다. 하지만 은수는 혜정의 과거 모습을 기억하고 있었다. 키 작고 뚱뚱하고 중고등학교 내내 치열 교정기를 끼고 있어서 '미저리'라고 불리며 남자애들에게 놀림의 대상이 되었던.

“왜 여자들만 고생하는 건데? 그거 알아? 여자의 98프로는 자기가 못생겼다고 생각하고, 남자의 98프로는 자기가 잘생겼다고 생각한다는 그 설문조사 말이야. 너도 들었지?”

“응…….”

혜정이 외모 문제로 발끈할 때마다 은수는 ‘응’이라는 대꾸밖에는 할 말이 없었다.

“남자의 98프로가 주제파악도 못 하고 자기 외모에 대해 막무가내 식의 배짱을 부린다는 말이야!”

“그래, 네 말이 맞아.”

“그 근거 없는 자만심을 쳐부수는 게 내 인생의 목표야!”

두 주먹을 불끈 쥐고 열띤 강연을 한 뒤 혜정은 은수를 찌릿 노려보았다. 은수는 문득 이쯤에서 박수를 쳐주어야 함을 깨달았다.

“멋져, 브라보! 진혜정 만세!”

친구의 반응이 흡족한지, 혜정은 순식간에 여전사에서 귀염둥이로 변신해 은수의 팔에 매달렸다.

“오늘 맛난 거 많이 사줄게, 데이트하자, 은수야.”

“이 모습으로?”

“어때서? 멋있잖아! 네가 아니면 어떤 여자가 남장이 이렇게 잘 어울리겠어?”

혜정은 키 크고 이목구비가 시원시원한 은수를 부러워하며 말했다.

‘그렇지만 나는 여자란 말이야…….’

어렸을 때부터 여자들 사이에서 미소년 취급을 받으며 지내온 은수에겐 별로 달가운 칭찬이 아니었다.

"웬일이냐? 네가 다 오고?"

진후는 고개를 조금 꺾어 뒤에 선 남자를 올려보았다. 요란하지도 그렇다고 고리타분하지도 않은 세련된 정장차림. 민규하, 진후의 형이었다.

"못 올 데 온 것도 아니잖아?"

진후는 시큰둥하게 대답하고 테이블 위에 놓인 샴페인 잔을 들었다. 헌데 형이 앉을 거라 생각한 옆자리에서 연한 플로랄 향이 풍겨왔다.

"세린이도 왔구나. 어서 앉으렴."

"어머, 언제 귀국했니?"

진후는 세린이 부모님에게 인사를 건네며 자리에 앉는 것을 말없이 지켜보았다. 이런 장소에서, 이렇게 만나게 될 줄이야. 마음의 준비를 할 새도 없이 갑자기 등장한 것도 견디기 힘든데, 형과 함께 나란히 앉는 것은 더욱 견딜 수 없었다.

"가시게요?"

결혼식이 끝난 뒤 피로연이 시작되기 전에 진후의 부모는 자리에서 일어났다.

"그래, 피로연이야 젊은 사람들을 위한 거지."

진후는 일어나 어머니의 의자를 뒤로 빼주고 가방을 대신 들었다. 말은 시큰둥하게 하지만 그래도 늘 남자로서, 아들로서 매너는 지킨다.

"로비까지 모실게요."

진후가 움직일 때마다 여자들의 시선이 그를 좇아 움직였다. 조금만 틈을 보이면 식장이 난장판이 될 것 같아 진후는 얼굴을 차갑게 굳히고 어머니 곁에 바싹 붙어서 걸었다.

"네가 연예인이긴 한가 보구나. 아가씨들이 다 널 보고 있어."

진후의 어머니는 조금 의기양양해져서는 아들의 팔짱을 끼고 주위를 천천히 둘러보았다.

"당신이 그렇게 감싸고도니까 그 나이 되도록 정신을 못 차리는 거야."

아내를 빼앗긴 분풀인지, 광대처럼 여자들 시선을 끌고 다니는 아들이 마음에 안 들어선지, 진후의 아버지는 얼굴을 구기며 화를 냈다.

"제가 언제 지훈이더러 연예인 되라고 그랬던가요? 저는요……."

"아, 시끄러. 서른 되기 전에 그만두고 똑바로 살게 하라고! 제 형처럼 회사를 돕지 않을 거면 대학이나 제대로 마치던가, 제대로 된 아가씨를 사귀던가. 당최 제대로 하는 일도 없이 싸구려 가십거리나 되고…… 그게 무슨 광대 짓거리야? 집안 망신인 줄 알아, 집안 망신!"

그는 아내의 말을 파리 쫓듯 날려버리고, 벼락같이 화를 냈다.

"아버지, 그냥 절 보고 말씀하세요. 괜히 어머니 나무라지 마시고요."

당사자가 바로 옆에 있는데 어머니를 야단치는 것이 언짢아 진후도 퉁명스럽게 말했다.

"지훈아, 아버지께 그게 무슨 불손한……."

용케 참은 부자간이 식장을 뜨자마자 충돌을 하니, 가운데 낀 어머니만 고생이었다. 만날 때마다 '광대'니 '딴따라'니 하며 무시하고 역정만 내는 아버지 때문에 열이 뻗쳤지만 진후는 어머니를 생각해서 이번엔 그냥 참기로 했다.

"괜찮아?"

로비까지 부모님을 배웅하고 다시 식장으로 돌아오는데, 세린이 다가와 말을 걸었다. 조심스럽고 다정한 말투다.

"늘 있는 일이잖아. 왜 나와 있어?"

목을 죄는 넥타이를 느슨하게 만들며 진후는 세린을 보지 않으려고 노을빛 가득한 호텔 로비만 쳐다보았다.

"잠깐 바람 좀 쐬러."

"바람을 피우러 나온 건 아니고?"

진후는 자기가 말하고선 '쳇!' 하며 제풀에 화를 내고는 세린에게 사과했다.

"아직도 나한테 화가 난 거니?"

"하핫……."

진후는 저도 모르게 웃어버렸다. 주변에 기자로 보이는 남자가 카메라를 만지작대는 것이 신경 쓰였지만 이 말만은 해야 할 것 같았다.

"언제 형이랑 그런 사이가 됐지? 내가 그렇게 연락하려 해도 지구상에 존재하지 않는 사람처럼 굴더니 말이야."

"화났으면 화났다고 해."

진후보다 세린 쪽이 더 차가워 보였다. 말투는 부드럽고 조용했지만 조금도 당황하거나 흔들리지 않는다.

"내가 화내길 바라는 게 아니고?"

진후의 목소리 또한 화가 난 건지 아닌 건지 분간이 힘들었다.

"넌 나를 조금도 이해하지 못하고 있어."

작은 한숨과 함께 세린이 말했다.

"지금 이렇게 되고 보니, 그 말이 맞는 것 같다."

세린의 아름다운 눈가가 살짝 찡그려졌다. 진후는 오늘 이곳에 온 것을 후회했다. 어머니의 잔소리도, 아버지의 꾸지람도, 형의 으스대는 모습도, 그리고 세린도 모두 신경을 한계까지 잡아당기고 있다. 피곤하고 지루하고 화가 치민다.

하필 그때 화를 돋우는 일이 일어났다. 근처를 맴돌던 남자가 슬그머니 카메라를 꺼내더니 셔터를 누르기 시작했다. 세린과 함께 있는 사진이 싸구려 가십거리로 실릴 것을 생각하니 참을 수가 없었다.

"이봐, 당신!"

파파라치를 부르는 진후의 목소리가 대리석으로 만든 넓은 로비에 울려 퍼졌다. 그리고 그 순간 진후는 자신의 행동을 후회해야 했다.

"여…… 역시 이진후가 맞나 봐!"

"어머머! 〈블루데이〉에 나온 그 사람? 그 이진후?"

작은 파도 뒤에 거대한 해일이 몰려오듯, 소곤거리던 목소리들이 점점 환호성으로 바뀌었다. 진후는 저도 모르게 연회장 안으로 들어가려고 뒷걸음질을 쳤다.

사람들이 저마다 핸드폰을 꺼내 사진을 찍어대고, 눈치만 보느라 움직이지 않던 연회장 내의 하객들까지도 슬금슬금 그를 중심으로 모여들었다.

"사촌형제 결혼식에서 피로연을 망칠 생각이냐?"

연회장 안으로 피하려는 진후의 등 뒤로 건조한 목소리가 울렸다. 규하였다.

"너만 사라져주면, 조용해지잖아. 사촌형제의 예식을 소란스럽게 만들면서까지 인기를 과시하고 싶은 거냐?"

진후는 아무 말도 못 했다. 규하의 말이 모두 옳다. 피로연을 망친다면 집안어른들에게, 그리고 부모님에게 또 몇 날 며칠 잔소리를 들어야 한다. 가뜩이나 참기 힘든 짜증이 치솟고 있던 터, 더 피곤해질 일은 만들고 싶지 않았다.

진후는 빠른 걸음으로 출입구로 향했다.

"꺅! 이진후다!"

"이진후? 어디? 어디?"

"어머어머! 진짜네! 진짜 이진후네……."

"웬일이니…… 텔레비전에서 보는 것보다 키가 더 큰 것 같아. 얼굴도 작고. 진짜 잘생겼다!"

저마다 한마디씩 하는 말이 모여서 귀가 울릴 정도의 소음이 되었다. 밖으로 나가려던 진후는 모여든 사람들을 뚫지 못한 채 로비 옆에 있는 커피숍 쪽으로 밀려나고 있었다. 오늘은 개인적인 외출이라 로드매니저도 동행하지 않았기에 덤벼드는 여인들의 손길에서 보호해줄 어떤 보호막도 없었다. 인기가 없는 것보다야 낫다지만, 이 순간 진후는 아무도 자기 얼굴을 못 알아보는 곳으로 도망치고만 싶었다.

그러다가 택한 곳은 바로 여성들이 출입할 수 없는 남자들의 전용 공간…… 남자 화장실이었다.

"젠장……."

고급 호텔 화장실이라 깨끗하긴 하다만 화장실로 도망친 자신의 모습이 우습고 창피해서 진후는 머리를 헝클어뜨리며 화를 냈다.

"이진후 씨!"

"이리로 들어갔지?"

"응! 너도 봤잖아. 여기 맞아."

"기다리면 나올 거야."

"되게 급했나 보다. 하하핫!"

사람들이 수군거리는 소리가 화장실에 메아리쳤다.

'이게 무슨 꼴이야!'

화장실 벽을 내려치며 화를 내보지만, 몰려든 사람들이 사라질 때까지 기다리는 수밖에는 방법이 없었다.

"어디 가?"

리필을 해서 두 잔이나 마신 커피가 효과를 톡톡히 보여주었다. 혜정의 이야기가 끝나기를 기다리다가 도저히 참을 수 없자 은수는 벌떡 일어났다.

"화장실 좀……."

"어? 은수야……."

혜정이 무언가를 말하려 은수를 따라 일어났지만, 은수의 걸음이 더 빨랐다.

"너 지금 남잔데……."

하지만 이미 늦었다. 화장실 쪽에서 비명소리가 들리더니 새빨개진 얼굴로 은수가 후다닥 나오는 것이 보였다. 혜정이 손을 흔들어 남자 화장실 쪽으로 가라고 일러주자, 은수는 당황하며 남자 화장실 쪽으로 걸음을 옮겼다.

'으으…… 급한데. 아, 쪽팔려…… 어떻게 남자 화장실엘 가…….'

얼굴이 화끈거렸지만, 생리적인 현상을 거스를 수는 없기에 은수는 남자 화장실이 들여다보이는 벽에 바싹 붙어 누가 없나 살펴보았다. 아까 무슨 이유로 여자들이 떼를 지어 왔다간 뒤 이쪽 화장실을 남자들이 꺼린 탓인지 다행히도 텅텅 비어 있는 것 같았다.

'일단 사람이 없는 것 같으니까…… 후다닥 들어가서 후다닥 나오는 거야!'

비어 있는 듯 문이 조금 열린 가운데 칸을 노려보며 어떻게 움직일지 미리 머릿속에서 그려본 뒤, 은수는 두 주먹을 불끈 쥐고 화장실 안으로 돌진했다. 심장이 개구리처럼 팔딱거렸다.

'아, 이게 무슨 꼴이야, 대체…….'

팬들에게 쫓겨서 화장실에 숨어 있는 자신의 모습이 한심하고 창피해서 얼굴이 붉어질 지경이다. 그래도 여자들의 비명소리보단 차라리 이게 낫다. 그 하이소프라노의 비명을 들으면 귀가 멍멍해지고, 두뇌활동이 정지되며, 무조건 도망치고 싶다는 생각만 든다.

지루한 시간을 때우려고 진후는 핸드폰을 꺼내 게임을 켰다. 앙증맞은 캐릭터들이 화면을 가득 채우더니, 케이크와 과자가 우르르 떨어졌다. 같은 종류의 과자를 3개 이상 이어붙이면 지워지는 퍼즐게임이다.

'아…… 짜증나. 또 29판이네…….'

며칠 전에 하다가 도저히 깨지 못하고 포기한 스물아홉 번째 판이 핸드폰 액정에 으스대며 떠 있었다.

"해보자는 거냐?"

오늘 하루 차곡차곡 쌓인 스트레스를 그 판에 쏟아 부으려는 듯 진후는 이를 갈며 버튼을 눌러댔다.

부르르르…….

한참을 머리를 굴리며 버튼을 눌러댔지만, 결국 실패를 알리는 진동만 부르르 전해지고 축하곡이 나오지 않았다. 'Fail!' 얄미운 글자가 약올리듯 깜박거릴 뿐이다.

"헛!"

기가 막혀서 숨이 턱 막혔다. 가뜩이나 되는 일 하나 없는 짜증나는 하루를 더 짜증나게 만든다. 좋아, 재도전…….

부르르르르.

이번에도 진동에 몸을 떨고는, 크게 심호흡을 한 뒤 미간을 좁히고서 또다시 도전을 했다.

부르르르……

"으씨!"

부르르르르.

"어쭈?"

변기 뚜껑 위에 두 다리를 올리고 앉아서 그는 자기가 지금 어디에서 어떤 상황에 처해 있는지도 잊고 게임에 열을 올렸다.

"어허! 손바닥보다 작은 기계가 인간을 농락하다니! 고얀지고!"

번듯한 외모에는 어울리지 않게, 그는 혼자 노는 데 익숙했다. 한창 현실을 잊고 게임의 세계에 빠져 물아일체가 되었을 때였다.

뭔가가 엄청난 소리를 내면서 돌진해오더니 문이 벌컥 열렸다.

"으악! 뭐야!"

"끼악!"

진후는 핸드폰을 떨어뜨리며 비명을 질렀다. 그 앞에서 은수도 새파랗게 질려서는 비명을 질러댔다.

"내 핸드폰!"

떨어뜨린 핸드폰의 생사여부를 걱정하며 진후는 벌떡 일어났다.

"엄마야!"

남자가 바지를 내린 채 일어나는 줄 안 은수는 눈을 감고 저도 모르게 남자를 내리눌렀다.

"뭣!"

갑자기 쳐들어와서는 간 떨어지게 하고 핸드폰까지 떨어뜨리게 한 주제에 어이없는 짓을 하자, 진후도 밀리지 않으려 은수를 밀었다.

"꺅! 어딜 만져!"

순간 진후의 눈앞에 '번쩍' 하고 별이 보이더니, 충격으로 정신이 멍해졌다.

'나…… 지금 빰 맞은 건가?'

대체 이게 무슨 상황이란 말인가! 도저히 지금의 상황이 이해되지 않았다.

"변태!"

뭔가 억울했다. 갑자기 빰을 맞은 상황도 이해되지 않는데, 이번에는 변태라니!

"뭐야! 너 미쳤어?"

진후는 상대방의 멱살을 움켜쥐고 칸막이에서 나와 벽으로 거칠게 밀어붙였다. 그런데 팔뚝에 뭔가 물컹한 느낌이 든다.

"서…… 설마……."

물컹거리는 도톰한 살집을 손으로 더듬으며 진후는 창백한 얼굴로 말했다.

"트렌스…… 젠더?"

황당함이 지나치게 넘실거려 두 사람은 멍한 얼굴로 서로를 바라보기만 했다.

불현듯 정신을 차린 은수, 화를 내며 진후의 팔을 쳐내고는 후다닥 도망친다. 좀더 싸우고 싶었지만 볼일이 급해서 더 지체하다간 우주 대폭발에 버금가는 어마어마한 사건이 일어날 것 같았다.

"야, 거기 서!"

진후는 질세라 녀석을 뒤쫓아나갔다.

"어라?"

몇 걸음 달려 나왔을 뿐인데, 좀 전에 도망친 녀석은 그림자도 보이지 않았다. 주변을 두리번거리는 그의 눈에 계속 거슬리던 카메라를 든 남자가 후다닥 기둥 뒤로 몸을 숨기는 모습이 들어왔다. 어딘지 불쾌한 눈초리가 신경 쓰였지만 내버려두기로 했다. 충분히 피곤한 하루였다.

"후후후후……."

진후가 호텔 로비를 빠져나간 뒤, 로비의 기둥 뒤에서 살집 좋은 남자가 소리 없이 나타나 진후가 사라진 방향을 바라보며 낮게 웃었다.

"특종이다…… 후후후후……."

제대한 뒤 활동을 재개해 지금 최고의 주가를 올리고 있는 남자배우 이진후. 그를 몇 달째 쫓아다닌 성과가 이제야 나타나고 있었다.

"으~어! 억울해~!"

집에 돌아와서 방방 뛰고 발악을 해보았자, 아무 소용없었다. 바로 옆 여자 화장실에서 일단 일을 보고 남자 화장실로 돌아가 보니, 그 녀석은 이미 사라진 뒤였다. 아무리 소리를 질러도 분이 풀리지 않았다.

"가만…… 그 자식, 어디서 많이 본 얼굴이던데……."

평소 사람 이름과 얼굴을 외우는 일에 남들보다 기억력이 현저히 떨어지는 터라 그 얼굴과 인기배우 이진후를 연결하는 데는 5분이 걸렸다.

"어우, 재수없어. 생각해보니 더 재수없네! 지가 뭔데 이진후랑 얼굴이 똑같아? 참나…… 기가 막혀. 남의 잘난 얼굴을 왜 지가 욕보이고 다녀? 그 싸가지 다시 만나기만 해봐라. 내가 가만두나."

은수는 두 손으로 목을 쥐고 흔드는 시늉을 하다가, 욕실을 나와 재산목록 1호인 노트북을 들고 테라스로 나갔다. 고급스런 월넛 원목을 가공

한 바닥재를 깔아서 마치 대청마루에 나와 있는 듯한 기분이 드는 고풍스럽고도 현대적인 테라스다. 작년 봄, 은수는 여기서 아버지와 함께 집에서 기른 딸기를 먹으며 이야기를 나누었다.

'이 노트북도 아빠가 사준 건데…….'

비록 낙방했지만, 처음으로 시나리오 작가 공모전에 도전을 하려 했을 때 아버지가 사준 선물이었다. 집안형편이 좋지 않아 중고밖에 못 사줘 미안하다시며 눈길을 떨어뜨리던 아버지의 모습이 떠올라 은수는 금세 눈이 촉촉하게 젖어들었다.

어디를 돌아보아도 '풀하우스'에는 아버지와 어머니의 기억이 묻어 있다. 특히 동쪽에 있는 이 테라스는 글을 쓰기 위해 명상하는 곳이기도 했고, 어릴 적부터 아버지와 함께 도란도란 이야기를 나누기도 하던 곳이다. 세 살 때 돌아가신 어머니도 풀하우스에서 가장 좋아하던 공간이라, 이곳에선 특히 어머니와 아버지가 가까이 느껴졌다.

그러나 지금은 너무나 외롭다. 시간이 지나면 익숙해지고, 익숙해진 만큼 마음이 강해질 것 같았는데, 반대로 시간이 지날수록 더욱 그립고 약해지는 것만 같다.

"하아아아……."

궁상스러워지려는 마음을 긴 한숨으로 털어내고 노트북을 켰다. 낮 동안 작업을 못 했으니 오늘은 아침해가 뜰 때까지 작업할 생각이었다.

'선이 곱다'란 말이 남자에게도 거부감 없이 사용될 수 있다는 것을 증명이라도 하는 듯, 잠든 진후의 얼굴은 평온하고 아름다웠다. 얼마 전에 드라마가 종영했기에 실로 오랜만에 느긋한 아침을 맞이하고 있었다. 11시쯤 눈을 뜨고, 12시쯤 정신을 차린 뒤에 밥을 먹고 운동을 하고 나면,

에이전시에 가서 새로 들어온 작품 의뢰에 대해 이야기를 들은 뒤 저녁을 먹고 집에 돌아오는 생활. 보석보다 값진 소중한 여유, 그것을 한껏 누리며 늦잠을 자고 있을 때였다.

"미친개나 똥개 팔아요~ 월월월월! 미친개나 똥개 팔아요~ 월월월월!"

엽기적인 핸드폰 벨소리가 하늘의 달을 끌어내려 조각해서 붙인 듯 섬세하고 고운 귓가를 마구 두드려댔다.

'사무실이군…….'

저 벨소리는 로드매니저다. 몇 명의 전화번호를 개인 벨소리로 지정해두었기에 금세 누구 전환지 알 수 있었다.

"진후 형, 지금 올라갑니다. 현관이에요."

"에?"

시간을 잘못 알았나 싶어서 벽에 걸린 시계를 바라보았다. 사무실에 가는 시간은 오후 4시쯤으로 알고 있는데 오전 10시도 안 된 시간에 벌써 왔다니 이상했다.

'아, 쓸데없이 부지런하네. 스케줄 없을 땐 늦잠 좀 자면 안 되나?'

투덜거리는 사이에 이미 도착했는지 현관문을 여는 소리가 들렸다. 잠옷 바지만 입은 차림으로 거실로 나갔다. 현관에서 신발을 벗던 로드매니저가 움찔 놀라며 벽에 붙는 것이 보였다.

"왜 그래?"

"아…… 안 추워요? 옷 좀 입으세요."

"이제 거의 여름인데 뭐. 남자끼리 뭐가 어때서?"

진후는 시큰둥하게 대꾸하고는 냉장고에서 주스를 꺼내 잔에 따랐다.

"……역시 모르시는구나."

"뭘?"

로드매니저 일준은 뒷머리를 긁으며 조심스럽게 말했다.

"진후 형, 신문에 형이 게이라고 대문짝만하게 났어요."

"푸~!"

진후의 입에서 주스가 세차게 뿜어져 나왔다. 주스로 범벅된 냉장고를 멍하니 바라보다 무표정한 얼굴로 일준을 바라보았다.

"아침부터 농담이…… 지나치군."

일준은 뒷주머니에 찌르고 있던 신문을 꺼내 좌악 펼쳐보였다. 말이 필요 없는 적나라한 사진이 박혀 있었다.

"사장님이 사무실로 최대한 빨리 납시라는데요."

"……."

할 말이 없었다.

연예인이 재주가 아무리 많다지만 그런 연예인을 쫓아다니며 희한한 사진을 찍어대는 파파라치들에 비하면 별것 아닐 것 같았다. 어떻게 이런 장면을 찍었는지 고민하며 말없이 사무실에 앉아 있는 동안, 사장의 일장 연설이 휘몰아치고 지나갔다.

"진후 씨! 듣고 있습니까?"

신문에서 눈을 떼고 자신을 바라보는 진후의 멍한 얼굴에 사장은 숨을 멈추었다. 처음 그가 사무실에 나타났을 때부터 '대박이다!' 라고 느끼게 한 그 얼굴.

'내 언젠가 이런 스캔들이 날 줄 알았지만…….'

남자가 보아도 아름다운 남자다.

"지금까지 터진 스캔들은 이번 건에 비하면 먼지 수준이었어요. 대체 어찌된 일입니까? 사진 속의 이 청년은 누구예요? 언제 이런 놈을 만나서…….”

신문에 큼지막하게 나온 사진을 손으로 꾸욱 눌러 찍으며 사장은 뒷말을 잇지 못했다. 남자가 입에 올리기에는 너무나 부끄러운 기사였다.

“그날 처음 만났는데요.”

“아니, 처음 만난 사이에 이게 무슨 부끄러운 짓입니까?”

“그 녀석이 먼저 도발했어요.”

진후는 약간 억울하다는 듯 눈을 찡그리며 말했다.

‘……도발.’

사장의 얼굴에 열기가 심해졌다. 후끈거리는 얼굴을 감추려고 신문으로 고개를 숙이자, 더욱 후끈거리게 하는 사진이 눈앞에 있었다. 남자의 셔츠를 움켜쥐고 벽에 밀어붙인 진후의 모습은 어딜 보아도 스캔들감이다.

“그러니까 공인으로서 좀더 주변관리에 신경을…….”

그는 매우 난처해했다. 다른 스캔들도 아니고 남자배우에게 동성애 스캔들이라니 이걸 어디부터 수습해야 할지 정신을 차릴 수가 없었다.

“큰…… 문제인가요?”

‘어차피 다른 스캔들처럼 시간이 지나면 사라지겠지’라고 생각하는 진후는 평온한 얼굴로 물었다.

“이게 크지 않으면 뭐가 큰데요? 동성애라니…… 동성애라니! 지금 사무실이 얼마나 난리인 줄 몰라서 그래요? 새로 찍기로 한 광고도 죄 취소되고, 오늘 온다던 영화 시나리오는 오지도 않고, 감독은 전화도 안 받고, 아주 난리라고요! 여성들의 로맨스! 한국 여성이 가장 선호하는 남자배우 다섯 안에 드는 배우가 동성애 스캔들이 났는데, 그럼 이게 큰일이 아니고 뭡니까!"

진후는 괜히 물었다고 후회하며 커피를 마셨다. 사장이 흥분할 때는 발광하게 그냥 두었다가 제풀에 지쳤을 때 대화하는 편이 좋다는 것을 여러 번의 스캔들이 터지면서 알게 된 터였다.

하지만 이번에는 진후의 이런 무관심한 태도가 사장의 분노를 더욱 부채질한 모양이었다. 한 15분이면 끝나던 일장연설이 30분째 계속되었다. 저렇게 잔소리를 해도 이미 알아서 조처해놓았을 것이라 생각하며 진후는 느긋하게 탁자 위에 신문을 펼쳐놓고 읽기 시작했다.

– 남자를 사랑하는 남자배우 L

'이 신문 헤드라인 카피는 괜찮네…… 다른 신문은 '인기남우 L, 남자가 더 좋아요'라고 썼던데.'

본인의 기사건만 진후는 남의 일처럼 느긋했다. 어차피 사실이 아니니까, 언젠가 밝혀지리라 생각한 것이다.

'이걸 핑계로 시외에 사둔 전원주택으로 이사를 가버릴까?'

문득 옛날에 사둔 집이 생각났다. 정신없고 비좁은 서울보다 넉넉한 풍경의 시골이 좋아서 시외에 있는 집을 경매로 사두었다. 하지만 에이전시에서 스케줄 관리가 어렵다며 방송국에서 가까운 아파트에 살게 하는 바람에 약 2년 전에 사놓기만 하고 하루도 살아보지는 못했다.

'그러고 보니, 약속한 기한도 한참 지났구나.'

군대 문제도 있고 어차피 일 때문에 한동안은 살지도 않을 것이라, 사정이 딱한 전주인에게 2년 동안 집을 관리하면서 계속 거주하라고 인심을 써둔 채 잊고 있었다. 건망증이 심해서가 아니라 그만큼 바빴다.

집 생각을 그만두고 진후는 매니저가 가져다놓은 신문들을 다시 훑기 시작했다. 마음 같아서는 기분 나쁜 기사 말고 낱말맞히기라던가 스포츠면 같은 것을 읽고 싶은데, 사장이 아직도 잔소리를 하고 있어서 그럴 수가 없었다.

"하아, 내가 뭘 하는 건지…… 이게 바로 '쇠귀에 경 읽기'가 아니고 뭐란 말인가!"

사장의 어투는 이제 연극배우처럼 과장되게 변해 있었다. 조명을 모두 끄고 스포트라이트를 하나 때려주면 그야말로 다시 볼 수 없는 신파가 나올 것 같았다.

"도대체 누구 스캔들인지 알 수가 없어! 뭐라고 반응 좀 해봐요, 이진후 씨!"

"제 스캔들 맞습니다."

반응을 해주어야 할 것 같아서 해준 것인데, 사장이 머리를 쥐어뜯으며 비명을 질렀다.

"지금 이 사태가 얼마나 심각한지 전혀—, 조금도—, 일말도— 느끼지 못하는 그것이 더 문제라고요! 그게 바로 이진후 씨의 문제예요!"

한참을 미친 사람처럼 발광을 하고 난 뒤 돌처럼 굳은 얼굴로 그가 말했다.

"억울하면 억울해하던가! 해명할 것이 있으면 해명하던가! 화를 낼 것이 있으면 화를 내던가! 이도저도 아니라면 자중하던가! 여타 반응이라는 것이 있어야 정상 아닙니까! 내 말이 틀렸어요?"

"아뇨, 몰개성적이긴 하지만, 일반적인 반응입니다."

사장은 다시 한번 '끄어어' 비명을 올렸다.

"뭐라고 말 좀 해봐요! 대체 호텔 화장실에서 무슨 일이 있었던 겁니까? 일이 년 알고 지낸 것도 아닌 우리 사이에 모르는 일이 아직 더 있는 겁니까?"

"아앗!"

이번엔 진후가 소리를 지르며 벌떡 일어났다. 무관심으로 일관하던 사람이 문제가 터질 또다른 뭔가가 있는 것처럼 비명을 지르자 사장과 매니저 모두 긴장하며 침을 삼켰다.

"맞다! 화장실!"

진후는 새파랗게 질려서 소파에 털썩 주저앉았다. 그가 이렇게 오버액션을 할 때는 연기할 때뿐이라 모두들 아무 말도 못하고 다음에 이어질 그의 대사를 기다렸다.

"로비도 아니고 스위트룸도 아니고! 화장실이라니! 아아…… 검색어 순위 일순위의 스캔들 배경이 화장실이라니!"

그 순간 사장 이하 사무실 사람들은 모두 기가 막혀 아무 말도 못 했다. 스캔들에는 아무 반응 없던 사람이 그 배경이 화장실이었다는 것을 두고 친한 사람이라도 죽은 듯 창백한 얼굴로 비명을 질러대다니.

"아름답지 않아! 아아…… 젠장, 젠장! 이럴 수는 없다고! 내가 대체 무슨 짓을 했다고 이런 가혹한 일을 당해야 해? 화장실이라니! 화장실이라니! 욕실도 아니고 공중화장실이라니! 이렇게 궁상스런 스캔들이 또 어디 있단 말인가!"

진후는 진심으로 괴로워하는 것 같았다.

'누가 이 사람 좀 진정시켜…….'

사장이 도움을 청하는 눈으로 사무실 안을 훑어보았지만 선뜻 나서는 사람이 없었다.

그때 매니저가 문을 열고 들어서며 소리쳤다.

"지금 뭐 하시는 거예요! 이럴 때가 아니잖아요!"

사장까지 놀라서 진후가 앉아 있던 넓은 소파로 도망을 쳤다. 사장이 앉아 있던 소파에 다리를 꼬고 앉은 매니저이자 기획사 과장인 윤차희는 날카로운 눈으로 두 사람을 몰아붙이며 차갑게 말했다.

"이진후 씨!"

"네!"

여자가 소리치면 몸이 굳어버리고 머리도 함께 정지되는 진후는 마치 군대에서 상병의 부름을 받은 일병처럼 차렷 자세로 대답했다.

"화장실에서 대체 무슨 일이 있었던 거예요? 있는 그대로 사실만 말해 봐요."

"화장실에 들어가기 전부터 끝까지요? 아니면 딱 그 부분만?"

타앙!

진후가 딴청을 부린다는 것을 눈치채고 윤 과장이 탁자를 내려쳤다. 옆에 있던 사장은 덩달아 놀라긴 했지만, 진후의 매니저로 윤 과장을 지목한 것은 자신의 사업 능력의 결정체라고 생각하고 있었기에 옷매무새를 고치며 진후를 닦달했다.

"그렇게 된 거예요. 정말 아무 일도 아닌데…… 오히려 내가 피해자란 말입니다. 갑자기 들이닥치는 바람에 핸드폰 액정에 손가락만 한 흠집까지 생겼다고요."

호텔 화장실에서 무슨 일이 있었는지 고해바친 뒤, 진후는 매니저에게 매달렸다. 외부에선 '쿨 가이(cool guy)'로 통하지만 몇 년을 함께한 사람들에겐 이렇게 떼쟁이로도 돌변하기 때문에 그를 전혀 모르고 만나면 수시로 변하는 성격을 두고 '사이코' 혹은 '정신분열'로 볼 터였다.

"그러니까, 그 사람하고는 아무 관계도 아니군요? 셔츠를 움켜쥐고 벽으로 밀치고 있는 이 사진은 그럼 '러브 씬'이 아니라……."

"식상한 '액션'이었지요."

"거봐, 진후 씨는 아니라니까……."

사장이 넥타이를 조금 풀며 말했다. 정말로 이진후의 성적(性的) 취향이 그렇다면 어떻게 은폐를 해야 하나 고민하던 차였다.

"뭐가 아닌데요?"

분위기 파악을 못 하고 한소리 보탰다가 진후는 싸늘한 눈초리를 받고 입을 다물었다.

"일단 해명 기사를 준비시켰어요. 업체 쪽 사람들도 다시 설득해보고…… 그리고 이진후 씨!"

매니저와 사장이 동시에 소리를 지르자 진후는 눈을 동그랗게 뜬 채 숨을 멈추고 두 사람을 바라보았다.

"지금부터 입단속 잘 하세요! 쓸데없는 말을 해서 기자들에게 빌미를 더 제공하지 말라고요. 이 일도 어느 정도는 진후 씨 책임이 크니까!"

자기는 어디까지나 피해자일 뿐이라고 생각하는 진후는 억울한 표정을 지었다. 탁자 위에 두 팔을 올리고 상체를 기울여 진후의 얼굴을 빤히 바라보며 매니저가 말했다.

"일거수일투족을 감시당하는 사람으로서 자각이 있다면 화장실에서 그런 추태를 보였겠어요?"

뭐라 변명거리를 찾아봤지만 떠오르는 것이 없자 진후는 마른침만 꼴깍 삼켰다.

"다른 사람도 아니고 왜 진후 씨만 날마다 가십난을 장식하는지, 그 이유를 아직도 모르죠?"

진후는 휙휙 소리가 날 정도로 빠르게 고개를 끄덕였다.

"카메라 앞에서만 자신이 연예인이라고 생각하기 때문이에요. 사람들이 진후 씨를 볼 때는 인간 이진후가 아니라 배우 이진후를 보는 것임을 늘 잊지 말고 행동을 조심했어야죠!"

매니저가 말할 때마다 진후의 옆에 앉은 사장이 무릎을 두드리며 '옳거니! 옳거니!'를 연발했다.

"진후 씨의 인지도만큼이나 중요한 것이 바로 이미지라고요! 그들이 원하는 이미지를 진후 씨가 보여주지 못한다면……."

광고 계약뿐 아니라 드라마와 영화까지 모두 계약이 성사되지 못할 것이다. 스포트라이트와 갈채를 받던 인기 스타가 한 번의 실수로 순식간에 무대에서 밀려나는 것을 수없이 보아온 그들에겐 언제나 진후의 믿을 것 없이 당당한 태도가 불안했다.

"연기자는 연기력이 기본이죠. 가수가 노래 잘하는 것이 기본인 것처럼……."

진후가 '배우는 연기로서 존재가치를 말한다'라고 연설을 시작하려 했지만 매니저의 노기에 찬 한마디에 막히고 말았다.

"그 기본을 몰라서 하는 말인가요? 그럼 엔터테인먼트 비즈니스의 기본은 뭐라고 생각하세요?"

진후는 할 말이 없었다.

"계약 중인 연예인의 마케팅과 활동 지원, 이미지 메이킹, 프로모션, 라이센스 관리…… 얼마나 할 일이 많은 줄 아세요? 특히 에이전시 말이라면 귓등으로 흘려듣는 말썽쟁이 배우 때문에 남들보다 배로 일이 많다고요!"

이미 대세는 매니저에게로 기울었다. 기획사에서 해명 기사를 낼지 인터뷰를 할지 결정할 동안 진후는 조용히 숨어 지내기로 했다. 입만 열면 위험한 발언도 서슴지 않고 해대기 때문에 내려진 극단의 조치다.

"그러고 보니, 전에 시외에 집을 사두었다고 하지 않았어요?"

"예?"

진후는 더는 잔소리를 들을 것이 없을 듯해 사무실에서 도망나갈 궁리만 하고 있었다. 헌데 매니저의 입에서 뜻밖에도 집 얘기가 나오자 정신이 번쩍 들었다.

"당분간 거기에 있어요. 어차피 이번 스캔들 때문에 다음 작품 선정할 때까지 별로 일도 없을 것 같으니까요……."

"정말…… 거기서 살아도 돼요?"

스캔들 때문에 피난을 가는 것인데도 신이 나서 반색하자 매니저는 길게 한숨을 내쉬었다.

"다음에 할 작품이 영화면 계속 거기 살고요, 드라마면 다시 아파트로 나와서 살아야 해요."

"근데 전주인 가족이 아직 거기 살 텐데……."

귀찮은 일에 말려들고 싶지 않아서 진후는 난처한 표정을 연기했다.

"사무실에서 알아서 준비해놓을게요. 일단은 기자들이 성화니까 상대하지 말고 사무실 지시에 따라주세요. 알았어요?"

"알아요, 알아요."

건성으로 대답하는 진후를 두 쌍의 눈동자가 무섭게 쏘아보았다.

"조용히 있을게요."

진후는 움찔 놀라며 다시 한번 대답했다.

그때 유리문을 열고 누군가가 진후를 향해 말했다.

"진후 씨, 본가에서 사람이 왔는데요. 어떻게 할까요?"

본가라면 분명 아버지나 어머니 아니면 두 분이 함께 보낸 사람일 것이다.

"아…… 잊고 있었다. 가장 큰 문제……."

진후는 어제의 그 예기치 못한 불운한 사건이 자신의 인생에 얼마나 어두운 먹구름을 드리우기 시작했는지 문득 깨달았다.

'누가 내 머릿속을 청소한 거지?'

팡팡 놀 때는 이것저것 글로 쓰고 싶은 것들이 마구잡이로 떠올라서 정리가 안 돼 죽겠더니, 막상 공모전에 낼 작품을 쓰려 하자 아무것도 생각나지 않는다. 딱히 '이거다!' 필이 꽂히는 것도 없고, 생각해둔 스토리는 너무 밋밋한 것 같다. 밤새 고민만 하다가 소파에 널브러진 뒤 햇살에 눈이 부셔 깨어보니 벌써 11시. 어질러진 방을 남이 치운 뒤 물건을 찾을 수 없게 된 것처럼, 머릿속을 누가 정리해서 하얗고 텅 비게 만든 것 같았다.

"아, 짜증나…… 꼭 필요할 때는 아무 생각도 안 나더라……."

너무 긴장해서인지 모른다. 아니 어쩌면 애초부터 글 쓰는 재주는 없이 쓰고 싶은 마음만 있어서 매일 스스로를 혹사하는 건지도 모른다.

"'황혼의 파도', 제목이 이게 뭐야…… 내용은 진부하고, 기승전결도 엉터리고, 아아! 채은수, 대체 밤새도록 뭘 한 거냐고! 바보! 바보! 이 밥통!"

소파 위에서 발광을 하다 바닥으로 굴러떨어져서도 은수는 자신을 욕하느라 정신이 없었다.

"뭔가 필요해! 내 인생엔 뭔가 활력이 필요해!"

두 손을 하늘로 뻗어 신의 계시라도 기다리는 듯한 포즈로, 은수는 무시무시한 목소리를 냈다.

"이런 진부한 신파 말고 뭔가 스펙터클한 것을 내려주소서! 신이시여! 나에게 서스펜스의 축복을!"

요상한 포즈로 이상한 주문을 외워댔더니 배도 고프고 허리도 아팠다. 은수는 부스스한 머리를 대충 손으로 정리하며 일어나 부엌으로 갔다.

"뭐야…… 쌀 떨어졌네? 아…… 이번 주에 쌀 사야 했는데, 깜박했다."

혜정에게서 돈을 받은 날, 쌀을 사가지고 왔어야 했는데 재수 없는 남자 때문에 정신이 없어 그냥 집에 와버렸다.

"하여간 골고루 재수 없어요."

라면 물을 얹으면서 생각해보니 또다시 부아가 치밀었다.

한바탕 그 남자에 대해 궁얼거리는데 밖에서 문을 두드리는 소리가 들렸다.

"여기 사람 없습니까! 아무도 안 계세요?"

"이상하다. 올 사람이 없는데……."

문을 두드리는 사람이 남자인 것 같아 은수는 조금 불안해하며 현관으로 나갔다.

"누구세요?"

양복을 입은 남자 둘이 문 밖에서 기다리고 있었다. 이름뿐 아니라 얼굴도 모르는 사람들이라 은수는 일부러 어깨를 쫙 펴고 허리를 곧추세운 자세로 그들을 대했다. 키가 176센티인 은수는 조금 굽이 있는 신발만 신어도 웬만한 남자들을 내려다볼 수 있었다. 여자가 자기보다 크면 남자들 대부분이 기분 나빠하거나 피하기 때문에 은수에게 장신의 키는 일종의 방어수단이었다.

"여기가 150-3호 맞습니까?"

"예, 맞는데요. 무슨 일로 오셨어요?"

혹시 돌아가신 아버지가 사업상 아는 사람일지도 모른다는 생각이 들었다.

"그럼 채진남 씨 계십니까?"

"저의 아버진데요? 무슨 일이죠?"

"채진남 씨와 할 말이 있습니다만……."

"그건 불가능해요. 작년 봄에 작고하셨거든요."

남자들은 조금 놀란 모양이었다. 자기들끼리 눈빛을 교환하더니 들고 있던 서류가방에서 서류를 하나 꺼내 내밀었다.

"이게 뭔가요?"

"법원의 강제퇴거명령서입니다. 그리고 이건 작년에 채진남 씨와 민지훈 씨가 이 집의 관리에 대해 약속한 내용의 내용증명서입니다."

무슨 일인지, 그들이 무슨 말을 하는 것인지 아무것도 이해되지 않았다. 은수는 어리둥절해하며 서류를 손에 쥔 채 남자들의 얼굴만 바라보았다.

"내일까지 이 집을 비워주세요. 그리고 집에 있는 가구와 그림, 조각품은 모두 민지훈 씨가 매입하셨으니까 하나도 가져가실 수 없습니다."

"예?"

아니 이게 무슨 마른하늘에 날벼락이란 말인가! 갑자기 들이닥쳐서는 다짜고짜 아버지와 어머니의 유산인 '풀하우스'에서 나가라니. 이유야 어찌되었든 화가 치민 은수는 앞쪽에 선 남자의 가슴에 서류를 던지고 소리쳤다.

"지금 무슨 소릴 하는 거예요! 내가 왜 내 집에서 나가요?"

"제대로 이해를 못하셨군요."

남자가 서류를 집어드는데 차가 한 대 더 집 앞에 멈추더니 웬 남녀가 내려 마당으로 들어왔다.

"다시 한번 제대로 읽어보십쇼."

"다시 읽고 자시고, 당장 내 집에서 나가주세요! 이봐요! 당신들은 누구에요?"

두 남녀가 집을 구경하는 듯하더니 현관 계단을 올라오자 은수는 파랗게 질려 소리쳤다.

"전화를 하고 오려고 했는데, 전화가 설치되어 있지 않더군요. 어쩔 수 없이 실례하게 되었습니다."

딱딱한 표정의 여자는 은수를 밀치고 빠른 걸음으로 집 안으로 들어갔다. 방어할 틈도 없이 당한 일이라 은수는 당황하며 여자를 따라 안으로 들어갔다.

"이봐요, 당신! 남의 집에 함부로 들어와도 돼요? 경찰 부르기 전에 당장 나가세요!"

몸에 꼭 맞는 정장 차림의 여자는 무심한 얼굴로 은수를 스윽 쳐다보더니 다시 집안을 구경하며 말했다.

"여기가 왜 아가씨 집인가요? 저분들이 들고 있는 서류 안 읽어봤어요?"

"뭐라고요?"

풀하우스에 난입한 여자는 바로 이진후의 매니저, 윤차희였다. 그녀는 이런 일일 수록 빠르고 단호하게 처리해야 한다고 생각해 일부러 더 딱딱하게 말했다. 조금의 틈이라도 보인다면 엉겨 붙을 게 틀림없다.

"2년 전에 채진남 씨가 이 집과 집 안의 가구를 모두 민지훈 씨에게 판 걸 모르고 있었어요? 등기부등본에 나와 있는데, 아직까지 모르다니……

정말 모르는 건가요? 아니면 이주비라도 뜯을 생각으로 모르는 척 눌러살고 있었던 건가요?"

윤 과장은 일부러 진후의 본명인 '민지훈'으로 이야기했다. 서류상에 표기된 소유주 이름이기도 했지만, 이 일이 또 가십거리가 될지 모른다고 생각해서였다.

"민지훈이 누구예요? 어째서 이 집이 그 사람 것이라는 거죠? 지금 대체 무슨 소릴 하는 거예요?"

은수는 충격을 받아서 머리가 멍했다. 뭐라고 제대로 물어볼 수도, 생각할 수도 없어서 창백하게 질린 얼굴로 낯선 이들을 바라만 볼 뿐이었다.

"약속기한보다 1년이나 지나도록 세 없이 살았으니 이쪽에서 손해배상 청구를 할 수도 있어요. 그냥 조용히 나가세요. 밀린 임대료가…… 시세대로 하면 총 천사백만 원이네요. 이 돈을 내고 나가실래요? 아니면 면제받고 조용히 나가실래요?"

현관에 있던 남자들이 은수의 손에 억지로 퇴거명령서와 내용증명서를 쥐어주었다. 윤 과장과 함께 온 남자는 집안 곳곳을 돌아다니며 카메라로 사진을 찍어댔다.

"내일까지 비워주세요. 비우지 않으면 손해배상금 천사백만 원과 함께, 고소를 당하게 될 거예요."

"난 못 나가……."

이 집이 어떤 집이던가. 아버지가 설계하고 어머니와 함께 두 분이 지은 집이다. 풀하우스를 이루는 모든 것에는 부모님의 사랑과 꿈 그리고 추억이 담겨 있다.

"아가씨가 나가고 말고를 판단할 수 있는 일이 아니에요."

그녀의 말대로 은수가 판단할 수 있는 일이란 몇 되지 않았다. 가스불을 끄고 서류를 읽어보는 것, 그리고 사람들이 지켜보는 가운데 옷가지와 약간의 물건을 챙겨서 살던 집에서 말없이 쫓겨나는 것뿐.

"일준 씨는 여기 남아 있다가 집 좀 정리해줘요. 이따가 사람이 올 테니까 일단 집 안 곳곳을 살펴보고요, 수리할 것 있으면 맡기세요. 영수증은 사무실로 보내고요. 그리고 쓸데없는 사람이 들락거리지 않게 신경 좀 써주세요."

그 쓸데없는 사람이란 전주인의 딸이라는 것은 굳이 말할 필요가 없었다. 바로 그 사람이 집 앞 길가에 주저앉아 이곳을 노려보고 있었으니까.

'오늘 당장 경비업체에 연락해놔야겠군.'

전주인의 딸이 괜히 들락거리다가 또 스캔들이 나거나, 집 문제가 왜곡 보도되는 일을 막기 위해 윤 과장은 철저하고 냉정하게 일을 처리해야 했다. 산 입에 거미줄 치겠는가? 나이도 젊고 아픈 곳 없이 건강해 보이니 좀 가엾기는 해도 어떻게든 살아갈 것 같았다.

기사를 실은 신문사를 명예훼손으로 고소하고 정정기사를 기재했어도 배우 이진후에 대한 게이 루머는 사라지지 않았다. 진후가 소속된 에이전시의 경쟁사에서 진후를 음해하기 위해 은근히 물밑작업을 계속하기 때문이기도 했고, 연예인과 관련된 쇼킹한 이야기에 목말라하던 사람들의 대화거리로 이보다 더 재미난 것이 없었기 때문이기도 했다. 혹자들은 이진후가 게이라는 것을 더 반기기까지 했다.

"어느 때보다 내 인기가 좋은 것 같네……."

이 말은 좋아서 하는 말이 아니었다. 처음 동성애 스캔들이 터졌을 때는 전혀 사실 무근이니 시간이 지나면 잊힐 줄 알고 아무 걱정 없었는데 예상을 깨고 반향이 너무 컸다.

"그 인기가 일로 이어지지 않는 게 문제네요. 계약하기로 한 CF가 다 취소되었어요. 그리고 새 드라마도 굳이 우리 에이전시의 배우를 써야 한다면 다른 배우로 하고 싶다고 하고."

"아아, 사느냐 묻히느냐 그것이 문제로다."

"집에서 지내긴 어때요? 아직도 감시받아요?"

고개를 끄덕이는 진후를 보고 윤 과장은 속으로 쾌재를 불렀다. 회사에서 사람을 보낼 필요도 없이 진후의 본가에서 사람을 붙여놓고 24시간 감시를 하고 있어서 더는 문제가 발생하지 않을 것 같았다.

"진작 그렇게 얌전히 지냈으면 얼마나 좋았을까……."

"아아, 불난 집에 부채질하지 마요. 집에 붙잡혀가서 얼마나 고생한 줄 알아요? 자식교육 잘못했다고 어머니는 계속 우시지, 정신병원에 집어넣어버린다고 아버지에게 매일 협박당하지. 집안 망신이요 가문의 수치라고 얼마나 구박을 들으며 지내는지 모르니까 그러는 거예요."

"하하하……."

얄밉게 웃어버리는 윤 과장에게 원망의 눈빛을 한번 날려주고, 진후는 길게 한숨을 내쉬었다.

"집 비워놨으니까 오늘이라도 들어갈 수 있어요. 어떻게 할래요?"

한 2, 3주는 기다려야 할 줄 알았는데 며칠 만에 모든 일이 처리되었다는 말에 진후는 조금 놀라며 물었다.

"어? 벌써 비웠어요?"

"소동이 가라앉기까지 생각보다 긴 시간이 필요할 것 같아요. 뭐, 이렇게 된 김에 재충전할 시간으로 삼죠. 그동안 시간이 없어서 못 받은 레슨도 받고, 여가시간도 즐기고요. 너무 걱정 말아요, 진후 씨."

윤 과장이 잔소리가 아닌 격려를 할 때는 상황이 매우 안 좋다는 뜻임을 아는 진후는 대답 없이 그냥 싱긋 웃어주었다. 본의로 쉬는 것은 아니지만, '재충전'이라는 말이 마음에 들었다.

"누가 뺏길 줄 알고?"

하루아침에 소중한 풀하우스에서 쫓겨나 무일푼의 거지 신세가 되었지만 은수는 기가 죽지 않았다. 첫 날은 뭐가 뭔지 몰라서 정신이 없었지만 지금은 살 곳도 마련했고, 정신도 다시 돌아와 투지가 가득했다.

은수가 정한 살 곳이란 풀하우스가 보이는 빈터의 한구석이다. 이곳은 주인 없는 땅으로 현재 풀하우스의 법적 주인이 '나가라 말아라' 명령할 자격은 전혀 없다. 그곳에 텐트를 치고 살림을 차린 뒤, 은수는 풀하우스를 되찾을 궁리를 했다.

"아빠가 나에게 아무 말도 않고 집을 팔 분이 아니야. 분명히 뭔가 있어! 뭔가 잘못된 게 틀림없어."

민지훈이라는 놈이 풀하우스를 산 것이 2년 전이라지만 은수는 거기에 대해 한 마디도 들은 적이 없었다.

"뭔가 냄새가 나…… 꺼림칙한 음모의 냄새가……."

그렇게 원하고 원하던 서스펜스의 기미가 보인다.

"왜 하필 실생활에서냐구…… 내가 원한 건 시나리오 상의 서스펜스였는데."

상상 속에서만 존재했으면 싶은 일이 현실에서 일어나버렸다.

"아! 기운 내자, 채은수! 일단 그 민지훈이란 사람이 오면 대체 어떻게 된 일인지 물어보고, 구청에도 가보고 또……."

앞으로 해야 할 일들을 노트에 적던 중 배가 요란한 소리를 내기 시작했다.

"일단은 먹을 걸 좀 사오자."

인가가 드문드문 있는 곳이라 날이 저물기 전에 서둘러야 했다. 있는 돈을 탈탈 털어보니 3만2천5백 원이 나왔다.

"은행도 들러야 하고, 라면도 사야겠네. 아…… 가스도 있어야 뭐든 끓여 먹지? 한 짐 되겠는걸……."

여자 몸으로 노숙을 하게 되었지만 은수는 기죽지 않았다. 애마인 자전거의 페달을 힘차게 밟으며 콧노래까지 흥얼거렸다.

'두고 봐. 풀하우스는 내 손으로 지킬 테니까. 어떤 놈에게도 뺏기지 않을 거야!'

돈이 필요하다면 평생이 걸린다 해도 열심히 벌어서 되찾고 말 것이다. 무슨 짓이든, 어떤 역경이든 풀하우스를 되찾기 위해서라면 모두 헤쳐 나갈 것이다.

Episode 2

담장 밑 도둑고양이

이 집을 산 뒤 2년 넘게 와보지 않았지만, 오랜만에 본 모습이 예전의 기억 속, 그 모습 그대로라 진후는 만족스런 얼굴로 풀하우스의 전경을 감상했다. 사업이 부도가 나 집을 경매에 내놓아야 한 전주인을 생각하면 조금 미안한 마음도 들었지만, 2년 넘게 세를 받지 않고 살게 해주었으니 도리를 다했다고 생각했다.

"사방이 숲과 들판인 것도 좋고, 하얀 목재로 마감한 벽도 좋아. 흐음…… 창문이 많아서 집 안에서 일광욕도 할 수 있겠는걸?"

햇살 아래에서 고양이처럼 늘어져 잠을 자면 시끄러운 세상 문제를 모두 잊고 행복해질 것 같았다. 아무리 생각해도 이 집을 산 건 잘한 일이다.

"흐음…… 그런데 몇 가지 거슬리는 점이 있군."

화초가 보이면 딱일 듯한 현관 계단 옆 화단에 깻잎과 부추, 대파 등이

자라는 것하며, 타고 놀 아이도 없는데 쓸데없이 마당을 차지하고 있는 나무그네가 그렇다.

"저건 또 뭐야? 전에 왔을 땐 없었는데……."

진후는 현관 계단으로 올라가 발꿈치를 들며 울타리 너머를 바라보았다. 웬 노숙자가 거처를 정했는지 울타리 너머에 너저분한 천막과 빨래가 널린 나뭇가지가 보였다.

"뭐야…… 지저분하게."

차지한 면적은 넓지 않았지만 현관 옆이라 좋은 경관을 다 망친다는 인상을 주었다.

"내일 사무실에 전화해서 해결해달라고 해야지."

일단은 날이 저물고 있으니까 오늘까지만 참기로 하고 진후는 집으로 들어갔다.

'너저분한' 불법 천막은 바로 은수의 새 보금자리였다. 사온 라면과 식료품을 박스에 담고 휴대용 가스버너를 텐트 밖으로 가지고 나와 식사 준비를 시작했다.

"어? 물이 떨어졌네?"

물도 전기도 없는 불편하기 짝이 없는 살림이다. 그 동안 은수는 풀하우스의 마당 한쪽에 세차와 정원관리용으로 마련된 수도에서 물을 길어와 사용했다. 이번에도 양동이를 들고 물을 뜨러 담을 넘어 들어갔다. 못 보던 차가 마당에 세워져 있었다. 풀하우스에 누가 온 것이다. 고급 외제차인 것으로 보아, 어쩌면 풀하우스를 샀다는 그 민지훈인지 뭔지 하는 사람일지도 몰랐다. 은수는 양동이를 든 채 현관 초인종을 눌렀다. 주인이 바뀌자마자 모든 잠금쇠를 바꾸어달았기 때문에 가지고 있는 풀하우스의 열쇠로는 안에 들어갈 수가 없었다.

"아씨, 왜 이렇게 안 나와!"

두어 걸음 뒤로 물러나서 보니 2층 창에 불이 켜져 있다. 아무리 2층에 있다고 해도 초인종 소리가 들릴 텐데 내다보지도 않는 것을 보니 사람이 없는 것도 같았다. 궁금함을 참지 못하고 은수는 1층을 빙 둘러보았다.

"아, 식당 창문이 열려 있네."

어머니와 아버지의 손길이 닿아 있는 집안 내부를 주인 녀석이 마구 바꾸어버렸을까봐 걱정되었다. 창문으로 고개를 밀어넣으니 내부를 쉽게 관찰할 수 있었다.

"휴우……."

다행이었다. 부엌 배치도 그대로고, 식탁도 손대지 않았다. 아치형의 부엌 문 너머로 보이는 거실도 웬만한 물건이며 장식품이 모두 그대로였다. 초라하긴 하지만 천막 생활을 하며 풀하우스를 감시하기로 한 것은 참 잘한 일 같다. 이렇게 매일매일 집이 안전한 것을 확인하지 못한다면 입안에 가시가 돋다 못해 병이 날 것이다.

"진짜…… 다행이다."

무사한 집안을 보고 있자니 왠지 서글프다. 매일 쓸고 닦으며 소중하게 가꾸어온 집인데 하루아침에 내쫓겨서 이렇게 몰래 살펴보는 처지가 되었다니.

"아앗, 내 김칫독. 이제 다 익었을 텐데. 내 오이피클. 아아, 내 화분들……."

집 안에 있는 모든 것, 오래된 쓰레기통까지도 모두 그립다.

'아아, 다시 풀하우스를 되찾을 수만 있다면 뭐라도 하겠다, 진짜…….'

이제 여름용 커튼으로 바꾸어 달아주고, 소파 시트도 커튼 색에 맞춰 갈아주어야 할 때다. 일주일에 한 번씩 창가에 있는 화분들의 방향을 틀어주지 않으면 한쪽으로 굽어서 자랄 텐데 그것도 걱정이다.

더는 참을 수가 없어진 은수는 열린 창문으로 몸을 밀어넣었다. 손을 뻗으면 오이피클 병이 잡힐 것 같았다.

그때, 2층에서 샤워를 마친 진후는 커다란 목욕수건을 허리에 감으며 아래층으로 내려왔다. 아직 짐이 덜 옮겨져서 갈아입을 옷이 마땅치 않았다. 자동차 트렁크에 늘 싣고 다니는 여분의 옷을 가져올 생각이었다.

'아, 조금만…… 조금만 더……'

창문 안으로 최대한 상체를 밀어넣자, 손끝에 오이피클 병이 살짝 닿았다. 하지만 손에 쥐기에는 아직 부족하다. 낑낑대는 동안 은수의 이마가 어느새 땀으로 흠뻑 젖어 있었다.

'에잇! 답답해 죽겠네.'

감질나게 잡힐 듯 말 듯하니 속이 탄다. 몸을 좀더 안으로 밀어넣고, 손을 뻗자 벽에 걸린 커다란 국자가 잡혔다.

'좋았으. 이걸로 병을 당겨서 꺼내는 거야.'

국자를 손에 쥔 은수는 백만 대군을 얻은 듯 기뻐하며 힘차게 손을 뻗었다. 이미 몸의 절반 이상이 창문 안으로 들어와 있음에도, 손을 뻗어서 꺼낸다는 최초의 계획만 생각하느라 현재 상태를 자각하지 못하고 있었다. 선반 구석에 놓인 피클 병을 노리며 손을 뻗은 순간, 몸이 휘청하더니 무게중심이 안으로 기울어버렸다.

"으아앗!"

창문턱에 몸을 걸치고 발을 떼고 있던 탓에 은수는 부엌 바닥으로 추락하고 말았다.

'헉!'

본의가 아니었지만 가택 침입을 해버렸다. 전에 본 표독스런 여자가 집 안에 있을지도 몰라 은수는 두 손으로 입을 막고 눈을 동그랗게 뜬 채 주변을 두리번거렸다. 다행히 아무도 보이지 않았다.

'들어와버렸다…….'

위층에서도 1층에서도 사람 기척이 없었다. 불만 켜놓고 외출했는지도 모른다는 생각에, 은수는 기뻐하며 오이피클 병을 챙기고 냉장고에 넣어둔 반찬들과 쌀통의 쌀 등등을 짊어지고 갈 수 있는 한도까지 챙겼다.

"너무 많이 챙겼나? 안 나가네……."

창문 크기보다 은수가 꾸린 보따리가 지나치게 컸다. 부엌 창에서 낑낑거리던 중, 눈에 아버지의 화분이 들어왔다.

"내 이럴 줄 알았지. 화분을 돌려주지 않으면 햇빛 방향으로 굽는데, 봐…… 벌써 굽었잖아."

은수는 부지런하게 1층을 돌아다니며 화분을 움직여주었다. 그렇게 휘젓고 다녀도 아무도 내려와보지 않는 걸 보니, 정말로 집이 비어 있는 것 같았다.

"에라, 모르겠다. 그냥 문으로 나가자."

도저히 그 짐을 들고는 창문으로 나갈 수 없을 것 같아서 은수는 대범하게 보따리를 들어올리고 현관문을 열었다.

"어?"

"앗!"

현관문이 반쯤 열린 채 은수와 진후는 동시에 비명을 질렀다.

"뭐…… 뭐야! 당신 누구야?"

자동차 트렁크에서 옷 가방을 꺼내 들어오던 진후가 놀란 표정으로 소리쳤다.

"꺄아아아!"

문 앞에 수건 한 장만 달랑 걸친 반나체의 남자가 서 있는 걸 보고 은수도 비명을 질렀다.

"으아아! 변태!"

은수는 본능적으로 문을 닫고 모든 잠금장치를 잠가버렸다.

여자의 비명소리를 듣고 몸이 굳어서 흠칫 떠는 사이에 진후는 집 밖에 내쫓긴 신세가 된 것이다.

'뭐지? 뭐지? 누구였지? 웬 변태지?'

심장이 벌렁거려서 다시 열어볼 용기가 나지 않았다. 풀하우스에서 25년을 살았지만 지금까지 저런 변태가 집 근처를 돌아다닌 적은 없었다.

"문 열어! 야! 거기 누구야? 너 어떻게 들어갔어?"

"내가 왜 문을 열어 이 변태야! 빨리 안 가? 경찰 부른다! 빨리 나가!"

"누가 할 소리를 하는 거야! 넌 뭐야? 왜 남의 집에 들어가서 주인 행세야?"

"어쭈? 기가 막혀, 주인이 주인 행세 하는데 네가 왜 시비야? 야이, 변태야! 나 지금 경찰에 전화하는 중이니까, 너 거기서 꼼짝 말고 기다려! 너 같은 변태는 신문에 크게 한번 나봐야 해. 그래야 창피해서 벗고 다니지 않지! 알았어? 내 말 알아들었지? 나 지금 전화한다!"

남자의 벗은 몸을 보고 놀라서 은수는 풀하우스를 다른 사람에게 빼앗겼다는 사실을 잠시 잊고 있었다.

"그래, 좋아, 경찰 불러. 경찰이 오면 누굴 잡아가나 보자."

맨손으로 문을 두드리던 진후도 바짝 약이 올라서 경찰을 부르라고 성화를 했다.

'앗…….'

은수는 그제야 지금 자신이 어떤 처지인지를 깨달았다.

"내 집 앞에서 옷 벗고 설친 거랑, 남의 집에 들어가서 도둑질한 거랑 어느 쪽이 더 죄가 중한지 보자고! 경찰 불러!"

'저놈 미친 거 아냐? 뭘 잘했다고 저렇게 당당해?'

이쪽도 경찰 앞에서 한점 부끄럼 없는 상황은 아니지만, 그쪽도 마찬가지다. 슬그머니 거실 창의 커튼을 밀치고 문 밖을 보니 소리소리 지르던 남자가 현관 앞에서 몸을 돌리고 주섬주섬 옷을 입고 있었다.

"앗, 반칙……."

옷 벗고 설친 게 죄인 사람이 옷을 입어버리니, 이제 죄를 지은 쪽은 자기뿐이게 되었다.

'어쩌지? 어떻게 하지?'

부엌 창이나 뒷문으로 도망을 간다 해도 남자에게 잡힐 것 같았다. 딱히 방법이 생각나지 않아 은수는 현관문에 등을 대고 주저앉아 고민을 했다.

"에취!"

낮에는 덥지만 밤에는 서늘하다. 재채기를 하면서도 진후는 고집스럽게 현관에 쪼그려 앉았다. 차 키를 가지고 나왔지만 차에 들어가 있으면 그사이에 집에 있는 도둑이 도망을 칠 것 같았기 때문에.

"야, 경찰에 신고했어?"

진후는 콧물이 나와서 허리에 둘렀던 수건으로 코를 훔치며 소리쳤다. 핸드폰이 집 안에 있어서 전화를 할 수 없었기 때문에 집 안에 있는 황당한 도둑에게 의지할 수밖에 없었다.

"……했어!"

"그런데 왜 안 와? 신고한 거 맞아?"

"했다니까! 좀 기다려! 시내에서 멀리 떨어져 있으니까, 경찰차도 늦게 올 거야!"

할 리가 있겠는가. 그래도 질 수 없어서 은수는 문 밖의 남자가 신고했냐고 물을 때마다 큰 소리로 호언장담을 했다. 그렇게 십여 분이 지났다.

"야, 너 솔직히 말해봐. 신고 안 했지? 잡혀갈까봐 겁나서 안 한 거지?"

기세등등하던 진후의 목소리는 조금 기가 죽어 있었다. 도둑이 문을 열어주지 않으면 차에서 쪼그리고 자야 할 판이었다.

"했다니까요, 사람 되게 못 믿네."

"내가 도둑을 왜 믿어?"

"누가 도둑이라고 그래요!"

"너 말이야, 너. 이 집주인은 난데, 왜 네가 거기서 남의 집 현관문을 걸어잠그고 유세를 떠냔 말이야. 이 도둑아."

은수는 문에서 등을 떼고 돌아앉았다.

"그럼 당신이 이 집을 산 민지훈이라는 사람이에요?"

"민지훈은 왜 찾는데?"

자꾸만 모기가 웽웽거리며 귓가에 간지럼을 피워서 진후는 짜증이 났다. 도둑 주제에 남의 집을 점거하고, 주인을 이렇게 문전에서 고생하게 만드는 것도 어이없고 화가 났다.

"왜 자꾸 반말이에요? 나는 반말 안 하는데."

"아까 그쪽도 반말했네요."

"내가 언제요?"

변태라고 소리를 지른 기억은 있어도 반말을 한 기억은 나지 않았다.

"아, 시끄러…… 아무튼 빨리 경찰이나 불러. 무슨 여자가 이렇게 경우가 없어. 남의 집에 함부로 들어와서 말이야."

"그냥 '맞다, 아니다' 대답만 하면 될 것을 무슨 말이 그렇게 많아요? '민지훈' 맞아요?"

가만히 듣고 있자니 화가 치밀어서 진후는 자리에서 일어나 현관문을 한 번 걷어찼다.

"민지훈은 만나서 뭘 하려고 그래?"

"물어볼 게 있어서 그래요!"

"그래? 뭘 물어보고 싶은데? 내가 민지훈이니까 한번 물어봐!"

"정말 민지훈 맞아요?"

풀하우스가 공시지가로 얼마인지는 잘 모르겠지만, 꽤 고가의 주택이 분명한데 저렇게 젊은 남자가 주인이라는 것은 믿을 수가 없었다.

"그럼 신분증 좀 보여줘봐요!"

"하…… 기가 막혀서…… 도둑이 주인에게 지금 신분증 내놓으라는 거야?"

"신분증 없으면 됐네요."

"지갑이 집 안에 있으니까 그렇지! 아까 봤잖아! 샤워하고 옷 가지러 나왔다가 누구 때문에 이 꼴이 된 건데 그딴 소릴 해?"

사정을 들어보니 소리 지르고 있는 남자의 처지가 조금 이해되기 시작했다. 샤워하느라 초인종 소리를 듣지 못했고, 옷을 가지러 나왔다가 갑자기 집에 누군가가 들어와 문을 잠가버리는 바람에 밖에서 저러고 있는 것이다.

'……어쩌지? 내가 실수한 건 맞는 것 같은데, 성깔을 보아하니 그냥 안 넘어갈 것 같고…….'

말하는 품새가 사과를 한다고 들어줄 사람 같지 않았다.

“저기요…… 민지훈 씨…….”

그래도 밑져야 본전이라, 한번 굽혀보기로 했다.

“갑자기 말투는 왜 바꿔? 사정해도 소용없어. 경찰차 안 불렀어도, 조금 있으면 경비업체에서 순찰 돌 시간이니까, 그때 해결보자고.”

약이 오를 대로 오른 진후는 조금도 용서할 마음이 없었다.

“뭐 훔치러 온 거 아니에요. 진짜예요.”

“그럼 왜 몰래 들어갔는데?”

“조금…… 가지고 나올 물건이 있어서…….”

“그게 바로 도둑질이라는 거야. 주인 몰래 집 안에 들어가 멋대로 물건을 가지고 나오는 게 절도가 아니고 뭐겠어?”

은수는 가슴을 치며 화를 참았다. 재수 없는 녀석이긴 하지만, 일단 이쪽이 더 불리한 상황이라 굽혀야 했다.

‘아, 짜증나. 저거 성격이상자 아냐? 사람이 곱게 말하면 좀 들어주는 법이 있어야지!’

“저기요…… 진짜로 훔치려고 들어온 거 아니거든요. 어쩌다보니 주인 몰래 들어오게 됐지만 사실은 제가 가지고 나가려는 물건은 전부 제 거거든요? 전에 너무 경황이 없어서 못 챙겨가는 바람에 지금 가지러온 건데요, 민지훈 씨에겐 별 필요도 없는 물건들이에요. 돈으로 따져도 얼마 안 된다고요. 그러니까…….”

어느 날 느닷없이 살던 집에서 쫓겨난 것도 서러운데, 정말 별것도 아닌 물건들을 가지러 들어왔다가 도둑으로 몰린 신세가 되었다는 생각에 은수는 울컥 목이 멨다.

하지만 문 밖의 남자는 그런 신세타령을 들어줄 생각이 눈곱만큼도 없는 것 같았다.

"아, 경비회사 차다. 여기요, 여기 좀 와보세요!"

밖에서 나는 소리에 은수는 깜짝 놀라서 벌떡 일어나 문을 열었다.

"꺅!"

손 하나가 불쑥 들어오더니 문고리를 꽉 붙들었다.

"속았지?"

"앗!"

밀치고 들어오는 남자의 얼굴을 보고 은수는 저도 모르게 비명을 질렀다. 텔레비전에서 보던 그 얼굴이라서가 아니라 며칠 전에 화장실에서 만난 그 싸가지의 얼굴과 똑 닮았기 때문이다.

진후도 은수의 얼굴을 제대로 본 순간 뭔가 석연치 않은 느낌을 받고 고개를 갸웃거렸다. 어디서 본 듯한데 정확히 생각이 나지 않는다.

"저기, 우리가 언제 만난 적 있던가?"

"전에 본 적 있어요?"

진후와 은수가 동시에 같은 질문을 던졌다.

'목소리도 똑같아. 그때 그놈이 맞아. 이 얼굴이 어디 흔하겠어?'

알미운 소리만 하는 놈이지만 배우 이진후의 잘생긴 얼굴을 쏙 빼닮아서 어딜 가도 눈에 띄는 외모다.

'이 남자가 민지훈인가?'

은수가 그런 생각을 할 때, 진후는 눈을 찡그리며 언제 이 여잘 봤나 고민했다. 하지만 워낙에 사람 얼굴을 기억 못 하는 습관 때문에 도무지 기억이 나지 않아 짜증이 일었다.

"자, 이제 변명을 좀 해보시지? 얼굴 두꺼운 도둑 씨."

"내 이름은 채은수예요."

껄끄러운 만남이지만 기죽을 필요는 없을 것 같아서 은수는 당당하게 이름을 밝혔다. '채' 씨가 흔하지 않은 성이라 진후는 금세 맹랑한 도둑이 전주인과 관계가 있음을 알아챘다.

"채은수? 그럼 혹시 채진남 씨의……."

"맞아요, 제 아버지세요."

긴말할 필요 없이 눈치채주어서 수월하게 이야기가 풀릴 것 같았다.

"전주인 딸이면 남의 집에 아무 때나 마구 쳐들어와서 행패를 부려도 되는 건가?"

그러나 그것은 은수의 생각이고, 진후는 전혀 봐줄 생각이 없는 것 같았다.

"말했잖아요. 저번엔 불시에 쫓겨나서 물건들을 제대로 못 챙겼다고요."

"그래서 다 챙겼나?"

진후는 바닥에 놓여 있는 커다란 보따리에 눈길을 주며 차갑게 물었다.

"대충은……."

"이 집을 살 때, 집에 딸린 가구와 인테리어 장식까지 전부 계약했는데 그쪽이 가지고 나갈 물건이 어딨어? 풀어봐. 뭘 들고 나가나 봐야겠어."

"아까 말했잖아요, 별것 아니라고."

진후는 무표정한 눈으로 은수를 물끄러미 바라보았다. 뭔가 대단히 억울한 듯 눈가가 붉어진 것이 곧 눈물을 뚝뚝 떨어뜨릴 것 같았다. 그럼에도 꾹 다물고 있는 입술이 매우 고집스러워 보였다.

"안하무인이군. 내가 내 집에서 나가는 물건이 뭔지 본다는 게 그렇게 억진가? 별것인지 별것 아닌지는 봐야 알 것 아냐?"

그 말이 맞다. 하지만 지금의 이 상황이 고집을 부리게 한다. 자존심이

상한 은수는 어떤 말에든 발끈하는 감정이 일었다.

"마치 내가 도둑이라도 되는 것처럼 말하지 마세요. 자, 봐요! 당신이 계약한 물건에 이것들도 포함되나요?"

은수는 몸을 숙이고 보따리를 풀었다. 차라리 비싼 조각품이라도 들고 나왔으면 나을 뻔했다는 생각이 들었다. 뒷마당에서 따온 오이로 만든 오이소박이, 올 여름에 먹을 오이피클, 파김치와 배추김치, 그리고 냄비 몇 개가 쏟아져 나왔다.

"이런 게 어째서 이 집에 있는 거지?"

다그친 게 미안할 정도로 별것 아닌 것뿐이라 진후는 조금 민망했다. 애초에 화를 돋우지 않았다면 이렇게까지 하지 않았을 터라, 이 상황이 모두 마음에 들지 않았다.

"내가 말했잖아요. 갑자기 쫓겨나서 제대로 챙겨가지 못했다고요."

쑥스러운 듯 머리를 넘기며 진후는 잠시 아무 말도 하지 못했다.

"그렇다고 이 한밤에 몰래 들어와서 가져갈 건 또 뭐람……."

마음은 그렇지 않은데, 이상하게 좋은 말이 나오지 않았다.

"그건 미안하게 되었네요. 이제 가도 되죠?"

보따리를 대충 거머쥐고 은수는 벌떡 일어났다. 창피해서 쥐구멍이라도 있으면 숨고 싶었지만 지금 나갈 구멍은 새로운 풀하우스의 주인이 버티고 선 현관문뿐이다.

"아…… 저기……."

어깨를 밀치고 나가는 은수에게 진후는 뭐라 말하려다 그냥 입을 다물었다. 여자 혼자 한밤중에 무거운 짐을 들고 나가는 상황이라 차가 다니는 큰길까지라도 태워다주려 했는데…….

"어라?"

문을 나가서 대여섯 발짝 걷더니, 담 너머로 훌렁 보따리를 넘기는 게 아닌가…….

은수는 손을 탁탁 털고, 풀하우스의 낮은 대문을 밀고는 담에 바짝 붙어 있는 천막으로 들어가버렸다.

"뭐야, 저 여자. 저기 사는 거야?"

너무나 어이없는 상황이라 진후는 할 말을 잃었다.

"나쁜 새끼…… 지가 집주인이면 사람을 그렇게 면박줘도 되는 거야?"

챙겨온 물건들을 천막 한쪽에 치워두고 은수는 빈속인 채 그냥 침낭 속으로 들어갔다.

"으앗! 짱나!"

모기 몇 마리가 들어와 귀찮게 굴어서 벌떡 일어나 살벌한 소리를 내며 잡아 죽이고, 다시 벌렁 누웠지만 속이 진정되지 않았다.

민지훈, 나이도 엇비슷해 보이는 젊은 남자가 풀하우스의 새 주인이다. 친절함이라고는 눈곱만큼도 보이지 않는 왕 싸가지에 생긴 건 호스트처럼 허여멀건하니 쭉 빠져선, 하는 짓이며 말하는 품새가 얼마나 알미운지 모른다.

"야, 민지훈. 너 같은 놈에게 풀하우스를 그냥 넘길 줄 알아? 절대로 그럴 수 없어!"

원래도 그 집을 다른 사람에게 넘길 수 없다고 생각했지만, 주인 녀석을 보고 나니 그 마음이 더 강해졌다. 절대로, 어떤 일이 있어도, 무슨 짓을 해서든 풀하우스를 민지훈이라는 녀석이 오염시키지 못하게 막을 것이다.

그런데 참으로 묘한 인연이다. 아무리 우리나라가 좁다지만 어떻게 호텔에서 만난 그 싸가지가 풀하우스의 새 주인이란 건지…….

"무슨 드라마도 아니고, 시도 때도 없이 딱딱 마주치냐, 거참."

호텔에서 당한 일에 대한 복수도 못하게시리, 이런 처지로 다시 만난 것이 참 억울하다.

'날 못 알아보는 것 같으니까, 나도 입 다물고 있자.'

알아채봤자 그 성격에 사과를 할 놈도 아닌 것 같았다.

아무리 드라마 촬영이 끝났다지만 보통은 이렇게까지 한가하지 않았다. 지금까지 시즌마다 한 번 꼴로 숱하게 스캔들을 일으켜왔어도 늘 인터뷰며 광고가 들어와 항상 긴장하며 살았다. 그런데 어느 순간에 애초부터 그런 적 없었다는 듯 일이 뚝 끊기자, 진후는 이 무서울 정도로 넘치는 여유를 어떻게 받아들여야 할지 몰라 아침부터 왠지 불안했다.

핸드폰 게임을 하고, 방 안 가구를 이리저리 옮기며 시간을 보냈건만 정오도 되지 않았다. 무료해도 이렇게 무료할 수가 없다. 그때 어디선가 물소리가 들렸다. 워낙에 외진 집이라 작은 소음도 크게 들렸다. 창문을 열고 내다보니 장대처럼 키만 훌쩍 큰 여자가 마당에 서서 화단에 물을 주고 있었다.

"이봐요, 채은수 씨. 지금 뭘 하는 겁니까?"

어제는 기분이 나쁜 상태였기에 반말을 했지만, 오늘은 그래도 이성이 깨어 있기에 진후는 조금 예의를 갖춰 말했다.

"보시다시피 화단에 물을 주고 있어요."

"남의 집 화단에 왜 채은수 씨가 물을 줍니까?"

진후는 얼른 1층으로 내려가 현관문을 벌컥 열었다. 귀찮고 짜증나는 척해도, 사실 심심하던 차에 일어난 일이라 싸움거리를 제공해준 전주인 딸이 고맙게 느껴지기까지 했다.

"해가 높아져서 흙이 뜨거워지기 전에 물을 주어야 한다고요. 늦게 주면 뿌리가 상해요."

은수는 진후에게 등을 보인 채 굳건한 태도로 화단에 물을 주었다.

"내 집 화단의 화초가 말라죽든 말든 그건 내 소관이지, 어째서 전혀 상관없는 그쪽이 물을 주니 마니, 참견합니까?"

진후의 말에 은수는 피식 웃고 무표정한 얼굴로 돌아보며 말했다. 어제 이 남자에게 면박을 당한 뒤로 많은 각오를 한 터다.

"당신이 여기 오기 전까지 화단이 무사한 건 내 덕인 줄 알아요."

"그런 서비스까지 요구한 적 없는 줄로 아는데요?"

"그건 나도 알아요. 하지만 민지훈 씨도 알고 있잖아요? 계약은 아버지와 했지, 나 채은수와 한 게 아니란 것 말이에요."

"그게 무슨……."

은수는 당당하게 턱을 약간 치켜들었다. 진후는 키가 큰 은수조차 올려 보아야 할 정도로 키가 컸다.

"이 화단의 꽃과 채소는 모두 내가 심은 거예요. 아버지 재산이 아니라, 제 것이라는 말이죠. 그러니까 당신이 계약한 풀하우스의 물건에 이 화단의 식물들이 포함되어 있지 않다는 거예요. 내 말이 무슨 뜻인지 알겠어요?"

진후는 잠시 당황했다. 마음속으로 어젯밤에 이어 '1대1'이라는 승률이 떠올랐다. 그리고 동시에 결코 질 수 없다는 각오도 생겼다.

"그건 말이 묘하네요. 꽃이야 내 소유가 아니라 해도, 화단은 내 것 아닌가요? 그리고 그 물! 이 집의 세금은 내가 내고 있으니 당신의 화초에 소비하고 있는 그 물도 내 것입니다. 내 말이 무슨 뜻인지 알겠죠?"

은수는 눈썹을 파르르 떨며 치켜떴다. 치사해도 이렇게 치사할 수가 없다.

"당신의 화초를 계속 가꾸고 싶으면, 당신 땅에 심으면 되는 겁니다. 허락도 받지 않고 남의 집 마당에 들어와서 남의 물건을 사용하는 건 불법이에요."

진후는 점점 찡그려지는 은수의 얼굴을 보면서 속으로 쾌재를 올렸다.

"심을 땅이 없어요."

은수의 표정이 갑자기 사르르 풀렸다. 진후는 급변하는 태도에 오히려 긴장을 느꼈다.

"아시다시피 무일푼 신세라, 저쪽 천막에 사는 극빈층이거든요. 그런 사람이 화초를 가꿀 땅이 있겠어요?"

'무전유죄' 즉 가난이 죄라는 말까지 있는 세상이다. 그럼에도 은수는 당당했다.

'뭐냐…… 이 근거 없는 당당함은?

상대방이 너무나 당당하게 말하자 진후는 오히려 말이 나오지 않았다.

"어차피 내 땅의 화초는 아니지만 말라죽는 건 못 보니까, 매일 물이라도 주게 해줄 수 없나요? 그 정도로 야박한 분은 아니겠죠?"

"그러니까 그건……."

"수고비는 받을 생각 없어요. 민지훈 씨에게도 그렇게 나쁜 제안은 아니잖아요?"

"그건 맞는 말인데……."

공짜로 화단 관리를 맡겠다는 말이다. 정말 손해는 아니지만, 어쩐지 여자 쪽으로 승세가 기울어버린 것 같아서 진후는 고집을 부리고 싶었다. 하지만 딱히 할 말이 생각나지 않는다.

"당신을 믿을 수가 있어야지……."

"네?"

"앞마당 화단에 파를 심어놓는 사람이잖아. 나는 화단엔 말 그대로 꽃을 심고 싶다고."

"파도 자라면 예뻐요. 뽑아서 먹을 수도 있고……."

"그쪽과 내 미적 감각은 안 맞는 것 같으니까, 내 화단 일에 간섭하지 말아줘."

은수는 더는 참기가 힘들었다.

"왜 반말이에요?"

"내가 언제 반말을 했다고 그래요?"

"하…… 진짜 기가 막혀서. 방금 했잖아요!"

"내가 언제. 그쪽은 언제부터 날 알았다고 말할 때마다 언성을 높이고 그래요?"

"민지훈 씨도 만만치 않네요!"

진후는 열이 받아서 뭐라고 쏘아주고 싶었지만, 여자가 핏대를 올리면 조금 뒤엔 하이소프라노의 잔소리를 들을지도 모른다는 생각에 문득 두려움을 느꼈다. 일단은 후퇴했다가 열기가 가라앉으면 다시 이성적으로 싸워야겠다고 생각하고 몸을 돌린 순간, 갑자기 여자 쪽에서 비명을 질렀다.

"앗, 차거!"

"에?"

진후는 깜짝 놀라 뒤를 돌아보았다. 그곳에는 호스를 쥔 채 머리에 물을 뒤집어쓴 여자가 보였다. 화난 여자의 시선이 발끝에 꽂혀 있어서 내려다보니…….

"아, 이건……."

의도한 건 아니지만 호스를 밟고 있다가 발을 떼는 바람에 갑자기 물이 뿜어져 나와 물벼락을 맞은 모양이었다.

"후훗……."

은수는 웃었다. 그 웃음에서 진후는 정체 모를 살기를 느꼈다.

"으앗! 무슨 짓이야!"

"무슨 짓이긴요! 보면 몰라요?"

은수는 싱글벙글 웃으며 진후에게 물을 쏘아댔다. 물줄기를 피해서 마당을 이리저리 맴도는 모습을 보니 속이 시원했다.

"당신 미쳤어?"

"네, 미쳤네요~."

남자가 물 좀 맞는다고 무슨 큰일이라도 나는지 허둥대는 모습이며, 신경질적으로 소리치는 모습이 재미있어 은수는 웃음을 터뜨렸다.

"어쭈, 웃어? 지금 웃었지!"

"미친 사람 웃는 게 그렇게 신기해요?"

도망쳐보았자 부처님 손바닥이라는 사실을 깨닫고 진후는 쏜살같이 수도꼭지를 향해 뛰었다. 그의 등에는 원한에 사무친 소나기가 퍼부어지고 있었다.

"앗!"

찬물을 맞으며 꿋꿋하게 뛰어가 수도꼭지를 잠그는 진후를 보고 은수는 얼른 호스를 내던지고 집 밖으로 뛰었다.

"거기 서!"

이번엔 진후 쪽으로 대세가 기울었다. 진후는 잽싸게 물을 틀고, 호스를 주워 도망치는 은수에게 물을 뿜어댔다.

"으아! 차거!"
"같이 미쳐보자고!"
"이 사이코!"
"만만치 않네요~!"
서로 미쳤다고 소리를 지르는 두 사람 모두 참으로 끈질겼다.
"진후 형!"
담장 밑에 숨은 은수에게 집중사격을 하는 진후를 누군가가 불렀다. 싸우느라 집 근처에 자동차가 와서 선 줄도 모르고 있었던 것이다. 로드매니저 일준이 운전석에서 내려 손을 흔들어 보였다.
"잠시 휴전이야."
진후는 호스를 화단에 던지고 하얀 나무대문을 열어주었다.
"진후 형! 큰일…… 헉! 무슨 일 있었어요? 왜 다 젖었어요?"
뭔가 다급하게 말하려던 일준이 진후의 젖은 모습에 흠칫했다.
"어, 도둑고양이가 들어서, 쫓다가 이렇게 됐어. 짐 챙겨온 거야?"
"아, 예. 짐…… 챙겨왔지요."
"잘됐다. 갈아입을 옷이 마땅치 않았거든."
진후는 그 자리에서 웃옷을 벗어 물기를 닦으며 일준을 바라보았다.
"트렁크 좀 열어. 뭐 해?"
"아, 지금 그게 문제가 아니라요. 진후 형 형님께서 여기로 오고 계세요."
"뭐? 여기 주소는 아무한테도 가르쳐주지 말라고 했잖아."
화를 내는 진후를 향해 일준은 긴 한숨을 내쉬었다.
"형네 집에서 사람들이 잔뜩 와서는 가르쳐주지 않으면 다시는 연예계 활동을 못 하게 막을 거라고 협박하는 바람에 어쩔 수가 없었다고요."

"그래서 전부 알려줬어?"

"……아까 말씀드렸잖아요. 형님께서 오시는 중이라고요."

친절하게 약도까지 그려주었다는 말은 하지 않았다.

"형만 오는 거지?"

"그건 저도 잘……."

부모님도 같이 오신다면 난감하다. 아직 집 정리도 되지 않았고, 또 무슨 잔소리를 할지 몰랐다.

"저기 잠깐만요, 당신 이름 민지훈 아니었어요?"

두 사람의 대화를 가만히 듣고 있다가 이상한 점을 발견하고 은수가 말했다.

"설마 모르고서 하는 말은 아니지?"

진후는 자신이 배우 이진후라는 사실을 은수가 모르는 것 같아 기가 막혔다.

"이 사기꾼! 지금까지 날 속인 거야? 뭐 이런 사람이 다 있어!"

은수의 귀에는 지훈의 말이 주인인 척한 걸 아직도 모르겠냐고 비아냥거리는 소리로 들렸다.

"아, 이 여자 말끝마다 사람을 변태니 사이코니 몰아붙이더니, 이젠 사기꾼 취급까지 하네…… 무식해도 정도가 있지."

"누가 무식하다고 그래요? 뭣하면 반말에, 주인도 아니면서 주인 행세를 하는 그쪽이 더 무식하네요."

"뭐라고?"

그때 일준이 다시 부르는 소리가 들렸다.

"진후 형, 형님 차가 보여요! 금방 도착하겠는데요!"

2층 창문에서 몸을 빼고 있던 일준이 한쪽을 손으로 가리키며 소리쳤다.

"한 대야, 두 대야?"

아버지나 어머니가 함께 온다면 기사가 모는 승용차가 한 대 더 따라올 것이었다.

"한 대뿐이에요!"

다행히 형 혼자 오는 것 같아 안심이 되었다. 여섯 살이나 차이가 나는 형이지만 그래도 부모님보다는 형이 편했다.

"이봐요."

말하던 중 딴청을 피우는 진후를 은수가 불렀다.

"손님이 왔으니까, 이따가 이야기해."

"지금 오는 사람이 집주인인가요?"

"집주인은 나야."

진후는 귀찮은 듯 좁은 도로 쪽으로 난 현관을 향해 걸음을 옮겼다.

"당신 이름은 민지훈이 아니잖아요!"

은수는 누가 주인인지 반드시 알아야 했다. 그래야 풀하우스가 언제 어떻게 팔렸는지, 왜 주인이 바뀌었으며, 자신이 그 사실을 지난 2년 동안 왜 전혀 알지 못했는지를 물어볼 수 있을 것이었다.

"내가 민지훈이고, 이진후야! 됐어?"

"네?"

"영화배우 이진후 몰라?"

은수의 눈이 동그래졌다. 그 사람과 닮았다고 생각은 했지만, 어딘지 묘하게 다른데다가 자기 이름을 민지훈이라고 밝혔기에 동일인이라고는 생각조차 않았었다.

"그럴 리가……."

"정말 모르는 거야, 아니면 모르는 척해서 날 약올리려는 거야? 민지훈은 내 본명이고, 이진후는 가명이야. 됐어?"

"당신이 정말 배우 이진후란 말이에요?"

"하, 정말 여러 가지로 사람 짜증나게 하네……."

두 사람이 또 언쟁을 시작하려 할 때, 노란 먼지를 일으키며 청회색의 승용차가 멈추어 섰다.

"지훈이 너!"

차에서 내리자마자 규하가 엄한 목소리로 진후를 불렀다.

"형 왔어?"

"민지훈 이 녀석! 집을 나가면 어디로 간다, 이야길 하고 나갔어야지. 너 때문에 집안이 얼마나 시끄러웠는지 알아?"

형의 잔소리쯤은 귀에 들어오지도 않는 진후는 실실 웃으며 바지에 손을 찌르고 서서 형이 다가오기를 기다렸다.

"지훈이도 이제 어린애 아니잖아요. 조용히 타이르세요."

순간, 진후의 얼굴이 서서히 굳어갔다. 반대편의 문을 열고 내린 사람은 유세린, 형과 곧 약혼할 여자다.

'저…… 정말 배우 이진후라고?'

그러고 보니 배우 이진후의 본명이 그 비스무리했던 것 같다. 좋아하는 연예인이었지만, 그렇다고 해서 광적으로 좋아한 건 아니라, 텔레비전에 나올 때마다 '하, 고놈 참 고마운 얼굴일세……' 하고 감탄하며 침을 흘렸을 뿐이다. 좋아서 사진을 모으거나 그와 관련된 정보를 얻기 위해 인터넷을 뒤지는 정도의 열성은 없었다.

'그런데 왜 다르게 보이지?'

연예인들이 브라운관의 모습과 실물이 많이 다르다고 하지만, 그래도 마주치면 딱 그 사람이라고 알아챌 수 있는 정도는 될 거라고 생각했었다. 하지만 이진후와 민지훈 사이엔 뭔가 다른 것이 있었다.

'아! 이진후…… 맞네…….'

뭐가 다른지 은수는 금세 알아챌 수 있었다. 무슨 이유에선지 손님들을 바라보는 동안 그의 눈매며 눈빛이 차갑고 날카롭게 변해 있었다. 그리고 그 순간 그는 싸가지 없는 풀하우스의 새 주인 민지훈에서 아름답고 강한 이미지의 배우 이진후가 되었다.

"나이만 먹었지 하는 짓은 완전 애야. 전화 한 통만 했어도 그 난리가 나지 않았을 텐데……."

규하는 투덜거리며 차 문을 닫고 세린의 핸드백을 대신 들었다. 아무리 작고 가벼운 물건이라 해도 세린의 가는 팔에 들리게 하고 싶지 않았다.

"바닥이 자갈이야. 조심해."

"네."

"구두 망가지게 왜 자갈을 깐 거야, 블록이나 아스팔트로 하지. 불편한 마당이군."

거친 자갈에 구두가 망가질까봐 투덜거리며 규하는 세린을 에스코트했다.

"그러면 지렁이가 못 살잖아요."

갑자기 낯선 목소리가 끼어들었다. 진후와 말싸움을 하고 있던 은수였다. 규하와 세린의 시선이 은수를 향했다.

"아스팔트를 깔면 땅에 사는 벌레들이 숨을 쉬지 못해요. 그래서 자갈을 깐 거예요."

별뜻 없는 말이었겠지만, 풀하우스에 대한 것이라면 은수는 그냥 지나

칠 수 없었다. 이 집이 얼마나 정성스럽게 지어졌는지, 어떤 생각으로 집을 지었는지 말하고 싶었다.

"이 아가씨는……?"

세린의 출현 뒤 말을 잊은 듯 입을 다물고 있는 진후를 규하와 세린이 빤히 바라보았다.

"여긴 왜 온 거야?"

진후는 규하와 세린의 궁금증보다는 자신의 마음 상태가 더 중요했다. 당황스러워서 표정이 굳고 목소리도 차가워졌다. 세린 앞에선 늘 이렇다. 형의 여자가 되었음에도 이번에 일어난 스캔들이 혹시 세린에게 나쁜 인상을 주지는 않았을까 걱정이었다.

"걱정돼서 와본 거야."

"이 집은 언제 사둔 거냐?"

세린과 형이 동시에 대답해서 두 사람의 말이 섞여버렸지만, 진후의 귀에는 오로지 세린의 목소리만 조용히 울렸다.

"그 정도 스캔들에 어찌되진 않아."

진후는 세린을 향해 말했지만 대답은 형에게서 들려왔다.

"이 녀석아, 스캔들도 문제지만, 너 혼자 외진 곳에 산다니까 걱정돼서 와본 것 아니냐. 집은 괜찮은 것 같은데…… 인가와 너무 먼 거 아냐? 무슨 일이라도 생기면……."

집을 살피며 들어가던 규하의 시선이 다시 은수에게로 향했다. 두 사람 모두 머리가 흠뻑 젖어 있어서 이상해 보였다.

"그런데 그쪽 분은……."

그제야 은수의 존재를 다시 상기하고 진후는 당황했다. 의식하지 않으려 해도 자꾸만 세린의 시선이 강하게 느껴진다.

"집안일 도와주려고 온 사람이야."

진후의 말에 은수가 놀라서 눈을 동그랗게 뜨고 그를 쳐다보았다. 은수의 시선을 느끼고 진후는 어색하게 웃었다.

— 내가 지금 그쪽 파출부라는 소리예요?

— 그럼 뭐라고 설명해? 담 밑에 노숙하는 처자라고 해?

규하 일행이 집 안으로 들어가고 그 뒤를 따라 들어가면서 두 사람은 자기들만 들리는 소리로 또다시 말싸움을 했다.

— 그렇게 말해요. 나는 괜찮은데, 왜 그쪽이 신경 쓰고 그래요?

— 정말 철판이네…… 아가씨가 이런 곳에서 노숙하는 게 창피하지도 않아?

— 당신 같은 싸가지의 파출부 노릇 하는 게 더 창피하네요.

"뭐? 싸가지?"

진후는 저도 모르게 버럭 소리를 질러버렸다. 규하와 세린이 그 소리에 놀라 뒤를 돌아보았다.

"하하하, 집이 아직 정리가 안 됐는데 갑자기 오면 어떻게 해? 전화라도 하고 오지……."

"형이 뭐 남이냐? 괜찮아. 신경 쓰지 마. 나라도 와서 보고 가야 집이 조용해져. 그런데 확실히 아직 정리가 덜 되었군."

규하의 시선이 이번엔 은수에게 꽂혔다. 일하러 온 사람이 가만히 있는 것이 못마땅한 얼굴이다. 멍하니 서 있는 은수의 옆구리를 진후가 슬쩍 찔렀다. 그러자 당하고는 못 사는 은수가 다시 진후의 옆구리를 온 힘을 다해 꼬집었다.

'윽…….'

터져나오려는 비명을 속으로 삼키고 진후는 은수를 노려보았다. 은수는 배시시 웃으며 소매를 걷어올렸다.

“안 그래도 지금 부엌 정리 중이었어요.”

은수가 너스레를 떨며 부엌으로 걸어갔다. 옆구리에 피멍이 들도록 당했지만 그래도 순순히 거짓말에 동조를 해주니 다행이었다.

“그런데 화단은 어떻게 하죠?”

행주를 빨아서 선반을 닦으며 은수가 물었다. 갑자기 웬 화단 이야긴지 몰라서 뭔 소리냐고 눈을 치켜뜨고 노려보자 방긋방긋 웃는 얼굴로 은수가 다시 물었다.

“화단 말이에요, 화단!”

아침 내내 싸운 그 문제다.

— 비겁하게 지금 그 문제를 들고 나오기야?

— 자기 체면 때문에 멀쩡한 사람을 파출부로 만든 게 누군데 그래요? 세상에 공짜가 어딨어요?

한 마디도 지는 법이 없는 은수 때문에 진후는 또 발끈했다.

“그건 아 · 줌 · 마가 알아서 하세요.”

“예, 그럼 주인 아 · 저 · 씨는 일보세요.”

진후가 이를 갈며 은수를 노려보았고, 은수는 모른 척하며 유유히 부엌 청소를 시작했다.

“어?”

마침 2층에서 짐을 다 정리하고 내려온 일준이 은수를 알아보고 놀란 얼굴이 되었다.

“진후 형, 저 아가씨는…….”

“파출부야.”

“에? 언제? 아, 형은 저 아가씨가 누군지 모르는구…… 억!”

진후의 주먹이 일준의 배에 꽂혀 있었다. 은수에게 당해서 쌓인 울분이 일준의 복부에 집중된 것이다.

"파 · 출 · 부라고 했잖아."

그렇다, 더도 덜도 말고 은수를 파출부로 만들어야 직성이 풀릴 것이었다.

"집은 괜찮네. 혼자 쓰기엔 지나치게 큰 듯하지만……."

얼마에 샀는지 물어보려 동생을 돌아보던 규하는 그만 입을 다물었다. 같은 형제가 보기에도 시샘이 날 정도로 잘생긴 그 얼굴로 세린의 뒷모습을 바라보며, 진후는 무슨 생각을 그리 깊게 하는지 눈을 가늘게 뜨고 있었다. 어릴 적부터 한 동네에 살면서 유독 세린을 따르던 녀석이라 신경이 쓰였다.

"집에 전화하는 거 잊지 마라."

"알았어."

"다음주에 약혼식을 할 거야. 이미 양쪽 집안이 다 아는 사이지만 그래도 중요한 일이니까 격식을 갖추려고. 너도 올 거지?"

진후는 뭐라고 대답을 해야 할지 난처했다.

두 형제가 이야기를 나누는 동안 세린은 집 안을 꼼꼼히 살펴보았다. 채광이며 내부의 어느 한 공간도 생각 없이 배치한 것이 없었다. 이 집을 설계하고 만든 사람이 얼마나 정성을 들였는지 알 수 있었다.

"이건……."

아름다운 창틀을 감상하던 중, 세린은 한쪽 벽을 바라보고 놀란 표정이 되었다. 진후가 집안일을 돕는 사람이라고 소개한 아가씨의 사진이 벽에 걸려 있었다.

'내가 지금 무슨 생각을 하는 거지? 이젠 어차피 시동생일 뿐인데…….'

오랜 방황을 이제 끝내려고 하는 때다. 더는 흔들리지 말아야 한다는 걸 자신도 알고 있었다. 그렇지만 어딘지 석연치 않은 관계의 여자가 진후와 함께 있는 것을 두 눈으로 보니 마음속에 또다시 원치 않는 파문이 일었다.

"스캔들 때문에 파장이 큰가 봐. 젊은 녀석이 이런 시골동네까지 들어와 살다니 말이야."

진후의 집에서 돌아가는 길에 규하가 말했다. 걱정하는 듯 말하지만 그의 입가엔 가벼운 미소가 걸려 있었다.

"집, 괜찮던데요. 오래되긴 했지만 잘 지은 집이에요."

"집 이야기가 아니야. 항상 북적대고 화려한 걸 좋아하던 녀석이 노인네들처럼 전원에 푹 파묻혀 살겠다고 들어간 게 본의가 아닌 것 같아서 하는 말이지."

'동성애 파문'이라는 말이 떠오를 때마다 규하는 웃음이 나왔다.

'하다하다 별짓 다 하는군. 동성애라니…… 하하, 녀석답긴 하네…….'

동생 지훈은 어릴 적부터 뭘 하든 남의 시선을 끌었다. 잘생긴 외모도 한몫했지만 무엇보다 끝없는 자신감과 다른 이들의 시선 따위 신경 쓰지 않는 듯한 차가운 눈이 사람들을 끌어모으는 힘이 있었다. 규하는 지훈의 그 눈빛이 늘 마음에 들지 않았다.

"방금 다녀간 사람들 누구예요?"

"형."

부엌 청소를 하다 말고 고무장갑을 낀 채로 나와서 은수는 현관에 기대어 선 진후에게 물었다.

"엄청 예쁜 여자 분은요?"

"뭘 그렇게 꼬치꼬치 알려고 들어? 언제까지 내 집에 있을 건데!"

세린에 대해 묻는 것이라 진후는 또 발끈했다.

"부엌 청소하라면서요?"

은수는 빨간 고무장갑을 낀 손을 들고 약올리듯 흔들어보였다.

"됐어. 내가 할 테니까 그냥 가."

"하던 건 마저 하고 갈게요."

"……정말 이상한 아줌마네. 남의 집 살림이 그렇게 좋아?"

"좋아요. 어쩔래요?"

진후는 기가 막혀서 말이 나오지 않았다.

"이 집이 나에게 어떤 집인지 그쪽은 모르니까 그러는 거예요. 매일 먼지 하나 앉지 않게 쓸고 닦으면서 소중히 가꿔온 곳이라고요. 이렇게 난장판이 되게 둘 순 없어요."

"그건 그쪽 사정이고, 내 알 바 아냐. 수선스러우니까 그만 나가."

"이것만 치우고 갈게요."

"나가라고 했잖아! 무슨 말이 그렇게 많아?"

진후는 은수가 닦고 있던 화병을 빼앗아 쓰레기통으로 던져버렸다.

"무슨 짓이에요!"

"나가라고 했잖아."

"그 화병이 어떤 화병인데 함부로 던져요!"

은수는 정말 화가 난 얼굴로 쓰레기통에서 화병을 꺼내려 했다. 하지만 진후가 그 앞을 막아서고 있었다.

"아직도 이해 못 하는가 본데, 이 집의 주인은 그쪽이 아니라 나야. 그쪽은 집에 미련을 버리지 못하고 불법 가택침입을 일삼는 불청객이라고!"

"집주인이면 사람을 함부로 대해도 돼요? 비켜요! 당신이 필요 없다면 내가 가져갈게요. 저 화병이 어떤 화병인데…… 그걸 쓰레기통에 던져……."

"내 집에 있는 물건 내 맘대로 하겠다는데, 무슨 참견이 그리 많아? 나가라면 나가, 구질구질하게 굴지 말고."

이 집에 대한 은수의 집착이 이젠 짜증이 날 지경이었다. 세린이 다녀간 뒤 심란한 마음에 더 여유가 없어서기도 했다. 갑자기 눈물이 글썽글썽한 은수의 눈이 신경 쓰였지만 진후는 차갑게 고개를 돌렸다.

"담장 밑의 그것도 조만간 치워줬으면 해. 내 땅은 아니지만, 보아하니 그쪽 땅도 아닌 것 같으니까, 신고하기 전에 알아서 치워줘."

진후의 말이 끝나기도 전에 은수는 고무장갑을 벗어던지고 뛰쳐나갔다.

"진후 형……."

할 일을 다 한 뒤라 멍하니 거실에 앉아 있던 일준이 일어나 진후를 불렀다.

"저 아가씨 말이에요…… 너무 몰아붙이지 마세요. 며칠 여기 있으면서 몇 마디 나눠보니, 사정이 딱하더라고요."

"내 사정도 딱해."

"형은 부모님이 모두 살아 계시잖아요. 저 아가씨는 아무도 없대요. 부모님도 친척도 없이 혼자래요."

말은 저렇게 심술궂게 해도 진후가 그렇게 나쁜 사람이 아니라는 걸 알기에 일준은 용기를 내어 말했다.

"이 집 이름이 '풀하우스'래요. 설계한 사람은 아버지고, 지은 사람은 어머니라고 하더라고요. 그러니까 저 아가씨에게 이 집은 부모님에 대한 기억일 거예요. 지금은 곁에 없는, 부모님을 느낄 유일한 수단이라는 말이죠."

진후는 잠시 아무 말도 하지 않았다.

"형으로선 낯선 여자가 왔다갔다 하는 걸 참을 수 없겠지만, 그래도…… 저 아가씨가 마음을 정리할 때까지 조금 여유를 주는 건 어떨까 하는데…… 그렇게 몰아붙이지 말고요. 저쪽으로선 어느 날 갑자기 준비할 시간도 없이 내쫓긴 거잖아요……."

"내가 이 집을 칼 들고 빼앗은 것도 아니고……."

"알아요. 그냥…… 그렇다는 거예요."

스캔들 때문에 지금 진후의 마음도 좋지 않은 상태인 듯해 일준은 조심스러웠다.

"아, 머리 아파. 두통약 좀 찾아주고 가."

"예……."

만사가 다 귀찮다는 얼굴로 2층으로 올라가는 진후를 보며 일준은 한숨을 내쉬었다. 말은 저렇게 해도 쓸데없는 참견을 한다고 화내지 않는 걸 보니, 어느 정도는 자기 말을 들어준 것 같았다.

'내 집에 있는 물건 내 맘대로 하겠다는데, 무슨 참견이 그리 많아? 나가라면 나가, 구질구질하게 굴지 말고.'

진후의 말 한 마디 한 마디가 날선 칼이 되어 가슴에 쿡쿡 들어와 박혔다. 텐트를 개조해서 만든 천막의 한쪽 구석에 쪼그려 앉아 은수는 눈물을 닦았다.

"나쁜 자식…… 내가 뭘 달라고 한 것도 아니고. 청소 좀 하겠댔지 누가 돈이라도 달랬어?"

'구질구질하게 굴지 마'라는 말이 자꾸만 귓가에 아프게 울렸다.

"돈 좀 있다고 세상사람 다 하찮게 보이나 본데! 내가 돈만 벌면…… 너한테서 풀하우스를 되찾고 말 테니까! 두고 봐! 너같이 싸가지 없는 사이코 변태한테 풀하우스를 넘겨줄 줄 알아?"

화를 내면 울음이 그칠 줄 알았는데, 억울함이 더해지자 눈물이 더 심하게 흘렀다. 평생 부유하지 않아도 좋다. 풀하우스만, 아버지와 어머니의 손길이 닿아 있는 그 집만 다시 되찾을 수 있다면 어떤 일이라도 하겠다. 멈출 줄 모르는 눈물을 원망스럽게 닦고 있을 때, 후두두 후두둑 소리가 들리더니 갑작스레 소나기가 내리기 시작했다.

Episode 3

등잔 밑에서 비를 피하다

늦은 밤 은수는 잠을 이루지 못했다. 처음에는 한두 방울 내리던 비가 지금은 양동이로 들이붓듯 엄청난 호우가 되어 천막의 모든 살림을 적시고 있었다. 그릇에 담을 수 있는 건 담아서 널빤지로 덮었지만 덩치가 큰 것들은 포기해야 했다.

"으…… 추워…… 으……."

아직 초여름이라 밤에는 기온이 뚝 떨어진다. 거기에 폭우까지 내리니 그야말로 동사 직전이었다. 부들부들 떨면서도 은수는 물에 떠내려가는 그릇을 주워오고, 바람에 날아갈 듯 펄럭이는 텐트를 붙들어야 했다.

"앗!"

비를 너무 오래 맞아서 곱아버린 손가락 사이로 비닐 끈이 휑하니 빠져나가버렸다. 그 끝에 달려 있던 텐트의 천막이 바람에 훌렁 벗겨지는 것을 보며 은수는 비명을 질렀다.

천막이 날아가 버리자 안에 들여놓은 책이며 살림살이들이 저항도 못 하고 비를 맞게 되었다. 책이라도 살려보려고 달려들어 몸으로 가렸지만 몸도 이미 젖은 걸레처럼 흠뻑 물을 먹은 터라 조금도 도움이 되지 않았다.

"뭐 하는 짓이야?"

마당에 있는 가로등 불빛을 가리고 긴 그림자가 은수의 등 위에 걸쳐졌다. 누군가가 우산을 들고 서서 기분이 상한 듯 거친 목소리로 물어왔다.

"누…… 누구세요?"

조금 겁이 난 은수는 목소리가 떨렸다.

"누구긴 누구야? 변태 사이코 싸가지지."

"에?"

"민지훈! 저 집에 살고 있는 이진후라고! 자기가 실컷 그렇게 불러놓고는 '에?'가 뭐야? 첨 듣는 말인 양, 가증스럽게."

빛을 등지고 서 있어서 얼굴은 보이지 않지만 늘씬하고 키 큰 몸매가 낮에 본 그 싸가지가 맞는 것 같았다.

"저요, 뉘신지 알겠는데요, 제가 지금 무지 바쁘거든요? 다음에 이야기하죠. 다음에."

"쓸데없이 바빠 보이긴 하네."

"뭐라고요?"

참으로 사람을 발끈하게 하는 데 재능이 탁월하다는 감탄이 절로 나왔다. 벌떡 일어나서 한소리 하려고 허리에 손을 올리고 입을 벙긋 열자 갑자기 얼굴에 뭔가가 불쑥 내밀어졌다.

"받아."

자기가 쓰고 온 우산이었다.

"팔 떨어져. 받아."

하도 화를 내듯 말해서 은수는 얼떨결에 우산을 받아들었다. 그랬더니 거치적거리니 비키란다.

"이봐요, 지금 당신이랑 싸울 시간 없다니까요."

"알았으니까요, 그 입 좀 다물어주실래요? 없던 짜증도 파릇파릇 피어나니까."

진후는 은수를 밀치고 천막의 사방에 박힌 말뚝을 뽑아버렸다. 은수가 놀라서 소리를 질렀지만 진후는 아무 대꾸도 하지 않고, 주변의 물건을 천막 안에 마구 집어던지더니 둘둘 말아서 어깨에 짊어졌다.

"아앗……."

놀라는 은수에게 아무런 대꾸도 없이 그는 젖은 흙 때문에 발이 미끄러져 투덜거리면서도 텐트를 통째로 풀하우스 쪽으로 끌고 가버렸다.

"저기…… 고마워요."

흠뻑 젖어버린 진후에게 은수는 조심스럽게 말했다.

"놀랍네. 그 입에서 그런 고운 말도 나오고 말이야."

"사람이 고맙다고 하면 좀 좋게 받아들일 수 없어요?"

참을 은수가 아니다.

"뭔 여자가 그렇게 대가 세? 내일까지 폭우가 내린다는데, 뭘 어쩌겠다고 빗속에서 팔딱팔딱 뛰어대냐구?"

"예?"

"도움이 필요하면 도와달라 말을 하던가! 신경 쓰이게 울상 짓고 왔다갔다하는 것보다, 차라리 한 번 굽히고 도와달라고 하는 게 더 보기 좋잖아!"

"뭐라고요?"

빗물이 눈에 들어가서 따가웠기에 진후는 더 화가 났다. 손등으로 눈을 비비며 그는 은수를 향해 손을 팔랑거렸다. 나가라는 것 같아서 은수는 마당으로 내려가려 했다. 말이 안 통하는 남자라 말싸움을 하느니 빗속에서 밤을 새우는 게 나을 것 같았다.

"어딜 가!"

"나가는 거예요!"

"저 너저분한 짐을 여기 두고 도망치겠다는 거야?"

"누가 여기로 끌고 와달랬어요? 맘대로 끌고 와놓고는 왜 성질이에요? 그리고 말끝은 왜 톡톡 끊어먹어요? 존댓말 할 줄 몰라요?"

"아, 시끄러워…… 거기 있는 수건이나 내놔."

진후가 손을 팔랑거린 것은 나가라는 뜻이 아니라 은수의 뒤에 있는 수건을 달라는 것이었다. 눈을 문지르며 괴로워하는 모습에 은수는 묵묵히 수건을 가져다 툭 내밀었다.

"이제 가도 돼요?"

"어딜 간다는 거야?"

진후가 하는 모든 말에 꼬박꼬박 대꾸할 수 있는 은수지만, 이번 질문에는 할 말이 없었다. 입술을 깨물며 뭐라 말해야 하나 고민하는데, 수건으로 얼굴을 닦으며 진후가 말했다.

"비 그칠 때까지 여기 있어."

"뭐라고요?"

"나보다 이 집 구조를 더 잘 알 것 아냐? 2층은 내가 쓰니까, 1층에 빈 방 있으면 거기서 자."

말을 하던 중 진후가 고개를 들고 은수의 젖은 몸을 바라보았다. 그의 시선이 가슴에 멈추자 은수는 깜짝 놀라며 뒤로 한 걸음 물러섰다.

"훗…… 갑자기 여자처럼 구네. 갈아입을 옷도 없어 보이니까, 내 옷 줄게. 속옷은 못 빌려줘도 겉옷쯤은 줄 수 있어."

"웬 호의예요?"

"이럴 땐 아까처럼 '고마워요'라고 하는 게 낫지 않아?"

"별로 고맙진 않네요."

은수는 비쭉 입술을 내밀고 볼멘소리를 했다. 그 순간 얼음장처럼 차갑기만 하던 진후의 얼굴에 웃음이 떠올랐다.

"진짜 성격 특이한 거 알아?"

"적반하장이네요. 그쪽 성격도 만만치 않은 거 알아요?"

은수가 눈을 치켜뜨고 말했지만, 그 모습을 보고 진후는 또 웃었다.

"왜 자꾸 웃어요?"

"기가 막혀서 그래."

"뭐가 그렇게 기가 막혀요?"

"그냥 모든 게 다 기가 막혀…… 이 집에 내가 온 것도, 당신처럼 희한한 여자랑 이틀째 말싸움을 하고 있는 것도, 다 기가 막히잖아."

진후의 웃음이 어딘지 자조적으로 느껴졌다. 왠지 지금은 말싸움을 할 수 없을 것 같아서 은수는 터벅터벅 1층에 있는 아버지 서재로 갔다. 조금 뒤 진후가 갈아입을 옷을 가져다주었다.

"이거 여자 옷 아니에요?"

진후가 내민 것은 하얀 실크셔츠로, 군데군데 손으로 구긴 것 같은 모양이 마치 장미꽃을 입체로 만든 듯 보였다.

"남자 옷 맞네요."

"무슨 남자 옷이 이렇게 예뻐……."

"칭찬으로 들어주지. 아무튼 그건 사놓고 아직 안 입었으니까, 내가 입던 옷이라고 기분 나쁘다고 할 것 없어."

'내가 그렇게 고약하게 굴었나?'

진후의 말에 은수는 조금 반성하는 마음이 들었다. 의도하진 않았어도 첫 대면이 좋지 않았던 데다가, 풀하우스를 빼앗아간 장본인이라는 생각에 다른 사람을 대할 때보다 빡빡하게 군 것은 사실이다.

"고마워요."

"참 듣기 좋은 말이야. 여자답고, 인간적이고."

떽떽거리던 여자가 부드럽게 말하는 것을 보고 진후는 조금 의기양양해졌다.

"옷 갈아입게 좀 나가주실래요?"

그러나 기쁨은 그리 오래가지 못했다.

"큭……."

진후가 허둥지둥 방을 나간 뒤 은수는 참고 있던 웃음을 터뜨렸다. 집주인이라고 유세부리며 성질을 낼 때는 참 재수없었지만, 어딘지 귀여운 면이 있었다.

비록 서재 소파지만 오랜만에 지붕이 있는 데서 잠을 잤기 때문인지 일어나 기지개를 켤 때 은수는 기분이 좋았다.

'풀하우스의 힘인가?'

그냥 집이 아니라 태어나서 지금까지 살던 집이라 더욱 그런 것 같았다. 덮고 잔 담요를 접어서 소파 한쪽에 놓고, 은수는 잠시 서재를 둘러보았다. 아버지의 담배 냄새가 아직까지도 배어 있는 것처럼 느껴졌다.

"어? 아침인 줄 알았는데 시간이……."

시계를 보니 벌써 오후 1시였다. 밖에 아직도 비가 오느라 어둑해선지 시간이 이렇게 된지도 모르고 잠을 잔 모양이었다. 서재 문을 열고 나온 은수는 잠시 동안 문고리를 잡고 선 채 놀란 표정으로 밖을 바라보았다.

고소한 음식 냄새가 거실에 가득했다. 아버지와 단둘이 살 때, 아버지가 먼저 일어나 아침을 준비한 날 느껴지던 감정들이 문득 떠올라 기분이 이상해졌다.

'누가 요리를 하는 거지?'

집주인의 손님이라도 와 있을지 몰라 은수는 조심조심 고양이처럼 발소리를 죽여 부엌으로 향했다.

그 성질 고약한 남자가 앞치마를 두르고 프라이팬 앞에 있었다. 결코 이런 일이 어울릴 것 같지 않던 사람이 너무나 자연스럽게 팬케이크를 뒤집고 과일을 시럽에 절여 소스를 만드느라 빠르게 손을 놀리고 있었다.

"식으면 맛없으니까, 먹고 씻어."

접시에 팬케이크를 덜어서 세 개씩 쌓아 올리며 그가 말했다. 요리를 하느라 시선을 이쪽으로 돌리진 않았지만 누군가가 자신을 보고 있다는 걸 눈치 챈 모양이었다.

"저…… 말인가요?"

"그럼 이 집에 누가 더 있어?"

접시를 식탁에 가져다놓고 몸을 돌린 진후가 갑자기 입을 막으며 웃음을 참았다.

"왜 그래요?"

"아…… 아냐. 먹고 씻어."

뭔가 이상하다 싶어서 은수는 슬그머니 창문에 비친 자신의 모습을 보았다.

"헉……."

"푸……."

비를 쫄딱 맞고 그냥 잔 탓에 태풍을 만난 버드나무처럼 산발이 되어 있었다. 그것을 보고 놀라는 은수를 보더니 진후는 아예 배를 잡고 꺼억 꺼억 이상한 소리를 내며 웃었다. 은수는 도망치듯 뛰어가 머리를 빗고 왔다.

아버지가 아닌 다른 남자가 해준 요리를 마주앉아 먹는 일이 처음이라 어딘지 어색하고 부자유스러웠다. 하지만 정말 배가 고팠기 때문에 접시에 놓인 팬케이크 세 개가 금세 사라졌다. 그러자 진후는 자기 접시에서 하나를 덜어 은수의 접시에 올려놓았다.

"괘…… 괜찮아요. 이제 배불러요."

"내가 입맛이 없어서 그래."

은수는 어색하게 웃으며 팬케이크를 잘라 입에 넣었다. 배는 불러 좋았지만 하루의 첫 끼니를 밥이 아닌 밀가루 음식으로 시작해선지 입이 달고 속이 조금 더부룩해졌다.

"이따가 저녁은 제가 할게요."

"그때까지 있으려고?"

"비 그칠 때까지 있으라면서요?"

"하하하."

전혀 당황하지 않는 모습에 진후는 또 그냥 웃어버렸다. 전처럼 화를 내면 차라리 뭐라고 말꼬리라도 잡을 텐데 그러지 않자, 은수는 팬케이크의 남은 조각을 포크로 꾸욱 찔러서 접시 귀퉁이로 밀려난 과일 소스에 문지르며 인상을 찌푸렸다.

"뭐, 그럼 저녁은 그쪽이 해. 어차피 내가 만들 수 있는 건 이런 간단한 것뿐이니까."

"그래도 맛있었어요."

어찌되었든 비를 피할 곳을 제공해주고 아침까지 손수 지어준 사람이라 은수는 진심으로 고마워하며 말했다. 그리고 그 순간 두 사람 모두 깜짝 놀랐다.

"우리가 굉장히 정상적인 대화를 하고 있는 거…… 알아?"

"그렇네요……."

진후는 소리 없는 미소로 웃었다. 그 모습이 마치 영화의 한 장면같이 아름다워서 은수는 잠시 머리가 멍해졌다. 확실히 잘생긴 남자다. 첫 만남과 두 번째 만남이 그렇게 비틀리지만 않았다면 눈으로 보는 것만으로도 경외심이 들 만큼 그의 미모는 특별했다.

두 사람은 말없이 빗방울이 또르르 굴러 떨어지는 젖은 유리창을 바라보았다.

"저기요…… 무슨 일 있어요?"

정적을 깬 사람은 은수였다.

"어제랑은 다르게 기운이 없어 보여서요."

"그런가?"

"네, 그래요. 완전 다른 사람 같아요."

"훗……."

얌전히 미소를 짓고 있던 남자의 얼굴에 갑자기 얄궂은 표정이 떠올랐다.

"그쪽이 보기에도 그렇게 보이나?"

"그…… 그런데요…… 왜요?"

돌연히 어제 본 그 심술궂은 얼굴로 변해버리자 조금 무서울 지경이었다. 마치 사이코드라마를 보는 것 같아서 은수는 여차하면 방어의 무기로 사용하려고 포크를 꽈악 쥐었다.

"김상우 감독의 새 영화 〈봄빛〉 남자주인공으로 나만큼 적격인 배우가 없지. 그쪽도 그렇게 생각하지, 부드럽고 지적이고 어딘가 우수에 젖은 듯한 촉촉한 미남자의 이미지! 그걸 나 아니면 누가 소화할 수 있겠어?"

"〈봄빛〉을 몰라서 모르겠는데요……."

타앙!

갑자기 식탁을 내려치며 진후는 화를 냈다.

"어쩌면 이렇게 무식할 수가!"

"네에?"

"19세기 프랑스 소설을 한국풍으로 각색해 만들기로 한 〈봄빛〉을 모른단 말이야?"

"몰라요."

고개를 붕붕 젓자 진후는 길게 한숨을 내쉬고 의자에 털썩 주저앉아 다시 비가 내리는 창밖만 바라보았다.

"그 역할은 날 위해 있는 건데……."

"무슨…… 일인데요? 알고나 놀라자고요."

"그 자식에게 넘어가버렸어. 그 역할이…… 그 센티멘털하고 지적이고 개성 넘치는 카사노바 역할이…… 그 애송이에게 넘어가버렸다고! 아아…… 내 연기 인생은 여기서 끝이란 말인가. 그따위 솜털도 빠지지 않은 꼬맹이에게 져버리다니……."

계속 캐스팅되길 기다리던 영화마저 스캔들 때문에 배역을 빼앗기고 말았다는 연락을 받고 진후는 조금 맛이 간 상태였다. 드라마나 CF가 취소되었을 때보다 수십 배는 타격이 컸다. 금방이라도 눈물을 흘릴 듯한 슬픈 눈으로 진후는 또다시 비오는 창밖을 바라보며, '솜털도 안 빠진 애송이'에게 빼앗긴 역할을 연기하고 있었다.

그런 슬픈 정적 사이로…… 맑고 구성진 은수의……

"꺼어어어억……."

트림소리가 길고 은은하게 울려 퍼졌다.

"미…… 미안한데요, 일어나자마자 빵부스러기 같은 걸 먹어서 소화가 안 되나 봐요…… 본의는 아니었어요. 계속 말씀하세요, 하하하."

조금 창피해져서 붉어진 얼굴로 은수는 변명을 했다.

진후는 벌떡 일어나 주먹을 쥐고 부들부들 몸을 떨었다.

"절대로 여자라고 볼 수 없어! 당신은 남자들이 여자에게 갖는 로맨틱한 환상을 한 조각도 남김없이 깨부수기 위해 투하된 외계 생명체야!"

"네?"

"지구는 지구인에게 돌려주고, 우주로 날아가버려!"

"에엑?"

"깐따삐아로 돌아가 버리라고! 이 X—파일아!"

그렇게 소리치고 그는 도저히 참을 수 없는 슬픔이 온몸을 짓누르는 듯 괴로운 얼굴을 하더니 2층 계단으로 다다다 달려가 버렸다. 황망하게 식당에 남겨진 채 은수는 넋이 나가 말했다.

"……딴 건 모르겠는데요. 사이코드라마라면 당신이 딱…… 인 것 같네요."

멀쩡하게 생기다 못해서, 심하게 잘생긴 남자가 이상한 소리를 쏟아 붓다 사라져버리다니 정말 황당했다.

그렇지만 은수는 그에게서 좋은 점을 하나 발견했다. 상도 안 치우고 가버린 탓에 접시를 모아서 싱크대로 가던 중, 선반에 어젯밤 그가 휴지통에 던져버린 화병이 깨끗하게 닦여 올려진 것이 보였다. 그뿐이 아니다. 언제 옮겨뒀는지, 천막에 담아 끌고 온 물건들을 꺼내서 거실 이곳저곳에 널어놓은 것이 보였다.

"성격은 이상하지만, 나쁜 사람은 아니라는 거죠?"

접시를 치우다 말고 은수는 화병에 대고 작은 소리로 물었다. 아무 대답도 들려오지 않았지만 그냥 후훗 하고 웃음이 나왔다.

"어? 진짜 여기서 일하게 됐어요?"

늦은 오후에 누군가가 찾아왔는데, 은수가 아는 얼굴이었다. 그는 음식 재료가 가득 든 봉투를 든 채 은수를 바라보았다. 진후의 로드매니저 일준이다.

"보시다시피…… 어젯밤 폭우로 텐트가 날아가버려서요…… 비가 그칠 때까지만 여기서 지낼 수 있게 됐어요."

그러고 보니 담장 옆에 있어야 할 천막이 사라지고 없었다.

"아, 그렇군요? 하하, 역시 진후 형, 그럴 줄 알았다니까……."

일준은 기분 좋게 웃으며 들고 온 음식 재료를 냉장고에 정리하기 시작했다.

"그런데 진후 형은요?"

"몰라요. 위층으로 올라간 뒤에 몇 시간째 조용해요."

일준을 도와 은수는 냉장고에 음식 재료들을 넣었다.

커다란 수박을 야채실에 넣다 말고 일준이 조용한 목소리로 물었다.

"진후 형이 이상한 소리를 하진 않던가요?"

"늘…… 이상한 사람이라, 딱히 뭐가 이상한지는……."

"이상한 행동이나 이상한 소리를 했을 텐데요. 나사 풀린 사람처럼요."

일준은 걱정이 가득한 얼굴이었다.

"그러고 보니 아까 낮에 외계인이니 지구를 떠나라느니 하는 이상한 말을 하긴 했어요."

"후우…… 역시……."

수박을 억지로 밀어넣은 뒤 일준은 선반에 올라앉아 한숨을 길게 내쉬었다.

"지금 진후 형 상황이 좀 안 좋거든요."

"무슨 상황이요?"

풀하우스에서 쫓겨난 뒤에 전기를 쓸 수가 없어서 인터넷도 못 하고, 핸드폰도 꺼둔 상태라 은수는 바깥소식을 전혀 몰랐다.

"일전에 진후 형이 친척 결혼식 때문에 호텔에 갔다가…… 거기서 묘한 사고에 휘말려서……."

일준은 그때 진후가 당한 일과 그 때문에 어떤 상황에 처했는지를 간략하게 설명해주었다. 은수는 깜짝 놀라 침을 꼴깍 삼켰다. 아무래도 그가 호텔에서 겪었다는 황당한 사건의 상대는 자신인 것 같았다.

'서…… 설마 나는 아니겠지…… 하하하.'

그런 이상한 일이 한 사람에게, 같은 날 같은 장소에서 두 번 일어날 리가 없음을 알면서도 은수는 그 일이 자신과 관련이 없기를 애써 바랐다.

"원래 진후 형은 드라마보다 영화 쪽을 더 선호했거든요. 그래선지 이번에 스캔들 때문에 드라마 캐스팅이랑 CF랑 다 취소됐는데도 아무렇지 않아 보였어요. 그런데……."

'허억! 그…… 그 일이 그렇게까지 커진 거야?'

은수에게 그 사건은 단지 화장실이 급해서 뛰어 들어갔다가 어떤 성질 더러운 놈에게 걸려서 잠깐 실랑이를 한 사건 정도로 기억되어 있었다. 하지만 상대편에겐 그 일이 말도 안 되는 스캔들의 빌미가 되어 심각한 피해를 입었다니. 놀라고 당황스러워서 아무 말도 할 수 없었다.

"그런데 오늘 아침에 사무실에서 진후 형이 그렇게 고대하던 작품에 출연하지 못하게 된 걸 알려줬거든요. 엄청 충격이 클 거예요. 그렇게 보이지 않겠지만, 작품 욕심이 굉장하거든요…… 성격은 좀 이상해도 일에 대해선 프로예요. 진후 형은요, 진짜 배우예요."

또 한번 긴 한숨을 내쉬고 일준은 확신에 찬 목소리로 말했다.

"진후 형은 정말 훌륭한 배우가 될 거예요. 형이 연기하는 걸 보면 누구라도 그렇게 생각할걸요. 지금까지 맡은 역이 천편일률로 같은 이미지긴 했지만……."

일준이 하는 말 한 마디 한 마디에는 진후를 향한 애정과 신뢰가 잔뜩 배어 있었다.

"그 스캔들만 터지지 않았어도 따낼 수 있었을 텐데…… 지금까지 진짜 열심히 했는데…… 그깟 스캔들 하나가 다 망쳐놓아서 형뿐 아니라 사무실 사람들도 다 기운이 빠져 있어요. 그 일만 없었어도 형이 이런 데서 숨어 지낼 필요도 없었을 텐데……."

생각만 해도 화가 나는지 일준은 머리를 거칠게 헝클어뜨리며 선반에서 내려와 냉장고 정리를 계속했다. 은수는 진후에게보다는 그를 믿고 있는 일준에게 더 미안해져서 더는 부엌에 있을 수가 없었다.

'몰랐어…… 나 때문에 그렇게 피해를 입었을 줄은, 진짜 몰랐어.'

진후 처지에서 생각한다면, 악연도 이런 악연이 없을 것이었다. 은수는 스캔들의 원인을 제공한 사람이자, 그것 때문에 쫓기듯 이사 온 집에서도 맘 편히 지내지 못하게 계속 신경을 건드리는 사람이다. 거실 한가운데 서서 은수는 집 안을 빙 둘러보았다. 떠나고 싶지 않은 곳, 다른 사람에게 넘겨주고 싶지 않은 소중한 곳이지만, 그것을 되찾을 힘이 없는 지금 자신은 이곳에 있을 자격이 없었다.

"집에 계신 동안만이라도 형 좀 잘 부탁드려요."

"에? 전 오늘 나가려고 했는데……."

은수는 진후에게 약속한 저녁을 차려준 뒤 풀하우스를 되찾을 만큼 돈을 벌 때까지 집을 떠나 돌아오지 않을 생각이었다.

"제가 며칠 출장을 가거든요. 형이 일을 쉬고 있어서 잠깐 다른 사람 로드매니저를 하게 됐어요. 며칠 뒤에 올 테니까요, 그때까지 진후 형 좀 잘 부탁해요. 이상한 소리를 하거나 괴상한 행동을 하면요, 그냥 내버려두세요. 며칠 그러면 진정되거든요."

"그래도…… 전……."

"정말 죄송한데요, 달리 부탁할 사람이 없어서 그래요. 가끔 집에 들러서 죽지 않았나 그것만 좀 살펴주시면 돼요."

그 이상한 사람을 상대한다는 것이 자신 없었지만 하도 간곡히 부탁하는 바람에 은수는 고개를 끄덕였다.

'내 탓도 좀 있으니까…….'

그리고 미안한 마음도 조금 있었다.

"괜찮아요. 믿을 만한 사람에게 부탁했어요."

풀하우스를 나와서 차를 몰고 가며 일준은 사무실에 전화를 하고 있었다.

"그럼요, 진후 형을 보고도 연애감정에 빠지지 않을 확실한 사람이니까 아무 문제 없을 거예요. 물론이죠! 진후 형 타입도 아니에요. 그러니까 걱정 마세요, 과장님."

일준은 젊은 남녀가 한 집에 있게 되었어도, 그 둘 사이에 아무런 일도 일어나지 않으리라 확신했다. 소리치는 여자를 세상에서 제일 싫어하는 남자와 대가 센 여자가 만났으니 그들이 할 것은 사랑이 아니라 전쟁이다.

"민지훈 씨! 식사하세요!"

일준이 음식 재료를 잔뜩 사다놓아서 다행히 여러 가지 요리를 할 수 있었다. 비를 맞으며 짐을 옮겨준 것도 고맙고 미안한 마음도 있어서, 은수는 그의 입맛에 맞을까 걱정하며 저녁을 차렸다.

"민지훈 씨! 식사하시라고요!"

2층에 대고 큰 소리로 몇 번이나 불렀지만 대답도 없고 움직이는 소리도 나지 않았다.

"……자나?"

'아니지…… 잔다고 해도 낮에 올라간 뒤 벌써 몇 시간이야?'

불현듯 불길한 생각이 들었다. 낮의 그 괴상한 모습도 걱정스러웠고 '죽지 않았나 살펴봐주세요'라고 한 일준의 말도 신경 쓰였다. 좀 쑥스럽긴 했지만 은수는 앞치마에 손을 닦으며 2층으로 올라갔다.

"민지훈 씨, 아니…… 이진후 씨, 밥 다 되었거든요? 식사하세요."

2층에서 가장 크고 전망이 좋은 방을 쓰리라 생각한 은수는 전에 자신이 쓰던 침실 문에 대고 가만히 그를 불렀다.

"이진후 씨, 자요? 안자면 일어나서 밥 먹고 자요."

아무리 불러도 대답이 들리지 않았다. 원래 자기가 쓰던 침실이지만 지금은 외간남자의 소유가 된 방이라 은수는 얼굴을 붉히며 잔뜩 긴장해서 침실 문을 열었다.

"이진후 씨?"

은수는 도둑처럼 몸을 숨기고 침실로 들어갔다. 방 안은 완전히 달라져서 전의 모습이라곤 창문틀밖엔 남아 있지 않았다.

방에 온 목적을 잊고 은수는 달라진 방 풍경에 신경을 집중했다. 초등

학교 시절에 붙인 만화 주인공들 스티커, 키를 재던 벽지 위의 눈금과 천장에 붙인 야광 별, 어릴 적에 키우던 고양이가 박박 긁어놓은 벽장문도 모두 사라지고 새것으로 바뀌어 있었다. 그 모든 변화가 더는 풀하우스가 자신의 것이 아님을 말하는 것 같아서 은수는 조금 울적해졌다. 알고는 있지만 마음이 그 사실을 받아들이지 못해 혼란스럽고 슬펐다.

"으…… 음……."

침대에서 자고 있던 진후가 조그맣게 소리를 냈다. 그제야 왜 이 방에 들어왔는지를 다시 기억해낸 은수가 얼른 물었다.

"아, 깼어요? 식사하세요. 밥 다 해놨어요."

방 안 풍경에 정신이 팔려서 은수는 진후를 바라보지 않았다.

"무……."

"나가요, 나가. 지금 나간다구요."

방에 함부로 들어왔다고 또 무슨 잔소리를 할지 두려워서 은수는 빠르게 대답했다.

"물…… 좀……."

"에?"

진후는 말하기가 힘든 듯 가쁜 숨을 내쉬었다. 방을 나가려던 은수는 조심스럽게 그가 누워있는 침대로 다가가 이불 속에 파묻힌 남자를 바라보았다. 눈을 감고 옆으로 누워 있는 얼굴에 땀방울이 가득 맺혀 있었다.

"민지훈 씨, 어디 아파요?"

"으응……."

"어디가 아픈데요?"

"응……."

뭐라고 말해도 '응'이라는 말밖에 할 줄 모르는 사람 같았다. 은수는 벌떡 일어나 1층으로 뛰어 내려갔다.

"여기요, 물 가져왔어요. 일어나보세요."

물을 가져와 다시 깨워도 그는 일어나지 않았다. 일어날 기운이 없는 것 같아서 잔을 내려놓고 억지로 일으켜 앉히는데, 온몸이 축축하고 뜨거웠다. 진후는 힘없이 눈을 뜨고 은수가 내민 물잔을 받아 조금 마시고는 다시 자리에 누웠다.

"저기요…… 약 먹었어요?"

"응."

"'응'만 하지 말고, 제대로 대답해봐요. 약 먹고 누운 거예요?"

진후는 얼굴을 잔뜩 찌푸리고 고개를 저었다.

"약도 안 먹고 누워 있으면 어떡해요? 열이 장난 아니던데."

"우…… 시끄러……."

은수가 소리를 칠 때마다 머리가 아파서 진후는 기어이 이불 속으로 숨어버렸다. 열이 나는 사람이 이불을 머리꼭지까지 뒤집어쓰는 걸 보고 은수는 이불을 확 잡아당기며 다그쳐 물었다.

"약 어디 있어요?"

"몰라……."

"……흐음."

이불을 빼앗기자 이번에는 베개 밑으로 파고드는 남자를 한심한 듯 바라보다 은수는 일어났다.

"열 있으니까 뒤집어쓰고 있지 마요. 알았어요? 시내 가서 약 사올게요. 참…… 돈이 없네. 돈 좀 줘요. 약 사오게."

침대 옆에 있는 지갑에서 만 원짜리 한 장을 꺼내 주머니에 넣고 은수는 빠른 걸음으로 밖으로 나갔다. 벌써 해가 져서 어두운데다가 비가 내리고 있어서 시내까지 자전거를 타고 가는 건 무리일 것 같았다.

'아픈 사람을 두고 무슨 생각을 하는 거야…….'

별로 지킬 의리도 없고 도와주어야 할 의무도 없지만 은수는 비옷을 입고 자전거를 꺼내왔다.

'일준 씨 부탁 때문이야, 저 싸가지가 예뻐서 그러는 건 아니라구. 아아, 착한 은수! 착해서 고생이구나~!'

젖은 흙길이라 자전거가 미끄러져 흔들거렸지만, 은수는 굳세게 페달을 밟았다.

은수가 약을 사러 집을 나간 뒤 얼마 지나지 않아 하얀 자동차 한 대가 풀하우스 대문 앞에 멈추어 섰다. 차에서 내린 사람이 한참 동안 초인종을 누르자 잔뜩 찌푸린 얼굴로 진후가 문을 열었다. 문을 연 그의 얼굴에 놀라는 기색이 역력했다.

"무슨…… 일로……."

문 앞에 다소곳이 서 있는 사람은 다름 아닌 세린이었다.

"아까 전화했잖아. 기억 안 나?"

기억하기는커녕 서 있기도 힘이 들어서 진후는 그냥 현관에서 비켜나 거실 소파로 가 앉았다.

"형은?"

"나 혼자 왔어."

"뭐?"

이마를 짚으며 놀란 표정으로 쳐다보자 세린은 들고 온 쇼핑백을 탁자에 올려놓고 다가왔다.

"잘 있나 전화했는데, 목소리가 아픈 것 같기에 내가 물었잖아. 어디 아프냐고. 그러니까 네가 그렇다고 말했고, 돌봐줄 사람 없냐고 하니까 또 그렇다고 했어."

진후는 아무것도 기억하지 못했다. 기억나는 것은 목이 굉장히 말랐다는 것과 초인종 소리가 시끄러워서 도저히 잠을 잘 수 없었다는 것 두 가지뿐이다.

"그래서 온 거야."

"그래도 오지 말았어야지…… 이젠 형의 아내가 될 사람인데……."

"그래, 네 말이 맞아. 그래서 시동생을 보살피러 온 거야."

세린은 아무렇지 않은 얼굴로 말했다. 진후는 피식 웃었다.

"결혼 전에 시동생을 너무 챙기는 것도 보기 안 좋아."

"좋아, 핑계를 대진 않겠어. 솔직히 대화할 시간이 필요해서 왔어. 헤어진 뒤 계속 피해왔잖아."

"처음에 피한 건 내가 아니야."

왜 하필 이렇게 안 좋을 때 들이닥친 걸까. 머리가 아파서 잠시 눈을 감고 있을 때 세린이 맞은편 소파에 앉았다. 언제 보아도 참으로 고운 모습이다.

"피할 때는 언제고, 이제는 아무 때나 와서 휘저어놓다니 무슨 심술이야?"

"그땐 내가 준비가 안 되었었거든."

"지금은?"

차갑게 묻는 진후의 말에 세린은 담담한 얼굴로 대답했다.

"지금은 모두 정리됐어."

"하하하……."

진후는 웃었다. 웃지라도 않으면 가슴이 폭발할 것 같았다.

"비도 오는데 수고하셨네. 일부러 와서 정리정돈까지 다 하시고……."

"그런 식으로 말하지 마."

"그럼 어떤 식으로 말해? 6년이야, 군대에 가 있던 기간을 빼고도 6년이나 누나를 사랑했어."

"알아."

무표정한 세린의 얼굴이 진후는 알미웠다.

'알면…… 문득문득 내 앞에 나타나지 말란 말이야.'

묻고 싶은 말이 많았다. 언제부터 형과 사귀었는지, 무슨 생각으로 이런 상황을 만들었는지, 형의 어디가 좋아서 결혼까지 생각했는지…… 물어보고 싶은 말이 산더미처럼 가슴속에 쌓여 있었다. 하지만 자존심이 허락하지 않는다. 구차하게 매달리고, 변명을 구하며 눈물을 흘리기는 싫었다.

"여름감기일 것 같아서, 약을 좀 사왔어. 그리고 이건 죽이야. 아플 땐 소화가 잘 되는 걸 먹는 게 좋으니까."

들고 온 쇼핑백 안에서 약과 음식을 꺼내놓으며 세린이 달래듯 말했다.

"필요 없어. 그만 돌아가."

"나는 널 감당할 자신이 없었어."

"내가 그렇게 못된 남자였나?"

세린은 조용히 고개를 저었다.

"네가 아니라 내가 부족해서야."

지겹도록 들은 말이다. 대체 뭐가 마음에 들지 않아서 헤어지자며 떠난 뒤 이렇게 다시 나타났는지 진후는 변명이 아닌 사실을 듣고 싶었다.

"파리에서 그렇게 떠난 뒤 한 번도 제대로 이야길 나눌 수가 없었어. 그러더니 이렇게 찾아온 이유가 뭐야? 뭔가 말하고 싶어서 온 것 아니야?"

다그치는 진후의 표정이 좋지 않았다. 그는 화를 내는 것이 아니라 힘들어하고 있었다. 고등학생이 되자마자 진후는 세린에게 마음을 고백했었다. 그때의 설레던 마음과 불안한 떨림이 아직도 생생하다. 유학 간 세린을 쫓아갔을 때의 뜨겁던 감정도 여전히 그대로인 것 같은데, 지금 이런 모습으로 서로를 보고 있다. 어색하고 미안해하며 서로에게 하고 싶은 말도 못 한 채 바라만 보고 있다.

세린과 헤어진 뒤 진후는 다른 여자를 여러 명 사귀었다. 세린에 대한 원망 때문이기도 했고, 세린의 빈자리가 참기 힘들 만큼 크게 느껴져서 혼자 있고 싶지 않아서기도 했다. 그러나 다른 여자를 사귈수록, 그 여자들을 사랑하려고 노력할수록 마음속 빈자리가 줄어들기는커녕 더욱 크게 느껴졌다. 헤어졌다는 것을 머리로는 알면서도 아직 마음으로 받아들이기는 힘들었다.

"나는…… 지금이 좋아."

한참 만에 침묵을 깨고 세린이 말했다. 진후를 밀쳐낸 뒤로도 자기 마음은 늘 그를 바라보고 있다는 걸 세린도 알고 있었다. 그렇기에 지금이 좋다. 완벽한 남도 아닌, 그렇다고 연인 사이도 아닌 지금의 상태가 최선인 듯싶다.

"너도 그랬으면 해."

순간 진후는 세린에게 하고 싶은 비난의 말들이 목구멍까지 치밀어 올랐다. 차마 하지 못하고 쓴 웃음만 삼켰지만.

"형이 잘해줘?"

대체 형이 어떻게 해주기에 세린이 결혼까지 결심했는지 궁금해서 미칠 것 같았다. 자신의 무엇이 모자라서, 무엇이 마음에 들지 않아서 형을 택했는지 꼭 알고 싶었다.

"그래. 좋은 사람이야."

늘 그렇듯 세린은 중요한 이야기는 모두 숨기고 다시 물을 수 없는 대답만 했다. 미치도록 가슴이 답답해졌다. 지금도 자신은 비슷한 이름만 들어도 심장이 철렁거리고 온몸이 굳는데, 세린은 이미 다른 사람을 만나 결혼을 앞두고 있다.

버스 정류장 기둥에 묶어둔 자전거를 타고 은수는 열심히 빗속을 달려 집으로 돌아왔다. 늘 다니던 길이라 익숙하기는 했지만 이틀째 비가 와서 미끄러웠다. 넘어질 뻔한 것이 한두 번이 아니다.

"뭔 비가 쉬지 않고 내리냐…… 아무리 장마철이라고 하지만……."

자전거에서 내려 대문을 열고 들어가자 하얀색 승용차가 보였다. 한 번도 본 적 없는 차였다.

"아, 민지훈 씨 손님인가 보네."

누가 왔는지 모르는데 갑자기 들어갈 수도 없어서 은수는 거실 창으로 몰래 집 안을 들여다보았다.

'어? 저 사람은 전에 온……'

그의 형과 결혼할 사람이라는 여자였다. 형도 함께 왔는지는 모르겠지만 두 사람 분위기가 조금 이상했다. 아무 말도 하지 않고 서로를 묘한 눈으로 바라만 보고 있다.

'싸우나?'

싸운다고 해도 이상하다. 여자 쪽 얼굴은 보이지 않아서 모르겠지만, 민지훈의 눈빛에는 뭔가 슬픈 빛이 어려 있었다.

"'형과 함께'가 아니면 다시는 혼자 오지 마."

세린과 단둘이 있고 싶지 않았다. 그럴 때마다 간신히 억눌러둔 감정이 모두 살아나 날카로운 바늘이 되어 심장을 찔렀다.

"넌 아직도…… 아냐. 알았어, 네 말대로 할게."

방황하는 진후의 마음을 알아채고 뭐라 말하려던 세린은, 그러나 어떤 말도 그를 자극할 뿐이라는 것을 알기에 그만 자리에서 일어났다.

'엇, 가나 보다.'

온 지 얼마 안 됐을 텐데 돌아가는 걸 보면, 뭔가 전할 말이 있어서 잠깐 들른 모양이었다. 자동차 앞에 세워둔 자전거가 생각난 은수가 화들짝 놀라 마당으로 뛰어가는데, 마침 현관문이 열리면서 진후와 함께 세린이 밖으로 나왔다. 두 사람 모두 빼어난 미모의 선남선녀(善男善女)라 모르는 사람이 보았다면 잘 어울리는 한 쌍이라고 할 것이었다.

"자…… 잠깐만요, 금방 치워드릴게요."

차를 막고 있는 자전거를 창고 쪽으로 밀며 은수는 고개를 푹 숙였다. 비옷 덕분에 얼굴이 보이지 않아 다행이었다. 잘 차려입은 아름다운 여자 앞에 서 있는 자기 모습이 창피했다. 고개를 숙이니 바지는 진흙투성이였고, 슬리퍼 신은 발의 발톱 밑에는 흙이 잔뜩 끼어 있었다.

"빗길이니까…… 조심해서 가."

냉정하게 내보냈지만 그건 마음이 복잡해서지 싫어서가 아니었다. 혼자서는 오지 말라고 하면서도 내심 진후는 세린이 혼자 온 것을 기뻐하고 있었다. 그만큼 그의 마음은 세린에 대해 아직도 불안정하게 흔들렸다.

"너도 몸조리 잘 해. 여름감기가 더 독하대."

"……알았어."

세린이 차에 타자 진후가 문을 닫아주었다.

"들어가."

세린은 창을 올리고 시동을 걸었다. 그녀를 태운 차가 큰길로 나가 눈에 보이지 않을 만큼 멀어질 때까지 진후는 마당에 서서 움직이지 않았다.

"갔는데요?"

언제까지 비를 맞고 서 있을지 걱정이 된 은수는 슬그머니 다가가 말했다.

"으앗!"

진후는 귀신이라도 본 듯 깜짝 놀라며 비켜섰다. 다시 보니 하얀 우비를 입은 은수였다.

"가지…… 가지 하는군."

"네?"

"비 오는 날 밤에 그렇게 입고 돌아다니면 민폐라는 걸 몰라?"

놀라게 한 게 기분 나빠서 진후는 심술을 부렸다.

"이게 어때서요? 튼튼하고 커서 비도 안 들이치고 좋은데. 여름에 밭에 농약 칠 때도 이게 딱이에요."

은수는 일부러 진후에게 물방울이 튀도록 우비를 흔들며 말했다. 형수될 사람을 배웅할 때는 비를 맞고 서서도 인상 한 번 구기지 않던 사람이, 물방울 좀 튄다고 수선스럽게 옷을 털면서 화를 내는 것이 우스웠다.

"담장 아래에 노숙할 때부터 희한하다 생각은 했지만, 정말 상상을 초월하네. 밤중에 여자 혼자 무슨 깡으로 나돌아다니는 거야?"

"뭐라고요?"

누구 때문에 귀찮은 것도 무릅쓰고 약을 사러 다녀왔는데 그런 말을 하냐고 한소리 쏘아붙이고 싶었지만 하도 억울해서 말문이 막혔다.

"밖에서 사는 게 체질인가 본데, 비 그치면 바로 짐 싸서 나가."

"안 그래도 나갈 참이었네요. 치사해서 오늘이라도 나갈 거예요."

"치사해? 나 참, 기가 막혀서. 2년 동안 이 집에 공짜로 살게 하고 뒤치다꺼리까지 해준 사람에게 치사하다고?"

갑자기 은수는 생각나는 것이 있었다.

"맞아요! 그거! 언제 이 집을 샀어요? 정말로 돈 주고 산 거 맞아요?"

"뭐?"

"우리 아빠한테 무슨 사기라도 친 거 아니냐고요! 우리 아빠가 이 집을 팔 분이 결코 아니거든요. 그러니까 민지훈 씨가 이 집을 소유한 과정에 무슨 문제가 있는 건 아닌지, 알아야겠어요."

"뭐라는 거야……."

몸도 아프고 마음도 심란해서 진후는 그만 방으로 올라가 쉬고 싶었다. 은수와 득도 되지 않는 말싸움을 하고 싶은 마음은 손톱만큼도 없었다. 다다다다, 빠른 속도로 쏟아지는 은수의 말을 무시하며 그는 집으로 들어가버렸다.

"이봐요! 내 말 안 들려요? 이봐요, 민지훈 씨! 아니 이진후 씨! 젠장, 뭐로 불러야 해?"

이름이 둘이라 헷갈린다. 어떤 이름으로 불러야 걸음을 멈추고 대답을 해줄지 몰라서 저도 모르게 중얼거린 혼잣말에 민지훈이 뒤돌아서서 빠직, 이마에 핏줄이 솟은 채 노려보았다.

"……민지훈 씨로 불러요?"

조금 어색해서 은수는 저도 모르게 배시시 웃음을 흘렸다.

"이상한 여자."

"에?"

진후는 은수에게 이상한 여자라는 말만 하고 더 상대할 가치가 없다는 얼굴로 현관문을 열었다. 은수는 그 뒤를 종종종 따라갔다. 그러고는 진흙이 잔뜩 묻은 발을 들어, 진후의 엉덩이를 힘껏 차주었다.

"으악!"

괴상한 비명을 지르며 진후는 현관문에 이마를 찧고 고꾸라졌다.

"뭐야! 미쳤어?"

엉거주춤하게 엎어진 자세로 진후가 화를 냈다.

"이상한 여자라면서요? 그 호칭에 맞게 행동해야죠."

그가 화를 내는 것이야 늘 있는 일이라 은수는 어느새 적응이 되었다. 진후 엉덩이에 찍힌 커다란 발자국을 보며 은수가 깔깔깔 웃음을 터뜨렸다. 진후는 어떻게 해야 분이 풀릴지 몰라 씩씩거리며 벌떡 일어났다.

"좋아, 이렇게 나오시겠다?"

"어쩌려고요?"

은수는 신고 있던 슬리퍼를 벗어서 양손에 들고, 여차하면 던질 기세로 겁을 주었다. 지금까지 살아오면서 이런 말괄량이는 처음 보았기에, 진후는 기가 막혀서 말도 못 하고 은수가 슬리퍼를 흔들 때마다 날아오는 흙덩어리를 피하기 위해 손을 앞으로 내밀고 슬금슬금 뒷걸음질을 쳤다.

"메~롱~."

그 틈을 타 은수는 문을 열고 집 안으로 도망쳤다.

"어딜 도망가!"

진후는 2층 계단으로 잽싸게 도망치는 은수를 뒤쫓았다.

"거기 안 서!"

"베에~."

키는 진후가 커도 은수 쪽이 더 날쌔선지, 쉽게 따라잡지 못하고 그는 놀림만 당했다. 약이 올라서 진후는 소리를 지르며 계단을 올라갔다. 은수는 난간을 잡고 긴 다리를 이용해서 발길질을 해 그런 진후를 올라오지 못하게 위협했다.

"잡히면 가만 안 둬!"

"무슨 남자가 그렇게 운동신경이 둔해요?"

"뭐라고?"

"헤헤헤. 펭귄다리 사이코 변태!"

"뭐? 지금 뭐라고 했어!"

소리를 질렀지만 진후는 은수를 따라잡지 못하고 난간을 붙든 채 숨을 몰아쉬었다. 갑자기 움직여선지 어지럽고 숨이 차서 서 있기도 힘이 들었다.

'아, 아까 열이 심했지?'

그가 아팠다는 걸 기억해내고 은수는 조심조심 계단을 내려왔다. 아픈 사람을 상대로 장난치고 싶진 않았다.

"잡았다!"

"꺅!"

진후는 은수의 목을 한 팔로 조여 움직이지 못하게 하고 다른 팔로 허리를 꽉 끌어안았다.

"방금 뭐라고 했어? 펭귄다리 사이코 변태?"

"왕싸가지라는 말이 빠졌네요. 이거 놔요!"

"못 놔. 어떻게 복수할지 생각 좀 해보고 놔줄 거야."

솔직히 어지러워서 아무 생각도 나지 않았다.

"남자가 비겁하게 그런 수나 쓰고, 진짜로 아픈 줄 알았잖아요!"

아프다는 사람치고 팔 힘이 장난이 아니라 빠져나오지 못한 채 은수는 소리만 질러댔다.

"여자들은 참 이상해…… 괴롭히고 약 올릴 때는 언제고, 아프다고 하면 쪼르르 달려온단 말이야. 싫어하는 건지, 좋아하는 건지 알 수가 없어…….”

진후는 전화 목소리가 안 좋다는 이유만으로 빗속을 달려온 세린이 생각나 저도 모르게 중얼거렸다.

“싫어하는 건데요.”

“뭐?”

“싫어하는 건데, 불쌍해서 못 봐주겠으니까 왔다구요!”

순간 팔 힘이 풀리면서 은수는 진후의 품에서 빠져나왔다.

“싫어…… 하는데, 불쌍해서…… 라고?”

핏기가 사라진 창백한 얼굴로 진후가 말했다. 은수의 말이 세린의 알 수 없는 행동에 대한 진실처럼 들렸다.

비참함. 형의 곁에 서 있던 세린을 보았을 때 느낀 초라함이 한층 심한 감정이 되어 온몸을 움켜쥐었다.

“내가…… 그렇게 불쌍해 보였던가? 불쌍하고 가여워서…… 그래서였어?”

하얗게 질려가는 진후가 걱정되어 은수는 손을 뻗었다.

“뭘…… 그렇게 오버하고 그래요? 또 연기하는 거죠? 두 번은 안 속으니까 그만해요.”

말은 그렇게 해도 은수는 진후가 정말로 걱정되었다. 약을 사러 나가기 전에 만져본 몸도 예사롭지 않게 뜨거웠고, 지금은 누가 보아도 아픈 사람이라고 생각할 만큼 안색이 좋지 않았다.

그러나 진후는 걱정하며 뻗어온 은수의 손을 매섭게 쳐내고 2층의 침실로 들어가버렸다. 맞은 손등을 문지르며 은수는 거칠게 닫힌 방문을 말없이 올려보았다. 낮에 이어서 두 번째로 사이코드라마를 본 것 같았지만, 왠지 아까처럼 웃어넘길 수가 없었다.

Episode 4
햄릿과 신데렐라

참을 수 없는 모욕이었다. 사랑한 여자에게 동정받았다는 생각을 할 때마다 화가 치밀어서 속이 뒤집어질 것 같았다.

"누가 동정해달라고 했어!"

진후는 손에 잡히는 대로 물건을 벽에 던졌다. 분노로 말미암은 광기가 그를 움직이고 있었다.

쿠당탕…….

콰앙!

"으앗!"

식당에 차려둔 다 식은 밥을 이제야 한술 뜨려 앉은 은수의 입에서 비명이 터져나왔다. 위층에서 천둥소리 같은 요란스러운 소음이 연이어서 들려왔다.

'푸…… 풀하우스를 다 부수려나 봐!'

밥풀이 붙은 숟가락을 입에 넣어 깨끗이 만들고, 은수는 부리나케 2층으로 뛰어갔다. 이대로 두면 풀하우스가 2층집이 아니라 1층집으로 변할 것 같았다.

"이봐요, 민지훈 씨! 지금 뭐 하는 거예요?"

문이 열리지 않아, 방문에 바짝 붙어서 한소리 해주었다. 그러자 대답 대신 또 뭔가 물건이 날아와서 무서운 소리를 내며 방문에 부딪혔다.

"미쳤어요?"

"나가!"

"나가긴 나갈 건데요, 할 말은 하고 가야겠네요!"

그렇게 말하자마자 거짓말처럼 문이 벌컥 열렸다. 놀라서 눈을 깜박거리는 은수 앞에 잔뜩 찌푸린 얼굴이 서 있었다.

"그래, 할 말이 뭔데? 중요한 말 아니면 죽여버릴 거야."

"에엑…… 죽을 정도로 내가 뭘 잘못했다고……."

"나가."

용건은 말하지 않고 말꼬리만 잡자 진후는 휙 몸을 돌려 다시 문을 닫으려 했다. 은수는 그의 팔에 매달려 최대한 미소를 지으며 말했다.

"마…… 말할 테니까, 제발 집 좀 부수지 마요. 집이 무슨 죄를 졌다고 그렇게 두들겨 패요? 차라리 날 때리고 집 좀 그만 때려요."

정말 이상한 여자였다. 어떤 상황에서든 할 말이 준비되어 있고, 그 말은 매번 사람을 멍청하게 만든다. 미칠 것 같은 상태인데도, 이상하게 이 여자와 얘기를 할 때는 다른 생각이 나지 않고 오로지 순수하게……,

"사람을 뭐로 보고 하는 소리야? 내가 아무리 정신이 나가도 여자는 안 때려!"

…… 순수하게 발끈하게 하는 묘한 힘이 있다. 그 힘에 이끌려 진후는

이번에도 화를 냈고, 은수는 어떻게 하면 그를 진정시킬 수 있을지 생각이 나지 않아 그냥 배시시 웃었다.

"뭐야, 그 기분 나쁜 웃음은……."

"저기요, 민지훈 씨. 배고프지 않아요? 하루 종일 제대로 먹은 것이 없을 텐데……."

"지금 이 상황에 그 말이 적당하다고 생각해?"

진후는 괜히 방문을 열었다고 후회했다. 머리가 터져버릴 것 같아서 누구라도 좀 말려달라는 심정으로 문을 열었는데, 오히려 더 속이 답답해져 버렸다.

'적당한 말이 생각나지 않으니까 그렇죠…… 누가 당신이 듣고 싶은 말만 적어서 대본을 만들어가지고 다니는 줄 알아요?'

무슨 말을 해야 하나 눈을 굴리며 궁리하던 은수의 시선에 진후의 발이 들어왔다. 날카로운 것에 찢겼는지 피가 나고 있었다.

"아앗, 피! 발에서 피가 나잖아요!"

"상관하지 마."

"가만히 좀 있어봐요!"

은수가 크게 소리를 치며 피가 나는 발을 번쩍 들어올리는 바람에, 진후는 엉거주춤한 자세로 문틀에 기대야 했다.

'뭔 여자가 이렇게 힘이 세!'

정말 생긴 것만 빼면 도저히 여자라고 봐줄 수가 없었다. 그 생긴 것도 그다지 여성스럽지는 않지만…….

"유리가 박혔으면 어떡해요! 가만히 좀 있어요!"

"남의 발이 어떻든 무슨 상관이야……."

"가만있으라니까요! 거참 되게 성가신 사람이네."

진후는 은수가 시키는 대로 발을 움직이지 않고 가만히 있었다. 그렇게 화를 내고 무안을 주어도 창피해하지 않는 것도 이상하고, 그런 남자의 발을 무릎에 올려놓고 상처를 살피는 것도 이상한, 그야말로 이상한 것으로 똘똘 뭉친 여자라는 생각이 들었다.

"아파요?"

소매로 피를 닦아낸 뒤 상처를 만지며 은수가 물었다.

"별로……."

진후는 조금 기가 죽은 목소리로 대답했다.

"다행이네, 그냥 찢어지기만 했나 봐요. 유리조각이 박혔으면 병원에 가야 했는데, 살짝 찢어진 거니까 소독하고 약 바르면 되겠어요."

"됐어, 신경 쓰지 마."

왠지 부끄러워져서 진후는 또 심술궂게 굴었다.

"아픈데 약도 안 먹고, 밥도 안 먹고, 이유 없이 살림은 다 때려부수고……."

"지금 시비거는 거야?"

발을 빼고 성질을 부리는 진후를 올려다보다가 은수는 웃음을 참지 못했다.

"하하하하……."

"왜 웃어? 무슨 뜻으로 웃는 거야?"

"그냥 웃겨서 웃어요. 왜요? 기분 나빠요?"

"그럼 이유 없이 누가 날 보고 웃는데, 기분이 좋아?"

"아, 그건 기분 나쁘겠다."

허탈하게 동의해버리고 은수는 일어나서 계단을 내려갔다.

"뭐야! 왜 무시하고 그냥 가는 거야? 왜 웃었어?"

따라와 소리치자 그 모습을 보고 은수는 또 웃음보를 터뜨렸다.

"진짜 기분 나쁜 여자네. 사람 놀리는 게 그렇게 좋아?"

"놀리는 거 아니에요. 아래층에 소독약 있나 찾으러 가는 거라고요."

"왜 웃는 건데!"

결국 진후는 꽥 소리를 질러버렸다. 조금 놀란 듯 동그랗게 눈을 뜨고 은수가 쳐다보았다.

"말…… 은 해주고 가라고."

소리 지른 것이 창피해서 진후는 목소리에 힘이 없었다.

"민지훈 씨가 귀여워서 웃었어요."

"뭐?"

은수의 얼굴에는 비웃음이 아닌 기분 좋은 미소가 걸려 있었다.

"텔레비전에서 볼 때랑은 전혀 다른 사람이구나. 차갑고 되게 잘난 사람인 줄 알았는데, 나랑 똑같은 사람이구나, 그런 생각이 들었거든요."

"그쪽이랑 똑같은 사람이라는 말은 취소해."

"왜요? 나는 배우 이진후보다는 빽하면 화내고, 심술부리고, 시끌시끌한 민지훈 씨가 더 좋은데요."

진후는 억울하다는 표정으로 은수를 바라보았다.

"빽하면 화내고, 심술부리고, 시끌시끌한 사람은 내가 아니라 그쪽이잖아!"

"거봐요, 지금도 화내잖아요."

말문이 막힌 진후는 입술을 깨물었다.

"걸을 수 있으면 내려와요. 밥도 먹고, 약도 먹어요. 지금 안색이 유령 같아요."

"그래서 불쌍하다는 거야?"

"불쌍해하면 안 되나요? 나는 그럴 자격도 없어요?"

"그런 말이 아니잖아."

은수는 조금 위에 서 있는 진후를 올려보며 조금도 구김 없는 맑은 목소리로 말했다.

"날 봐요. 내가 당신 자존심을 건드릴 만큼 대단한 사람인가 잘 보란 말이에요."

진후는 다시 아무 말도 못 했다.

"당신은 유명한 배우에, 부자고, 좋은 집도 있고, 부모형제도 있잖아요. 나는 당신이 가진 것 어느 하나도 갖지 못했어요. 불쌍하다면 누가 더 불쌍해요?"

말을 하는 은수보다 그 말을 듣는 진후 쪽이 더 부끄러워져서 볼을 붉혔다.

"그러니까 불쌍한 사람이 밥 좀 먹자는데, 그렇게 까탈부리지 마요. 감기약 사오느라 고생해서 배가 등에 붙게 생겼구만…… 밥 먹는 게 무슨 유세라고……."

은수는 투덜거리며 식당으로 걸어갔다.

"약?"

뭔가 잘못 들었나 하며 진후는 은수를 좇아 식당으로 갔다. 밥을 퍼서 진후 앞에 올려놓고, 은수는 우비에서 감기약을 꺼내 그 옆에 놓았다. 왠지 더는 버틸 이유가 없어서 진후는 슬그머니 식탁 의자에 앉았다.

"만원 가져갔는데요, 약값이랑 버스비랑 하고 나니까 별로 안 남았어요."

은수는 다람쥐처럼 쪼르르 움직이며 물을 떠다놓고, 국을 데워 밥그릇 옆에 가지런히 놓았다.

"……약 사러 갔다고 말하지 그랬어."

밤중에 돌아다닌다며 싫은 소리를 한 것이 미안해서 진후는 감기약을 만지작거리며 은수와 제대로 눈을 마주치지 못했다.

"말하고 갔는데, 기억을 못하나 봐요?"

"……그런 것 같아."

"머리 되게 나쁜가 보다. 제대로 기억하는 게 하나도 없네."

호텔 사건의 주인공이 바로 자신이라는 것을 눈치 채지 못하는 진후가 재미있어서 은수는 저도 모르게 중얼거리며 웃었다.

"뭐?"

"아…… 아니에요. 미안하면 밥 먹어요. 콩나물국 끓이길 잘했네. 콩나물에 든 아스파라거스산인가 하는 게요, 몸에 좋대요. 해장에도 좋고, 감기에도 좋고…… 그렇다나."

"아스파라긴산이겠지."

"아무튼요. 감기 때문에 입맛이 없어도 잘 먹어야 빨리 나아요."

"알았어. 먹을게."

진후는 묵묵히 밥을 한 술 떠서 국에 말았다. 한 입 먹어보니 혓바늘이 돋아 제대로 맛을 느낄 순 없어도 제법 시원한 국물 느낌이 좋았다.

"맛없어도 약이다 생각하고 먹어요."

"맛있어. 괜찮아."

그는 아예 반 공기를 덜어서 국에 말았다. 은수는 조금 놀란 표정이었다.

'방금…… 맛있다고 했나? 이 사람이?'

맛있어도 맛없다고 투정부릴 줄 알았는데 그러지 않자 이상했다.

"하핫……."

"왜 웃어?"

"신기해서요."

"내가 밥 먹는 게 그렇게 신기해?"

고개를 끄덕이고 은수는 반찬들을 그의 앞에 조금 더 당겨놓아 주었다.

"생각해보니까 민지훈 씨 되게 유명한 연예인이잖아요. 그런 사람이 내가 차린 밥을 먹고 있다는 게 갑자기 신기해졌어요."

"연예인은 밥도 안 먹나? 밥 먹는 게 뭐가 신기해?"

"그러게 말이에요. 하하하."

뭔가 우스워진 것 같아서 진후도 피식 웃었다.

"좋은 여자는 아니지만, 좋은 사람이야."

"네? 누가요?"

"그쪽."

어딘가 어폐가 있는 말이었지만, 그의 입에서 처음으로 칭찬하는 말이 나왔으니 은수는 인정해주기로 했다.

"뭐, 민지훈 씨도 좋은 남자는 아니지만 좋은 사람이에요."

"내가 왜 좋은 남자가 아니야?"

자기가 한 말은 싹 잊어버렸는지 진후는 살짝 투정을 부렸다.

"나는 왜 좋은 여자가 아닌데요?"

"그야 이유가 많지. 철판에, 시끄럽지, 기운 세지, 고집 세지, 조금도 여자답지 않잖아. 아! 트림도 잘한다."

"그쪽도 만만치 않아요. 그대로 반사!"

숟가락을 흔들어 보이며 은수가 받아쳤다.

"성질 고약하지, 변태에, 속이 좁아 잘 삐지지……."

"나 밥 안 먹어."

"거봐요, 또 삐진다."

심술궂게 내려놓던 숟가락을 다시 들고 진후는 은수를 노려보았다. 이제는 승률이 몇 대 몇인지도, 언제 이 여자를 한 번이라도 통쾌하게 이겨 본 적 있는지도 잘 모르겠다.

"그래도 좋은 사람이라는 거 알아요."

"……알면 됐어."

"그러니까요. 스캔들 따위에 지지 말고, 힘내세요. 본인을 앞에 놓고 말하려니까 좀 쑥스럽지만…… 꼭 이 말을 해주고 싶었어요. 억울하잖아요. 당신 연기력을 평가해야지 왜 사생활로 그러냔 말이에요. 가수는 노래를 잘하고 배우는 연기를 잘하면 되지."

진후 본인이 늘 하던 말을 다른 사람에게서 들으니 조금 놀라웠다.

"공인이라고 하잖아……."

매니저와 기획사 사장처럼 말하고 진후는 입을 다물었다. '공인'. 그 단어 하나로 모든 죄가 성립된다는 것을 이젠 뼈저리게 느낄 수 있었다.

"하지만 그런 이유로 하찮게 취급될 만큼 민지훈 씨 연기가 별로였나요?"

"내 연기를 봤어?"

"텔레비전 틀면 나오던데, 못 볼 게 뭐람."

"아직 제대로 연기한 게 없는데."

"그래도 맡은 역마다 최선을 다하고, 몰입해서 연기한다는 건 알 수 있었어요. 시청자의 눈에도 그런 건 보여요. 좋은 연기자예요, 민지훈 씨는."

은수는 지훈이 좀 전에 화낸 이유가 배역을 빼앗겨서라고 생각하고, 기운을 북돋워주려 애썼다.

"그러니까요, 스캔들 너무 신경 쓰지 말아요. 새옹지마라잖아요. 좋은 날 있으면 나쁜 날이 있고, 그 반대일 수도 있고…… 돌고 도니까 기죽지 말고 아자아자! 하란 말이에요. 아자아자! 알죠?"

멋진 고어(古語)도 은수의 입에서 나오니까 개구지게 들려 재밌었다. 진후는 더는 낯 뜨거운 말을 듣고 싶지 않아 아무렇지 않은 목소리로 말했다.

"나도 알아. 스캔들은 별로 신경 쓰지 않으니까 걱정 마."

진후가 웃자 은수도 따라 웃었다.

"헤헤……."

'미안해요, 민지훈 씨. 내가 해줄 수 있는 건 여기까지예요.'

이 남자 성깔에 그 스캔들의 상대가 자기란 걸 밝혔다가는 가만두지 않을 것이라, 조금 비겁하지만 은수는 이걸로 죗값을 치렀다고 생각했다.

"고마워."

이건 전혀 예상치 못한 말이다.

"네?"

"신경 써줘서 고맙다고."

그렇게 말한 뒤 진후는 은수가 차려준 음식을 아무 말 없이 먹기 시작했다.

그가 시비를 걸거나 심술을 부리지 않으니 어색하기 그지없었다. 자존심을 건드리는 못된 말도 하지 않고, 집주인임을 내세워서 나가라고 구박하지도 않는다. 열이 심해서 입맛이 없을 텐데도 차려준 음식을 조용히 먹고, 사다준 감기약까지 착실하게 먹은 뒤 그가 올라가기까지 은수는 아무 말도 하지 않았다. 아니…… 하지 않은 것이 아니라 하지 못했다.

"휴우…… 되게 어색하네."

어색하긴 하지만 나쁘지 않은 느낌이다. 개구쟁이 꼬마아이처럼 사람을 괴롭히며 즐거워하는 얄미운 남자지만, 정말로 나쁜 사람은 아니었다. 고마운 것에 대해선 진심으로 고맙다고 말할 수 있는 사람이다.

단지 문제가 있다면…….

"어딜 간다고 그러는 거예요! 나는 안 가요! 혼자 가라고요!"

무엇이든 자기 멋대로 하려고 드는 그 '마이 페이스'.

아침부터 어딜 자꾸 가자는 것인지 밥도 제대로 못 먹게 하고 차에 태우려고 해서 은수는 악을 쓰며 버텼다. 그러나 은수가 버티면 버틸수록 진후의 고집은 강철처럼 단단해져서, 완전 독불장군이었다.

"선물할 게 있어서 그래."

"네에? 갑자기 무슨 선물?"

"어제의 보답. 그러니까 조용히 따라와."

은수가 필요 없다며 차에서 내리려고 하자 진후는 그대로 차를 출발해 버렸다.

"완전 깡패야……."

차가 갑자기 출발하는 바람에 시트에 넘어진 은수는 엉거주춤한 모습으로 일어나며 투덜거렸다.

"터프한 남자라고 해줘."

"두 번 터프하면 사람 잡겠네……."

"하하하……."

진후가 은수를 데리고 간 곳은 유명 헤어숍이었다.

"재투성이 아가씨의 재를 벗겨내고 공주님으로 만들어줘요."

마네킹처럼 예쁜 아가씨에게 은수를 밀며 그가 말하자, 숍 안에 있던 사람들이 모두 달려와 은수를 둘러쌌다. 이런 곳은 처음이라 아무런 저항도 못 하고 '어? 어?' 하며 놀라는 사이 은수는 어느새 의자에 앉아 머리 손질을 당하고 있었다.

"머…… 머리 자르는 거예요?"

평생 길게 늘어뜨린 생머리를 유지해왔기에 은수는 머리를 자르게 될까봐 겁이 났다.

"결이 참 좋아요. 안심하세요. 기장을 유지하면서 예쁘게 손봐 드릴게요."

"진후 씨 취향도 롱 스타일이니까……."

진후가 여자를 데려온 일이 한두 번이 아닌 것 같았다. 다들 그가 좋아하는 취향대로 은수의 머리를 손질하려 했다.

"곱슬기가 전혀 없는 직모라 뱅 스타일로 앞머리를 해도 잘 어울리실 것 같아요. 얼굴도 갸름하고 예쁘시고요."

"제…… 제가요?"

예쁘다는 말을 들어본 적이 없기에 은수는 당황했다. 학교 다닐 때 친구들에게 들은 말은 주로 남자들에게 하는 말인 '멋있다'였다.

"뱅 스타일은 이 사람이 관리를 못 하니까, 그냥 무난하게 미디엄 길이로 해주세요. 이렇게…… 사선으로 내리고 눈썹 위에 오게 앞머리를……."

진후는 손가락으로 부드럽게 은수의 머리카락을 매만져 앞머리 모양을 대충 만들어보였다.

"어머, 역시 감각이 있으시다니까…… 알았어요. 그렇게 할게요. '자연스럽고 세련되게' 그렇게 해드리면 되죠?"

헤어디자이너들은 머리카락의 주인보다는 그 머리카락을 바라볼 사람을 더 신경 쓰고 있었다. 진후는 웃으며 잘 부탁한다고 말하고는 밖으로 나갔다.

"자, 보세요. 어떤가요?"
몇 시간 뒤 전담 디자이너가 졸고 있는 은수를 깨웠다. 깜짝 놀라 눈을 뜬 은수는 바로 앞에 있는 거울 속의 여자를 보고 또다시 놀랐다.
"한번 만져보세요. 부드럽죠?"
"예……? 예……."
놀라웠다. 뭔가 바르고 잡아당기고, 기계로 윙윙윙 돌리고 정신없이 만지더니 그게 다 마술이었나 보다. 손끝에 스치는 머리카락이 비단처럼 반짝거리고 매끄러웠다. 그동안 머리가 자라면 끝을 잘라내기만 했지, 펌을 하거나 제대로 커팅을 해본 적이 없어서 이 모든 변화가 신기했다.
"다 되었군."
어디로 갔었는지 사라졌던 진후가 나타나 은수를 감상하며 미소지었다.
"예쁘죠? 정말 잘 어울려요."
모두들 자꾸만 예쁘다는 말을 하자 온몸이 근지러워 참을 수가 없었다. 뒤에서 능글맞게 미소를 짓는 남자의 시선도 부담스러웠다.
"이제 됐어요? 집에 가도 돼요?"
벌떡 일어나자 길고 검은 머리카락이 찰랑거리며 팔뚝을 스쳤다. 자신의 머리카락이지만 그 놀라운 부드러움에 은수는 소스라치게 놀라 다시 한번 머리를 만져보았다. 강제로 당한 일이긴 하지만, 매끄러운 느낌이 묘하게 마음에 들었다.
"안녕히 가세요."
"예? 예……."

현관까지 배웅을 나온 헤어숍 직원들에게 엉거주춤 인사하며 은수는 또 억지로 차에 태워졌다.

"배고파 죽을 것 같아요! 또 어딜 가는 거예요. 집에 가서 밥 먹어요…… 제발."

"내가 말했잖아. 보답하겠다고."

"알았어요. 그 보답이란 거 받을 테니까요. 제발 뭐 좀 먹게 해줘요."

"알았어. 레스토랑에 예약해두었으니까, 굶기지는 않을 거야. 그 전에 옷부터 몇 벌 골라."

"오…… 옷이요?"

이번에 은수가 끌려온 곳은 화사한 여름옷이 잔뜩 디스플레이 되어 있는 부티크였다. 진후는 또 자기 마음대로 옷을 고르더니 그중 한 벌을 입고 나오라고 지시했다.

"시…… 싫어요."

"왜 싫어? 보통 여자들은 이 옷을 입고 싶어서 마음 졸일 텐데."

"내 취향 아니에요."

"걱정 마. 내 취향이니까."

절대로 고집을 굽히지 않을 것 같아서 은수는 곤란한 얼굴로 그를 바라보며 애원했다.

"가…… 가슴이 너무 많이 파였잖아요. 그리고 이거 치마예요."

은수의 궁색한 변명이 진후에게는 조금도 영향을 미치지 못했다.

"그게 여자들이 입는 치마라는 건 줄은 나도 알아. 장담하건데, 절대로 어울릴 테니까 안심하고 입어봐."

그는 은수의 어깨를 잡아서 피팅룸 쪽으로 홱 돌린 다음 쭈우욱 밀었다.

"만날 머슴아 같은 옷만 입고 다니니까, 자기가 여자란 걸 잊고 사는 거 아냐?"

"여자가 꼭 치마를 입으란 법 있어요? 내가 편하면 됐지 왜 불편하게……."

"쉿."

갑자기 입술에 손가락을 얹는 진후의 몸짓에 은수는 긴장하며 입을 다물었다.

"여긴 내 친구가 하는 부티큰데, 장사가 잘 안 된다잖아. 그래서 옷 좀 팔아주러 온 거야. 조용히 입어줘. 불쌍한 사람 돕는 셈치고."

"그…… 그런 거예요? 그럼 진작 말하지……."

은수가 조금이라도 명품에 상식이 있었다면, 이곳이 얼마나 유명한 디자이너의 의상실이며 성황인 곳인지 알았을 것이다. 하지만 은수에겐 헤어숍이나 부티크에 대한 지식이 전무했다.

"괘…… 괜찮아요?"

은수는 진후가 골라준 화사한 시폰 원피스를 입고 탈의실에서 나왔다. 가게 안의 점원들이 헤어숍에서처럼 입을 모아 예쁘다고 난리였다. 진후 역시 예쁜 여자를 보는 것은 기분 좋은 일이라고 생각했지만, 내색을 하면 또 무슨 소리를 들을지 알 수가 없어서 짐짓 별로인 척했다.

"나쁘진 않군. 몇 벌 더 골라."

다른 옷을 입었을 땐 어떤 모습일지 궁금해서 하는 말이었다.

"자…… 잠깐만요……."

옷이 진열된 쪽으로 몸을 돌리는 진후의 팔을 은수가 재빠르게 잡아당겼다.

"갈아입으면서 가격표를 봤는데요, 이 옷 한 벌이 얼만 줄 알아요?

엄…… 청 비싸요. 그러니까 이것만 사고 그냥 가요."

"하하하하……."

진후가 호쾌하게 웃었다. 기껏 생각해서 해주는 말인데 비웃는 걸 보고 은수는 뿌루퉁한 얼굴로 그 뒤를 졸졸 쫓아갔다. 그러고는 진후가 고르는 옷마다 가격표를 확인했다.

"그러지 마."

"왜요…… 너무 비싸단 말이에요. 도와주는 것도 좋지만, 그러다가 민지훈 씨 큰일 나요."

"말했잖아, 망해간다고. 그래서 지금 세일중이야."

진후는 또다시 거짓말을 했다.

"그…… 그래요? 점포정리 그런 거 하는 중인가 보죠?"

"후훗…… 그래."

여전히 속아 넘어가는 은수가 재미있어서 진후는 또 웃었다.

"음, 아무리 그래도 감기약 한 번 사다준 걸로 이렇게 많이 받을 순 없어요. 반반 내요."

얼마인지도 모르고 반씩 부담하자는 말에 진후의 입가에서 미소가 가시질 않았다.

"괜찮다니까. 감기약 때문에 사주는 거 아니니까."

"그럼 뭐 때문인데요?"

"그냥 선물해주면 아무 말 없이 받을 수 없나? 그렇게 꼬치꼬치 이유를 다 들어야 해?"

어제 하루 신세진 것이 많아서 오늘은 하루를 통째로 투자하려고 곱게 마음을 먹고 나왔는데, 이유를 들어야겠다고 덤비자 진후는 불쾌한 마음이 들었다.

'내가 여자에게 선물 몇 가지 하면서 시시콜콜 그 이유를 다 설명해야 한단 말이야?'

비 오는 밤에 약을 사다준 일, 화가 나 미칠 것 같을 때 진정시켜준 일, 맛있는 저녁을 만들어준 일, 진심으로 격려해준 일, 어제 하루 동안 있었던 모든 일에 보답하겠다고 애쓰는 사람에게 수고는 몰라줄망정 따지고 들다니.

"생판 남한테서 이것저것 받는데 좀 물어볼 수도 있지, 왜 그렇게 인상을 쓰고 그래요?"

'자존심이 상하니까 그렇지.'

자존심이 아니라 무안해서다. 볼 때마다 으르렁대는 사이에 이런 짓을 하자니 창피해서 일일이 설명해주기가 싫었다.

"오늘 하루는 좀 여자로 있을 수 없어?"

"어제도 오늘도 내일도 여자인데요."

은수는 천진한 얼굴로 말했다.

"흥, 그렇게 착각하는 거겠지."

"'아아, 여성스럽다'라고 생각할 수 있는 여자가 필요한가 보죠?"

"뭐 비슷하군."

"그럼 다른 사람 알아보세요. 나는 하루 반나절 걸려서 머리를 다듬는 것도 취미 없고요, 이렇게 나풀거리는 옷을 입는 것도 취향에 안 맞거든요? 그러니까 민지훈 씨가 원하는 여자는 될 수 없어요."

은수는 기분이 상해서 다시 청바지와 티셔츠로 갈아입으려고 했다. 부티크 점원이 쇼핑백에 담아온 벗어놓은 옷을 들고 탈의실로 향하자 그 모습을 보고 진후가 발끈해서 손목을 붙들었다.

"왜 그래요?"

그는 쇼핑백을 빼앗아 다시 점원에게 주었다.

"다시는 내 눈에 보이지 않게 버려줘요."

점원은 놀라며 쇼핑백을 받아들었다.

"왜 남의 옷을 함부로 버리고 그래요?"

"지금 그 옷 입고, 나가서 예약해둔 레스토랑으로 가는 거야. 가서, 배고파 죽겠다는 그 배에 먹을 것 좀 넣어주고, 다음에는……."

"내가 왜 그래야 하는데요! 내 옷 돌려줘요!"

진후는 어째서 이 여자는 내가 하자는 것에 모두 도끼눈을 뜨고 몸서리치는지 모르겠다고 비명을 지르고 싶었다. 다른 여자였다면 좋아할 선물들이 이 여자에게는 모두 귀찮고, 마음에 들지 않는 것들이라니 이해할 수 없었다.

"예…… 니까…… 입어."

"네?"

어눌하게 말을 해서 알아들을 수가 없었다.

잠시 눈을 감고, 어금니를 꽉 깨물며 화를 참은 뒤 진후는 으르렁거리듯 말했다.

"예쁘니까 입으라고 젠장!"

그 말을 한 뒤 그는 은수를 바라보지 못했다. 은수 또한 머리를 한 대 얻어맞은 듯 정신이 혼미해져서 뭐라고 대답해야 할지 알 수가 없었다.

"원피스에 어울리는 샌들도 있는데, 한번 보시겠습니까?"

두 사람 사이에 쇼핑백을 들고 서서 난처해하던 점원이 조심스럽게 끼어들었다.

"예, 보여주세요."

큰 소리를 치고 난 뒤 맥이 풀려서 진후는 화낼 기운도 없었다. 여자에게 돈을 쓰면서 이렇게 무안해보기는 처음이다. 선물을 받고 기뻐하는 여자를 즐거운 마음으로 바라보던, 늘 있던 그런 상황이 이 여자와는 절대로 연출될 수 없다는 절망감만 들었다.

'내가 예쁘다고?

오늘 하루, 종일 남들에게 그런 말만 들었다. '잘 어울려요.' '너무 예뻐요.' '스타일이 좋으시네요.' 이런 말을 하도 들어서 다들 거짓말을 한다고 생각했다. 그러니 진후가 화를 벌컥 내면서 예쁘다고 하는 말도 믿을 수가 없었다.

'그럴 리가 없잖아…… 머리 좀 바꾸고 옷 좀 화려하게 입었다고 안 예쁜 사람이 갑자기 예뻐지는 게 어딨어……?

은수는 그렇게 결론을 내렸다.

'예쁘다는 표현은 이 남자에게 더 잘 어울릴 거야…….'

여자처럼 생긴 것은 아니지만, 그는 참 곱게 생겼다. 큰 키에 반듯한 골격, 잡티 하나 없는 맑은 피부에 선명한 이목구비가 아무리 연예인이라 해도 이만큼 아름다운 사람은 없을 거라는 생각이 든다. 그러니까 예쁘다거나 아름답다거나 스타일이 좋다는 말은 모두 그에게 바쳐야 할 것이다.

"무슨 생각을 해?"

진후의 외모에 감탄하던 은수는 깜짝 놀라 번뜩 정신을 차리고 그를 바라보았다. 여전히 심술이 여기저기 붙은 얼굴을 하고 그가 앞에 서 있었다.

"이거 어때?"

진후는 여성용 샌들이 전시된 유리 선반으로 은수를 데리고 갔다. 아름다운 구슬이 달린 가는 선의 샌들들이 매혹적인 자태를 뽐내며 놓여 있었다.

"신발은 신는 사람이 편해야 하니까, 마음에 드는 것을 신어봐."

은수는 이번만큼은 예쁘지 않아 싫다고 말할 자신이 없었다. 옷이야 노출이 좀 심하고 입지 않던 치마라 거부감이 들었지만, 신발만큼은 약간 호사해도 되지 않나 하는 약한 마음이 들었다. 그만큼 아름다운 샌들이었다.

"아……."

연둣빛의 샌들에 저절로 손이 갔지만 은수는 손가락을 오므리며 입술을 깨물었다.

"가격은 걱정 말라니까, 진짜……."

"그…… 그게 아니에요."

"그럼 마음에 드는 게 없는 거야?"

입술을 꾹 다물고 은수는 고개를 저었다. 선반 위에 있는 샌들들은 너무나 아름다워서 신는 사람이 그 아름다움을 판단할 수 있는 것이 아니라는 생각까지 들었다.

"그런데 왜 그래? 아무래도 내가 골라줘야겠군."

"그게 아니라…… 굽이 너무 높잖아요."

"그렇게 높은 굽은 아닌 듯한데, 요즘 이정도 굽은 다들 신어."

옆에서 직원이 6.5센티밖에 되지 않는다고 했지만 은수의 눈에는 '6.5센티나' 되어 보였다.

"이걸 신으면…… 180이 넘는단 말이에요. 남들이 거인이라고 놀려요."

진후는 그제야 은수가 왜 샌들을 고르지 못하고 망설였는지 이해했다.

"그건 걱정하지 마. 여자 키가 내 키보다 크다고 거인이라고 놀리는 꽁생원은 아니니까."

"그렇지만……."

키가 큰 것이 은수에겐 방어수단이자 부끄러운 결점이었다. 학교 다닐 때도 늘 '꺽다리'라고 놀림을 당했고, 버스를 타면 항상 사람들의 시선이 쏠려서 창피했다. 그런데 어떻게 큰 키를 더 크게 하는 이런 높은 굽의 신발을 신으란 말인가.

"나와 함께 다닐 때는 그런 걱정 말고, 신고 싶은 구두가 있으면 신어. 그 두 배가 되는 굽을 신어도 난 괜찮아."

그 말에 은수는 한 가지 깨달은 것이 있었다. 진후와 이야기할 때는 늘 고개를 들고 있어야 했다는 것이다. 항상 시선을 내려야 하던 여느 때와는 달랐다.

"키가 큰 건 흠이 아니야. 오히려 축복이라고. 요즘 세상엔."

은수가 계속 곤란한 얼굴이자 진후는 성큼성큼 걸어가 은수가 손을 뻗었던 샌들을 들었다. 직원이 나서서 해주겠다는 것도 마다하고 그는 은수 앞에 무릎을 꿇고 그녀의 발등을 손끝으로 톡톡 건드렸다.

"운동화를 벗어야 샌들을 신을 수 있을 것 같은데."

"앗!"

은수의 얼굴이 토마토처럼 새빨갛게 익었다. 주춤거리며 어찌할 바를 모르는 사이에 진후는 은수의 발에서 운동화를 벗겨내고, 연둣빛의 화사한 샌들을 신겨주었다. 점원들이 부러운 듯 두 사람을 바라보았다.

"잘 어울려, 잘 골랐어."

"저기…… 그렇지만."

"다른 쪽도 신겨줄게."

"내…… 내가 신을게요."

진후는 언제 화를 냈냐는 듯 부드러운 미소를 지어 보였다.

"그런 옷을 입고 몸을 숙이면 내 눈이 너무 즐거워지는데, 그래도 돼?"

무슨 뜻인지 못 알아듣고 조금 몸을 숙이던 은수는 가슴에 꽂히는 그의 시선에 화들짝 놀라 가슴을 두 손으로 누르며 상체를 들었다. 그러자 발 아래서 작은 웃음소리가 들렸고, 은수는 창피해서 도망치고 싶은 심정이 되었다.

"자, 다 됐어."

진후는 발목의 후크를 걸어주며 일어났다.

"역시 여자는 바지보다 치마가 보기 좋아."

차마 다리가 예쁘다고는 못 하고, 진후는 그렇게 빈정거렸다.

"그건…… 민지훈 씨 생각이죠."

"자, 논쟁은 그만두고, 거울을 좀 봐. 내 말이 틀렸는지 보고 판단하라고."

은수는 거울 앞에 선 자신의 모습이 신기했다. 찰랑거리는 검은 머리채도 자신의 것 같지 않았고, 어깨를 드러낸 얇고 화사한 원피스도, 가느다란 선의 샌들도 모두 어색했다. 그렇지만 스스로 말하기 부끄러울 정도로 그 모든 것이 아름다웠다.

"나는 마음에 드는데, 그쪽은 어때?"

발그레하게 익은 두 볼이 귀여웠다. 하지만 이상하게도 은수에게만큼은 귀엽다거나 예쁘다는 말을 직접 대놓고 하고 싶지 않았다.

'말을 귀엽게 해야 귀여운 거지.'

"큭……."

무슨 말만 하면 눈을 치켜뜨고 다다다 쏘아붙이는 모습이 생각나서 진후는 고개를 돌리고 작게 웃었다.

"이…… 상한 거죠?"

"응?"

"내 모습이 이상해서 웃는 거죠?"

"눈이 갑자기 어떻게 된 건 아니겠지? 보편적인 미학과 동떨어진 사람인 줄은 알지만, 너무 다른 차원인 거 아냐?"

"그게 무슨 말이에요?"

창피해 죽겠는데, 놀리듯 혼자만 웃고 있자 은수는 도망치는 진후를 쫓아갔다. 높은 굽과 무릎 위까지 올라오는 얇은 원피스 때문에 걸음이 빠르지 않아 애를 먹는 것을 보고 진후의 얼굴에 더욱 큰 미소가 걸렸다.

"아름다운 옷은 여자의 무기일 뿐 아니라 동시에 족쇄인 모양이군. 잘됐어. 앞으론 그렇게 입어. 성난 말처럼 뛰어다니지 않으니까 보기 좋아."

사실 진후가 은수에게 이런 선물들을 한 데는 그런 이유도 있었다. 여성스러운 차림을 하면 좀 얌전해질까 하는 기대를 한 것이다.

"뭐라고요?"

"하하하……."

엉덩이에 발길질을 하고, 물을 뿌려대던 그 말괄량이가 신발과 옷 때문에 꼼짝도 못하는 것을 보니 통쾌했다. 남자는 바지를 입고, 여자는 치마를 입는 것이 법률화되어서, 은수가 절대로 바지를 입지 못하게 되었으면 좋겠다고 생각할 정도였다. 그랬다면 그동안 그렇게 당하진 않았을 것이다.

"어서 오십시오."

기분 좋게 상큼한 미소를 입가에 걸고서 맘에 드는 옷을 점원에게 건네주던 진후의 걸음이 불현듯 그 자리에 얼어붙었다. 은수는 뒤뚱거리며 쫓아갔다가 갑자기 멈추어 선 진후 때문에 그의 등에 부딪혔고, 넘어지지 않으려 그의 어깨를 붙들어야 했다.

"미안해요. 갑자기 멈추니까 넘어질 뻔했잖아요."

변명을 하는 은수의 손을 진후가 차갑게 떼어냈다. 두 사람 사이에 흐르던 따스한 바람은 간 데 없고 어디선가 차가운 북풍이 몰아치는 것 같았다.

"아, 민지훈 씨 형수님."

부티크로 들어선 여자를 알아보고 은수가 저도 모르게 말했다.

"조용히 해."

진후는 얼굴을 굳히고 낮은 목소리로 야단치듯 말했다.

"어? 지훈아……."

세린이 들어갈 수 있게 문을 밀어주던 규하가 먼저 진후를 알아보고 아는 척을 했다.

"모델이신가 봐요?"

세린이 디자이너와 상담을 하는 동안 세 사람은 부티크의 응접실에서 차를 마셨다. 규하의 관심은 동생과 동행한 늘씬한 미녀에게 쏠려 있었다.

"아…… 아뇨."

자기를 두고 하는 말인지 몰라서 두리번대다가 깜짝 놀란 은수가 더듬거리며 대답했다. 진후와는 달리 정장차림의 규하는 어딘지 모르게 기품이 있어서 가벼운 마음으로 대할 수가 없었다.

"이 녀석이 모델들과 바람을 피운 것이 한두 번이 아니라서요. 하하. 녀석, 어디서 이런 미인을 만난 거야?"

규하는 진후 옆에 앉아 있는 키 큰 미녀가 누구인지 알아보지 못했다. 은수는 조금 의아해하며 규하의 말을 들었다. 칭찬 같지만 그 안에는 동생에 대한 적의 같은 것이 느껴졌다.

'이상해…… 그럴 사람이 아닌 것 같은데, 왜 나에게 민지훈 씨에 대해서 좋지 않은 말을 하는 거지?'

"위에 안 가봐?"

진후의 말은 세린에게로 가버리라는 뜻이었다.

"아, 결혼식 웨딩드레스 때문에 상담하러 온 거야. 외국에서는 신랑이 결혼 전에 신부의 드레스를 보면 불행해진다고 하더군. 나도 보고 싶어 미치겠는데, 혼자 고르겠다니 어쩔 수 없지 뭐."

"여긴 한국이니까 한국식으로 해. 기껏 보디가드 하자고 평일에 회사일도 팽개치고 따라온 거야?"

진후는 따분하다는 얼굴이었다.

'이 남자라면 웨딩드레스까지도 자기 손으로 고르고는 잔소리를 늘어놓으면서 입으라겠지. 하핫…….'

기분 좋은 분위기가 아님에도 그런 상상이 들어서 은수는 고개를 돌리고 웃었다.

"그나저나 다행이구나. 집안어른들이 모두 너 때문에 걱정이 많으셨는데, 다시 여자를 사귀게 되어서 다행이다."

그는 일전의 동성애 스캔들을 내비치며 묘하게 신경을 건드렸다.

"농담이지?"

진후도 묘한 어법으로 그것을 피해갔다.

"하하, 좀 썰렁한가? 내가 농담에는 재주가 없잖아."

"아니까 다행이야."

"엔터테이너의 재능은 전부 너한테 갔나 보다."

진후는 형의 말에 웃음으로 답했다. 살얼음 위를 걷는 듯한 대화를 나누면서도 두 사람 모두 정도를 벗어나지는 않았다. 조용히 차를 마시며 두 사람 대화를 듣던 은수는 원래 이런 식의 대화가 익숙한 사람들이 아닌가 하는 생각을 했다.

'내가 잘못 생각한 건가? 맞아, 잘 알지도 못하면서 함부로 판단하면 안 되지. 동생을 왜 괴롭히겠어? 민지훈 씨도 형에게 별로 공손한 것 같지도 않고…… 원래 이런 형제인가 보다.'

민지훈의 그 까칠한 어투가 집안 내력이 아닐까 하며 나름대로 두 사람을 이해하려고 애를 썼다.

"데이트 중이었나 본데, 나 때문에 파트너를 따분하게 만들어선 안 되지."

그 말인즉 그만 일어서라는 말이었다. 진후는 짐을 싣게 자동차 키를 점원에게 주고 일어섰다. 그때 위층에서 세린이 내려왔다.

"또 뵙는군요."

세린이 은수를 알아보고 인사하자, 규하는 세린에게 아는 사람이냐고 물었다.

"며칠 전에 뵈었잖아요."

"어디서? 나는 처음인 것 같은데……."

은수는 뭐라고 말을 해야 할지 난감했다. '전의 그 파출부입니다'라는 말이 나오지 않았다.

"다시 뵐 줄 알았어요. 저희 도련님, 잘 부탁드려요."

'도련님'이라는 말을 들은 순간 진후의 얼굴에 살짝 경련이 일었다. 파출부라고 생각해서 집안일을 잘 돌봐달라는 것인지 아니면 다른 뜻이 있는지 모호해서 은수는 그냥 어색하게 웃으며 고개를 주억거렸다.

"아, 이제는 지훈이를 도련님이라고 불러야 하는구나. 하하…… 이거

참…… 이제야 결혼을 하는 것 같다."

규하는 세린과 함께 있으면 조금 바보같이 변했다. 강해 보이던 표정이 흐물흐물 풀어져서 연신 웃기만 했고, 그런 규하를 세린은 부드러운 미소로 바라보았다. 그때 규하의 주머니에서 작은 소음이 들려왔다. 전화가 온 듯했다. 그는 세린에게 미안해하며 테라스로 나가 전화를 받았다.

"일하던 중에 와서……."

등을 돌리고 통화중인 규하를 바라보며 세린이 말했다.

"먼저 차에 가서 기다려."

진후는 은수를 가게에서 내보내려 했다. 은수는 짐을 옮기는 점원을 돕기 위해 아무 생각 없이 몸을 돌렸다. 몇 발자국 걷지 않았는데 진후의 퉁명스런 목소리가 들렸다.

"좀 전의 그 말, 무슨 뜻이었어?"

"무슨?"

"다시 볼 줄 알았다고 한 말 말이야."

은수를 보자마자 세린이 한 말이다. 세린은 무표정한 얼굴로 대답했다.

"사귀는 사람을 두고 거짓말하지 마."

진후는 세린이 무슨 말을 하는지 몰라서 그냥 바라보고만 있었다.

"가족에게까지 거짓말할 필요는 없잖아."

"둘러서 말하지 말고, 그냥 직접적으로 말해줘. 속이 깊은 여자의 말은 바보라서 못 알아듣거든."

"그래, 그럼 직접적으로 말할게."

"부디 그렇게 해줘."

빈정거리는 진후의 말이 세린은 듣기 싫었다. 헤어져서 다시 만난 뒤, 진후는 내내 이런 식이었다.

"내 앞에서 상처받은 듯이 그런 표정 짓지 말아줘. 사실은 아파하지도 않잖아."

"뭐?"

진후는 충격을 받은 표정이었다. 세린도 부담스러운 듯 숨을 크게 들이쉬고 다시 말했다.

"네가 안정되길 바랐는데, 걱정보다 잘 지내고 있어서 다행이야."

세린은 진후의 등 너머에 있는 은수의 뒷모습을 보며 말했다.

그제야 진후는 세린이 오해를 하고 있음을 깨달았다. 그리고 동시에 은수의 존재가 그녀에게 어떤 감정을 일으키고 있음도 느낄 수 있었다. 조금 얄궂은 생각이 들었다. 모든 것이 정리 된 듯 아무렇지 않은 듯 보이는 세린의 마음속에도 지금 그녀를 바라보는 자신의 마음처럼 불안한 그림자가 새겨져 있음이 분명하다.

"넌 언제나 인기가 많았으니까."

"불성실한 남자라는 말로 들리는군."

"그런 뜻은 아니야."

세린의 입가에 흐릿하게 미소가 떠올랐다. 그것을 바라보며 진후도 소리 없이 웃었다.

"배우인 나도 감탄할 만큼 훌륭한 연기야. 사랑에 배신당한 오필리아의 연기, 훌륭했어. 원하는 관객은 없었지만."

"사랑과 음모로 괴로워하는 햄릿도 없잖아."

이미 다른 사람이 있으면서, 상처받은 연기를 한 것 아니냐는 말이다. 아니 그것은 질문이 아니라 확신이었다.

"햄릿이길 바란 적도 없어."

"원하는 관객도 없었어."

마침 그때 통화를 끝내고 규하가 다시 돌아왔다. 그는 세린에게 통화가 길어서 미안하다고 사과했다.

"아니에요. 일 때문에 바쁜데 일부러 함께 와주셨잖아요."

세린은 웃으며 말하고, 손에 들고 있던 팸플릿을 보여주었다.

"이렇게 면사포가 짧은 건 어때요?"

"싫고 좋고가 어디 있어. 나 같은 녀석과 결혼해주는 것만도 감사한데."

서른이 넘었어도 규하는 마치 고등학생처럼 부끄러워하고 기뻐했다.

"뭘 입어도 예쁠 거야……."

"그래도 좀 골라주세요."

"이런 데는 재주가 없어서…… 하하."

그들을 바라보는 것은 진후에게 참을 수 없는 모욕이었다. 그는 점원에게서 자동차 키와 카드를 받아들고, 서명을 한 뒤 빠른 걸음으로 그곳을 나왔다.

자동차에서 은수는 샌들을 벗어서 굽을 살펴보고 있었다.

'내가 보기엔 낮은 굽이 아닌데……'

부끄럽지만 이렇게 높은 굽의 신발은 처음이었다. 이런 것을 신어도 그와 함께 있을 때는 키를 신경 쓰지 않아도 된다는 것이 솔직히 기뻤다.

'그건 걱정하지 마. 여자 키가 나보다 크다고 해서, 거인이라고 놀리는 꽁생원은 아니니까.'

싫은 소리를 잘하고 기분 내키는 대로 말하는 사람이긴 하지만, 거짓말하는 사람은 아니다. 맛있는 것은 맛있다고 말해주고, 고마운 것은 고맙다고 인사를 한다. 그러니까 그가 한 말은 새 신발을 신기려고 일부러 지어 낸 말이 아니다.

샌들의 굽을 보면서 그런 생각을 하고 있을 때, 어느새 그가 운전석에 앉아 벨트를 맸다.

"얼마 나왔어요? 많이 들었죠? 거봐요, 내가 조금만 사라니까……."

"……시끄러워."

시동을 걸며 진후가 화난 목소리로 말했다.

"왜 화를 내고 그래요? 걱정해서 하는 말인데."

"시끄럽다고 했잖아!"

은수는 잠시나마 그를 좋게 평가한 것을 후회했다.

"진짜 이상한 사람인 거 알아요? 무슨 사람이 그렇게 변덕이 죽 끓듯 해요? 필요 없다는데도 억지로 끌고 와서 맘대로 머리를 만지고, 싫다는 옷 억지로 입히고는 왜 화를 내는 거예요? 누가 이딴 것 사달라고 했어요?"

진후는 불쾌한 듯 은수의 말에 대꾸하지 않고 핸들만 움직였다.

"그렇게 돈 자랑하고 싶으면요, 돈 없어서 힘들어하는 사람들에게 기부하세요. 이런 호사스런 물건 사는 데 쏟아붓지 말고요! 으앗!"

그에게 해주고 싶은 말이 많았지만, 은수의 말은 짧은 비명으로 끝나버렸다. 갑자기 차를 세우더니 그가 말했다.

"내려."

"에?"

"그 입 다물지 못하면 내리라고."

"내리라면 못 내릴 줄 알아요?"

조금도 기죽지 않고 쏘아붙이는 은수를 진후는 차갑게 굳은 얼굴로 아무 말 없이 바라보았다. 기가 막혔지만 비굴하게 차를 계속 타고 갈 수는 없어서 은수는 차에서 내렸다. 손에 쥐고 있던 샌들을 발에 끼우는 사이 진후는 차를 출발시켜버렸다.

"어휴, 저 대박 싸가지, 어쩐지 오늘은 심통을 안 부린다 했다!"

생각해보니 반나절 동안 친절하게 군 것이 더 신기하다. 오히려 지금처럼 돌변해서 신경질을 내는 것이 더 당연한 남자다.

"그런데…… 여기가 어디야?"

자존심이 상해서 차에서 내리긴 했지만, 막막해졌다. 서울이라는 건 아는데, 여기서 어떻게 해야 집까지 돌아갈 수 있는지 생각이 나지 않는다.

"차비는 좀 빌려주고 가지."

아침을 먹다가 끌려나와서 지갑도 가지고 나오지 못했다. 그리고 지금은 주머니조차 없는, 조금도 실용적이지 않는 원피스 차림이다.

"좋아, 걸어가주지. 길 따라 가다보면 집이 나오겠지 뭐. 가만, 우리 집이 어느 방향이더라…… 동쪽인가? 서쪽인가?"

두리번거리는 동안 사람들이 쳐다보는 것이 느껴졌다. 은수는 높은 굽의 샌들이 갑자기 부담스러워졌다. 사람들이 쳐다보는 이유가 큰 키 때문이라고 생각했기 때문이다. 안 그래도 높은 굽이 익숙지 않아 걷기 힘든데, 걸을 때마다 사람들이 쳐다보고 있었다.

"아아, 하늘도 무심하시지……."

설상가상으로 장마철의 우중충한 하늘이 비를 뿌리기 시작했다.

"잠깐 창 좀 내려봐요."

차를 타고 가던 윤 과장이 갑자기 옆 좌석의 동료직원에게 말했다. 외근을 나왔다가 근처에 있는 사무실로 돌아가던 차였다.

"빗방울이 떨어지기 시작했는데요."

"빨리요!"

신인들의 포트폴리오를 검토 중이던 남자가 검게 코팅된 유리창을 내려주자, 윤 과장은 안경을 고쳐 쓰며 상체를 쑥 빼고 거리를 바라보았다.

"저 아가씨 스타일 좋지 않아요?"

"누구요?"

무심하게 고개를 돌린 남자도 윤 과장이 보는 쪽을 바라보고는 정신이 번쩍 드는 듯했다.

"말랐으면서도 탄탄한 몸매로군요."

"요즘은 건강한 미인이 대세잖아요. 미백의 인형 같은 미인보다 저런 타입이 남자나 여자 모두에게 어필하기 좋아요."

그리 멀지 않은 곳에서 걷고 있는 원피스 차림의 아가씨는 특별해 보였다. 긴 생머리가 조금씩 내리는 빗방울에 젖어서 얇고 곧은 어깨에 달라붙어 있었다. 그것을 손끝으로 쳐서 떨어뜨리며 씩씩하게 걷는 모습이 키가 큰데도 귀엽고 당당해 보였다.

"키는 한 170에서 175 사이일 것 같고, 모델 체격으로 좀더 다듬으면 쓸 만하겠어요……."

"이미 어디 소속된 아가씨 아닐까요?"

워낙에 이 거리는 명품관과 디자이너 숍이 즐비한 패션의 거리로, 연예인을 심심찮게 마주칠 수 있다. 사람들 시선을 사로잡으며 걷는 저 아가씨도 모델이거나 배우지망생, 혹은 가수일지 모른다.

"한번 말 걸어볼까요?"

"잠깐……."

윤 과장은 차에서 내리려는 일행을 말렸다. 비를 맞으며 걷는 미모의 아가씨 바로 옆에 차가 한 대 멈추어 섰기 때문이다. 차를 타고 있는 사람은 남자가 분명했다. 그가 창문을 열고 뭐라고 말을 하자 그 아가씨는 더욱 빠른 걸음으로 그를 무시하고 걸어갔다.

"젠장, 저 황소고집!"

진후의 매니저인 윤 과장이 관찰하던 아가씨는 바로 은수였다. 그리고 그녀를 따라 천천히 차를 몰고 가며 말을 거는 사람은 다름아닌 진후였다.

"그만 고집부리고 타. 젖어서 엉망이 되기 전에."

진후는 고집스럽게 걸어가는 은수를 달래기는커녕 더욱 약을 올리고 있었다.

"이미 엉망이에요!"

걸음을 멈추고 그를 노려보며 소리치고 은수는 샌들을 벗어서 유리창 안으로 던졌다.

"이런 거 필요 없어요! 내 옷이랑 신발 내놔요! 걷기도 힘든 신발이 무슨 쓸모예요!"

간신히 샌들이 얼굴을 때리는 것을 모면하고 진후는 기가 막혀서 헛웃음을 웃었다. 그사이 빗방울은 더욱 거세졌다.

"거봐. 한국의 장마철을 과소평가하면 안 되지. 방심하는 순간 그렇게 된다니까."

"죽어도 안 타!"

은수는 씩씩거리며 나머지 한 짝도 마저 벗어서 던졌다. 잽싸게 올린 창문에 샌들이 부딪혀 떨어졌다. 더 날아올 것이 있나 조심하며 창문을 내리고 진후는 은수를 바라보았다. 빗물에 젖은 시폰 원피스가 마른 몸에 달라붙어 가여워 보였다.

"내가 그렇게 우습게 보여요? 당신 맘대로 이랬다저랬다 할 만큼 만만해 보이냐고요!"

치마 끝을 두 주먹으로 움켜쥐고 은수는 소리쳤다. 긴 머리카락과 긴 다리를 타고 빗줄기가 흘러내렸다.

"나는 사람도 아니에요? 나는 감정이 없는 줄 알아요?"

은수의 발이 빨갛게 부은 것이 보였다.

'젠장!'

속으로 욕을 하고 진후는 차에서 내렸다. 은수에게는 아무런 잘못이 없었다. 잘못이라면 모두 자신에게 있었다.

"……미안해."

벗어던진 샌들을 주워서 내밀며 진후가 말했다. 은수는 그것을 무시하고 맨발로 걸어갔다.

"미안하다고, 채은수."

"당신 같은 변덕쟁이 사이코는 이제 상대하지 않을 거예요."

"그래, '변덕쟁이, 변태, 사이코, 왕 재수, 왕 싸가지' 맞아. 이유 없이 화내서 미안해."

욕할 말을 자기가 다 해버려서 은수는 잠시 할 말을 잃고 입술만 깨물었다.

"저 차가 신데렐라의 황금마차는 아니지만, 집까지는 모셔다줄 수 있는데…… 한번 이용해보지 않겠어?"

"마부가 맘에 들지 않아서 싫어요."

"집까진 걸어갈 수 없을 텐데…… 돈도 없잖아."

"언제 남 걱정했다고 그래요? 당신은 당신 기분만 따지는 사람이잖아요."

은수는 여전히 고집스럽게 길을 따라 걸었다. 물집이 생겼다가 터져버려서, 빗물에 닿는 발이 따끔거렸다.

맨발로 걷다가 발을 다칠까봐 걱정되어서 진후는 가만히 있을 수가 없었다.

"무슨 짓이에요?"

은수는 깜짝 놀라 걸음을 멈추었다. 진후가 재킷을 벗어서 은수의 발 앞에 깔았기 때문이다.

"발 다쳐. 그렇게 걸어가야 한다면, 밟고 가."

"당신이 무슨 영국신사인 줄 알아요? 당신은요……."

"알아, 잘 알고 있잖아. 변태, 사이코, 싸가지의 삼위일체."

얄미울 정도로 말을 잘한다고 생각하며 은수는 그가 펼쳐놓은 재킷을 밟고 섰다. 어떻게 하나 보고 싶어서 일부러 거칠게 차고 한 걸음 내딛자 이번에는 셔츠가 바닥에 깔렸다.

"……홀딱 ……다 벗을 생각은 아니죠?"

조금 걱정스러운 듯 은수의 목소리가 떨렸다.

"아니긴 왜 아냐? 위에 입은 건 다 벗었고, 이젠 바지를 벗을까 하는데……."

피식 웃고, 진후는 허리띠 버클을 풀기 시작했다.

"기…… 기가 막혀! 무슨 짓이에요?"

"싸가지 없는 변태가 사이코적인 행동을 하는 거야."

진후는 속으로 '아아, 이젠 정말 변태라는 말에 정이 들어버렸어' 라고 한탄했지만 겉으로는 웃고 있었다.

"정말 벗을 거예요?"

진후가 고개를 끄덕였다.

"사람들이 보잖아요…… 미쳤어요?"

얼마나 많은 사람이 보고 있을지 확인하기조차 무서워서 은수는 진후를 마주보며 시선을 돌리지 못했다.

"미치려고 해. 누가 자꾸 무시해서."

그 '누구'가 바로 자신이라는 것을 알지만 은수는 이렇게 쉽게 무너질 순 없다고 마음을 다잡았다. 그사이에 진후는 허리띠를 풀어서 휙~ 잡아 뺐다.

"세상에! 시외에 콕 박혀서 근신해야 할 사람이 왜 여기 있는 거야! 이 번화가에서 지금 무슨 쇼를 하는 거냐고!"

차를 세우고 두 사람을 바라보던 윤 과장이 머리를 감싸 쥐고 비명을 질렀다.

"말려…… 야 하는 것 아닌가요? 이진후 씨 누드집 제안은 지금까지 다 거절해왔는데, 이렇게 길거리에서 스트립쇼를 해버리면 이미지 손상이……."

함께 차를 타고 있던 남자도 걱정이 되어 말했다.

"스캔들 제조기야! 스캔들을 만들기 위해서 태어난 남자라고!"

당장이라도 달려가 차 안으로 끌어당기고 싶었지만 두 주먹을 움켜쥔 채 윤 과장은 심호흡을 했다.

"진정하자…… 진정하자, 윤차희. 그래…… 좋아. 좋은 일이야. 좋게 생각하자고. 긍정적 사고. 긍정적 사고……."

그녀는 갑자기 시트에 던져두었던 핸드폰을 잡아채 창밖에 대고 사진을 찍기 시작했다.

"뭘 하시는 겁니까? 안 말려요?"

"메가픽셀 카메라폰의 성능을 믿어보자고요."

"예?"

이진후의 이상한 행동 때문에 정신이 조금 이상해진 듯, 윤 과장도 진후처럼 알아들을 수 없는 말을 했다. 그녀의 카메라폰 액정에는 웃옷을 전부 벗어버린 정신나간 남자와 그를 보고 기가 막혀서 어쩌지 못하는 여자의 모습이 잡혀 있었다.

"늘 이런 식으로 잘못을 얼버무려왔어요?"

"늘 이렇진 않아."

"그런데 왜 이러죠? 다른 사람에게 하지 않는 짓을 왜 나에게 하냔 말이에요!"

"그건……."

진후는 기침이 나와서 잠시 말을 잇지 못했다. 바로 어젯밤까지도 열이 났던 차라 비를 맞아서 또 도진 것 같았다.

"미안하다고 했는데도 들어주지 않아서야. 정상적인 방법은 통하지 않는 것 같으니까."

"당신은 정상적인 방법이 뭔지도 모르고 있어요. 어째서 그렇게 화를 냈는지 설명하지 않았잖아요. 무시당하는 것은 당신이 아니라 바로 나예요."

은수의 말이 모두 옳았다. 젖어서 흘러내린 머리를 쓸어올리며 그는 조용히 그녀를 바라보았다. 정직하고 순수한 눈동자가 비를 맞으며 대답을 기다리고 있었다. 더는 어떤 술수도 부릴 수 없음을 진후는 깨달았다.

"네가 뭐라고 말을 할 때마다 왜 내가 그렇게 발끈했는지 이젠 알겠어."

은수는 그의 대답을 기다렸다.

"늘 진실을 말하기 때문이야. 내가 듣고 싶어하지 않는 진실."

"그렇게…… 대단한 말을 한 적 없어요……."

은수는 고개를 숙였다.

"너에게 화가 나서 그런 게 아니야. 나 자신에게 화가 나서…… 어떤 말도 듣고 싶지 않았어. 미안해."

그는 몸을 돌려 자동차 문을 열었다.

"가면서 말해줄게. 내가 왜 그랬는지……."

조금 여유를 두며, 그는 부드러운 목소리로 은수에게 차에 타줄 것을 부탁했다. 말없이 가만히 서 있던 은수는 조금 뒤 뭐라고 투덜거렸다.

"……배고파요."

"미안한데, 레스토랑 예약 시간이 지나버렸어."

웃음을 간신히 참으며 진후가 대답했다.

"떡볶이 사줘요. 그럼 용서해줄게요."

결국 진후는 웃음을 참지 못했다. 세린 때문에 복잡해진 마음도, 그런 자신의 어리석은 모습에 대한 참을 수 없는 혐오감도 은수의 한마디에 사라져버렸다.

"이진후 씨 불러올까요?"

두 사람이 차에 타기 직전이라 윤 과장의 동료는 서둘러 물었다. 하지만 윤 과장은 꿈쩍도 않고 핸드폰으로 문자메시지를 보내고 있었다.

"됐어요. 그냥 가요."

"예?"

그녀가 손톱으로 버튼 하나를 누르자 '사진 전송 완료'라는 문구가 떠올랐다.

'좋아, 일단은 큰 불을 끄고 보는 거야.'

고육지계(苦肉之計)긴 하지만 이것으로 이진후가 다시 살아날 기회를 잡을 수 있다면 어쩔 수 없는 선택일 것이었다.

Episode 5
운명의 난입

차림새가 엉망인 것은 은수 혼자가 아니었다. 웃옷을 전부 길바닥에 깔아버린 진후도 더러워진 셔츠를 입고 키득거리며 풀하우스로 돌아왔다.

"분식점이 그렇게 신기했어요?"

"아니, 우리가 나타나자 놀라던 사람들 모습이 생각나서 그래."

맨발에 홀딱 젖은 채 남자 재킷을 걸치고 나타난 장신의 여자와 누구라도 알아볼 만큼 유명한 연예인이 동네 분식점 앞에 나타나서 떡볶이를 포장해달라고 했으니. 동네 꼬맹이들과 분식점에 있던 사람들이 모두 알아보고 놀라자, 두 사람은 포장이 끝나기 무섭게 정신없이 차를 타고 집으로 돌아왔다.

"아, 따뜻해……."

따끈한 떡볶이가 담긴 비닐봉지를 끌어안고 은수는 기분이 좋아서 미소를 지었다.

"그게 그렇게 맛있어?"

"아뇨, 내가 하면 더 맛있어요."

"그런데 왜 사먹어?"

"사먹는 건 자주 할 수 없잖아요. 옛날에 꼬맹이 땐 친구들이랑 백 원씩 모아서 자주 사먹었는데…… 민지훈 씨는 그런 적 없어요?"

진후는 고개를 저었다. 어릴 적엔 외국에서 살았기 때문에 그런 경험을 하지 못했다고 말하고 싶었지만, 왠지 은수에게 그런 말을 하는 것이 창피했다. 조기유학이니 어쩌니 그런 말을 들을 것 같았다.

"편한 신발 가져올게. 기다려."

"괜찮아요. 바로 앞이잖아요."

집에 도착해서 마당에 차를 세우고, 편한 슬리퍼를 가져다주려 했지만 은수는 차가 멈추자 훌쩍 내려서 진후보다 빠른 걸음으로 현관 앞으로 가 기다렸다. 진후는 부슬부슬 내리는 비를 맞으며 잠시 그녀를 바라보았다. 화를 낼 때는 참 미운 여자라고 생각했는데, 이렇게 다람쥐처럼 움직일 때는 귀엽다는 생각이 들었다.

"뭐 해요? 빨리 와요. 이거 불으면 맛없어요."

"하하, 알았어."

진후는 풀하우스의 하얀 현관으로 뛰기 시작했다.

"와, 냄새 좋아요. 무슨 차예요?"

"홍차야. 난 이것만 마시거든."

두 사람은 은수가 글을 쓸 때 늘 애용하던 2층 테라스에 있었다. 커다란 목욕수건을 찾아서 물기를 닦고 있을 때 진후가 쟁반을 들고 아래층에서 올라왔다. 떡볶이를 어떻게 사야 하는지 몰라서 은수를 시켰으니 차리는 건 자기가 하겠다고 우겨서 그렇게 하라고 했다. 쟁반에는 떡볶이와 함께 따뜻한 홍차와 과일이 놓여 있었다.

"떡볶이와 홍차라…… 하하, 뭔가 이상해요."

"……그래?"

또 실수를 한 건가 싶어서 진후의 목소리에 자신이 없었다.

"민지훈 씨는 참 이상해요. 행동은 참 망나니 같은…… 아니 터프한데……."

"알아, 나 망나니야. 우리 아버지도 그렇게 불러."

"헤헷. 그래도 음식 차리는 걸 보면 새색시 같아요. 되게 참해요."

냅킨으로 감싼 포크며 얌전하게 깎은 과일을 보면 이 사람이 그 망나니가 맞나 하는 의심이 들었다.

"어머니께서 굉장히 우아하신 분인가 봐요."

"그렇긴 하지만……."

어머니가 요리하거나 과일 깎는 것은 거의 본 적 없다는 말도 진후는 하지 못했다. 집에서 일하는 아주머니가 늘 이렇게 꼼꼼하게 챙겨서 내오기 때문에, 그것을 보고 배웠을 뿐이다.

"우리 엄마는요, 토목과를 나와서요, 건축 일을 했어요. 사람들이 거꾸로 되었다고 놀렸대요. 아버지는 설계 일을 하고 어머니는 현장 일을 했으니까요."

"아아, 그 국가대표급 체력은 어머니 덕이군."

"뭐라고요?"

"놀리는 거 아니야. 감탄하는 거야, 순수하게."

은수는 피식 웃었다. 그때 빨간 떡볶이를 두 개째 입에 넣던 진후가 맵다고 입에 손바람을 불며 난리를 부렸다.

"이게 매워요?"

"이건…… 음식이 아니라…… 화학병기야. 사람이 먹을 수 있게 만들어야 음식이지!"

은수는 사과를 하나 포크에 찍어서 진후에게 내밀었다.

"뜨거운 거 마시는 것보다 이게 나을 거예요."

"맵지 않아? 어떻게 이렇게 매운데 아무렇지 않게 먹지?"

"비 올 때는 매운 게 먹고 싶은걸요. 그리고 별로 맵지도 않아요."

"괴물이야. 여러 가지로…… 괴물이야."

은수가 내민 사과를 베어 물며 진후는 고개를 휘휘 저었다.

"하하하하…… 민지훈 씨도 얼른 더 먹어요. 감기 걸렸을 때는 매운 것 먹는 게 좋다잖아요. 땀 쫙 빼면 열도 내리고 그렇대요. 그런데 원래 그렇게 감기에 잘 걸려요?"

"아냐, 놀면 병나더라고. 요즘 너무 한가해서 몸살 난 거야."

"특이하네요."

"그건 인정해."

그는 제일 작아 보이는 떡으로 골라서 하나 집어먹고, 홍차로 입가심을 했다. 은수는 그중에서 작아 보이는 것들을 골라서 위에 올려주었다.

"여자들은 두 종류인 것 같아."

"에?"

"남자가 어설퍼 보이면 실망하는 종류와, 어설픈 남자를 보살펴주려는 부류 말이야."

따뜻한 홍차 잔을 두 손으로 감싸쥐고 비 오는 풍경을 바라보며 은수는 왜 그런 말을 하는지 물었다. 진후도 은수처럼 홍차 잔을 쥐고 나란히 벽에 등을 댔다.

"경치가 좋아."

"그렇죠?"

진후는 고개를 끄덕였다. 테라스의 전면 통유리 밖으로는 부슬비가 내려 푸른 물안개가 조용히 흐르고 있었다.

"어릴 적부터 한 사람을 사랑했었어."

습기가 많아서 그런지 은수는 진후의 목소리가 듣기 좋다고 생각했다. 낮고 부드러우며 정갈한 목소리다.

"이웃집에 살던 누나인데…… 옆집 감나무를 내가 계속 노리고 있었거든. 그 집 감나무에 감이 몇 개 열렸는지, 언제쯤 다 익을지…… 매일 오가면서 확인했었어."

"하하하……."

"우리 집 담장에 올라서면 딱 손이 닿아."

새파란 하늘에 대롱대롱 달린 맛있는 색깔의 단감을 따듯 그는 팔을 들어올려 허공을 움켜쥐었다.

"그러다가 똑 떨어져서. 다리에 금이 갔거든. 어머니한테 엄청 혼났지. 못 먹여서 키운 것도 아닌데, 감 서리는 왜 하냐고 아버지에게 꿀밤도 맞고."

"하하……."

다리에 하얀 깁스를 하고 꿀밤을 맞는 어린 소년이 상상되어 은수는 큰 소리로 웃었다.

"아버지에게 혼나는데, 그녀가 왔어. 바구니에 한가득 감을 담아서…… 그게 시작이야. 육 년에 걸친 짝사랑이…… 그때 시작되었지."

옛날 감정들이 다시 떠올라 그는 저도 모르게 미소를 지었다.

"까치머리가 되어도 모르고 뛰쳐나가던 녀석이 그날부터 꼬박꼬박 거울 앞에서 머리를 빗고 나갔어. 혹시라도 집 앞에서 그 누나를 만날지도 모르니까. 고등학교에 들어가서 턱 밑에 수염도 거뭇거뭇 나기 시작할 때쯤에 고백을 했지. 거실에 있던 위스키를 두어 모금 마시고 가서. 사실 내가 뭐라고 했는지도 기억 안 나는데, 바보처럼 '같은 대학에 들어갈 거니까, 기다려줘!'라고 한 것도 같고…… 벌써 구 년 전이니까. 지금이었다면 확, 끌어안고 키스 먼저 했을 텐데. 기껏 고등학생이 될 때까지 기다려선 또 대학생이 될 때까지 기다리라고…… 소리쳤다니."

생각해보니 그때의 어설픔이 지금까지 이어지는 것 같았다. 세린의 한마디, 변하는 눈빛 하나에 모든 감정이 휘둘린다.

"이제 다른 사람의 아내가 되는데…… 끝내야 하는데……."

그는 지금 은수에게 이야기하는 것이 아니었다. 바보 같은 자신에게 말하고 있었다.

"너무 오래되어선지 시작하는 법은 알겠는데, 끝내는 법을 모르겠어."

그 말을 들으며 은수는 그가 누구를 사랑했는지, 그리고 누구 때문에 지금 이렇게 혼란스러워하는지 알 수 있었다. 오늘 낮에 보인 어이없는 행동의 원인이 정확히 무엇인지는 알 수 없었지만, 그가 지금 형과 결혼하는 그 사람 때문에 괴로운 상태라는 것은 짐작할 수 있었다.

'형과 결혼할 사람, 그 사람이었구나.'

여자인 자기가 보아도 세린은 남자라면 누구나 사랑에 빠질 것 같았다. 아름답고 여성스럽고 이지적이다.

"아무래도 씻어야겠어. 먼저 일어날게."

마음속에 감추어둔 비밀을 말한 뒤라 함께 있기가 거북스러워진 진후는 일어나서 방으로 가버렸다. 혼자가 된 은수는 테라스에 앉아 생각에 잠겼다.

"부럽다……."

아직까지 사랑을 해본 적 없는 은수는 괴롭겠지만, 괴로운 사랑이라도 하고 있는 그가 부럽고 대단해 보였다.

'어쩌면 내가 시나리오를 제대로 쓰지 못하는 건 그런 이유에서인지도 몰라.'

늘 '스펙터클한 사건이 부족해!'라고만 생각했지, 감성이 부족하다는 생각은 못 했다. 흔하고 식상한 소재도 어떤 시각으로 연출하는가에 따라 다르게 보일 텐데, 자신은 그것을 놓치고 있다. 장마철 하늘처럼 언제 비를 뿌릴지, 햇살이 비출지 알 수 없는 성격이긴 해도 옆에 앉아 있던 그 남자가 고목나무처럼 메마른 자신보다는 나으리라. 적어도 그는 자기 감정에 솔직하다. 솔직하게 반응하고 순수하게 그것을 받아들이는 심장을 가지고 있다.

'나는 위선적이야. 그에겐 제대로 사과하라고 하면서, 나는 제대로 사과하지 않았잖아. 나 때문에 일도 못 하고 감기까지 걸렸는데…….'

스캔들 상대가 바로 자신임을 밝히고 제대로 사과를 해야겠다는 생각이 들었다. 그리고 풀하우스를 떠나는 게 순리에 맞는 것 같았다. 지금까지는 친구들에게 걱정을 끼칠까봐 혼자 어떻게든 해보려 했지만 일단 혼자 사는 친구 집에 얹혀살다가, 돈을 모아서 독립하고, 그 뒤에 좀더 열심히 일을 해서 몇 년이 지나든 풀하우스를 되찾으러 올 것이다. 오늘은 그도 지친 것 같으니 내일 아침에 말하고 짐을 꾸려 나가야겠다고 생각했다.

"민지훈 씨, 아침 먹어요."

은수는 새벽에 일어나 집안 구석구석을 다시 한번 깨끗이 치우고 마지막이라는 생각에 아침식사를 정성껏 준비한 뒤 그를 불렀다.

"민지훈 씨 아직 안 일어났어요?"

방문 앞에서 몇 번을 불러도 대답이 없었다. 또 감기 때문에 열이 나서 누워 있나 싶어서 문을 열고 살펴보았지만 언제 밖으로 나갔는지 방 안에 사람 흔적이 없었다.

"아, 좋은 냄새가 나는데?"

그의 목소리가 들린 곳은 1층이었다.

"어디 갔었어요? 언제 나간 거예요?"

"한 시간쯤 전에, 동네 한 바퀴 돌고 왔어. 비가 그쳐서 공기가 맑아."

그는 운동복 차림으로 뒷마당 쪽의 문을 열고 들어왔다.

"감기 다 나았어요?"

"아, 덕분에."

수건으로 땀을 닦으며 식당으로 가더니 음식 냄새를 한 번 더 맡고는 함께 먹어도 되냐고 묻는다. 어제완 달리 기분이 좋아 보였다.

"보기보단 음식 솜씨가 좋은데?"

"그냥 좋다고 해주지. '보기보단'이라는 말은 왜 붙여요?"

밥을 퍼서 놓아주고 은수는 자리에 앉았다.

"햇살이 가득해서 풀하우스인가 봐. 집안 어느 곳에서도 늘 햇빛을 만날 수 있어."

식탁에 눈부시게 떨어지는 하얀 햇살을 보며 그가 말했다. 은수는 깜짝 놀라 입을 벌린 채 그를 바라보았다.

"일준이한테 들었어. 이 집 이름이 풀하우스라고. 왜 풀하우스일까 생각했는데, 포커게임의 풀하우스라는 건 너무 가벼운 것 같고, 그래서 다시 생각을 해봤지. 가만 보니 온 집안에 햇살이 가득한 거야. 그걸 보고 깨달았지. 내가 살던 아파트는 북향 방에는 햇빛이 들지 않았어. 그래서 드레스 룸으로 사용했는데, 이 집은 어느 방향에 있는 방이든 햇빛이 가득해. 햇살이 가득해서 풀하우스. 이게 더 어울리는 것 같아. 그렇지 않아?"

"맞아요. 아빠가 이 집을 설계할 때, 어느 곳에서도 햇살이 비추고, 어느 방향에서도 집을 둘러싼 풍경이 훤히 보이게 신경을 썼다고 하셨거든요."

은수는 기뻤다. 다른 사람들은 이 집의 이름이 '풀하우스'라고 말하면 집에 무슨 이름이 있냐고 비웃었는데, 그는 달랐다. 단순히 번지수로 부르지 않고 이름으로 불러주고, 그 뜻까지 정확히 이해하고 있다. 집을 설계한 아버지의 뜻을 이해해준 것 같아서 참 고맙게 생각되었다.

"왜…… 그런 얼굴로 봐? 무안해서 밥을 못 먹겠잖아. 운동하고 와서 배고픈데."

"당신이 이 집의 새 주인이라서 기뻐요."

"응?"

살그머니 계란말이를 밥그릇에 옮기던 손길이 멈추었다. 뭔가 이상한 기분이 들었다.

"갑자기 왜 그래? 정색하면서 고마워하고…… 작전을 바꾼 거야?"

"무슨 작전이요?"

"날 놀라게 하는 작전 말이야."

"내가 그랬어요?"

진후는 고개를 끄덕였다. 몇 번이나 충격적인 대접을 받았으니 당연하지 않은가.

"이젠 그런 일 없을 거예요."

"오늘부터 여자가 되기로 한 거야?"

진후는 일부러 시비를 걸어보았다. 은수와 싸우지 않고 정상적인 대화를 하자니 김빠진 맥주 같아서 싫었다.

"그동안 신세졌어요. 오늘 짐 정리해서 나갈게요."

순간 진후는 은수에게 이번엔 제대로 깜짝 놀라게 했다고 한소리 해주고 싶었다. 그렇지만 그럴 분위기가 아니었다.

'일준이 녀석 말대로, 집에 대한 마음이 이제 정리가 된 건가? 그렇다고 해도…… 이건 너무 싱겁잖아. 뭔가 많이 빠진 것 같은데…….'

좀더 우당탕거리고, 좀더 말싸움을 할 줄 알았다. 마치 이건 잘 날리고 놀던 연이 줄이 끊겨 휑하니 허망하게 날아가버린 그런 상황이었다.

"저기…… 딱히 갈 곳이 없으면……."

진후는 조심스럽게 눈치를 보며 물었다.

"친구가 혼자 살거든요. 친한 친구니까 잠시 같이 살아도 될 거예요. 걱정 말아요."

"이 집에 빈방 많은데 뭘."

"호의는 고맙지만, 상식적으로 남자 혼자 사는 집에 여자가 얹혀사는 건 말이 안 되잖아요."

은수의 말이 어느 한 곳 틀린 데가 없지만, 진후는 그 말에 뭐라도 토를 달고 싶었다.

"그렇긴 하지만, 아, 그래 맞아. 나 요리 못하니까, 요리 해주면 되겠다. 청소도 하고, 요리도 하고, 도우미 아줌마 하면 되잖아."

"요리 잘하던데요, 뭐."

"아냐, 못해. 나 혼자 살 때도 아침엔 밀크티나 시리얼 같은 걸로 때웠어. 이렇게 밥 먹어본 적 없단 말이야."

요리라면 잘할 자신이 있었지만, 진후는 그것을 빌미로 은수를 붙들려고 했다. 왜 그래야 하는지는 솔직히 자신도 알 수 없었다.

"월급 줄게. 집도 떠나지 않고 직장도 생기니 일석이조 아냐? 보아하니 돈도 별로 없는 것 같은데……."

마지막 말은 실언인 것 같았다. 서둘러 입을 다물고 눈치를 살피자 역시나 은수의 얼굴에 단호한 빛이 서려 있었다.

'또 다다다 쏘아대겠군. 딱 그 얼굴이야.'

오히려 잘됐다 싶었다. 기관총처럼 다다다 쏘아대면 그걸 빌미로 뭔가 또 트집 잡을 건수를 찾아낼 것이고, 그러면 당분간 말싸움을 하면서 심심하지 않게 지낼 수 있다. 진후는 그런 기대를 하며 슬그머니 눈을 들었다.

"맞아요. 나 돈 없어요. 하지만 이미 결심했어요. 풀하우스가 소중한 만큼, 떠나 있어야 악착같이 살 것 같아요. 열심히 돈 벌어서 다시 사러 올게요. 그때까지 이 집, 잘 부탁해요. 다른 사람에게 팔지 말고…… 나중에 내가 다시 돌아오면, 꼭 나에게 팔아줘요. 부탁해도 되죠?"

은수의 대답은 매우 실망스러웠다. 쏘아대지도 않고, 떠난다는 말만 더 확실히 할 뿐이다. 문득 부아가 치밀었다.

"진짜 고집불통이네. 사람이 이렇게까지 말하면 고맙다고, 그렇게 하겠다고 해야지, 무슨 고집이야? 가진 것도 없으면서!"

"뭐라고요? 가진 것 없으면 꿈도 꾸지 말아요?"

풀하우스를 나가기 전에 스캔들 건에 대해 사과를 하려고 계속해서 울컥 치미는 화를 참았다. 하지만 돈 없다고 사람을 깔보는 건 그냥 둘 수 없어서 은수는 벌떡 일어나며 소리쳤다.

"지금 당장 산다는 것도 아니고, 돈 벌면 그때 와서 살 테니 부탁한다는

데, 그 말도 못하나요?"

"겁도 없이 노숙할 때부터 알아봤지. 현실감각이 아주 제로야."

차갑게 냉소하며 그가 말했다.

"이 집을 내가 얼마에 산 줄 알아? 땅값 싼 데 있다고 우습게 보이나 본데, 경매가로 오억 오천을 줬어. 그 돈이면 지방에 상가 건물을 짓는다. 그걸 당신이 언제 벌어서 되산다는 거야? 집 안 인테리어 소품까지 해서 육억 넘게 줬는데. 경매가가 공시지가보다 싼 건 알지? 당신이 되살 때는 제값을 주고 사야 할 거야."

집값에 대해서는 처음 듣는 것이라 은수는 화가 났지만 입을 꾹 다물고 참았다. 진후는 의기양양해져서 노래를 부르듯 촬촬촬 계산을 뽑아냈다.

"간단히 말해서 연봉이 이천오백이라고 쳐도, 일 년에 생활비 빼고 모을 수 있는 돈이 최대 천오백만 원 정도일 거야. 그 돈을 십 년 모으면 일억 오천, 요즘 저축금리가 얼마나 낮은지 알지? 그렇다면 당신이 경매가인 육억을 모으려면 얼마나 걸려야 할 것 같아?"

"사십 년……."

은수의 목소리는 조금 기세가 꺾여 있었다.

"암산은 빠르군. 경매가가 아닌 제값을 다 주고 산다면 사십 년이 아니라 육십 년은 걸릴 거야. 지금 나이에서 육십을 더해봐. 언제 이 집을 되살 수 있어?"

"당신은 젊은 나이에 그 돈이 어디서 났죠? 나라고 그렇게 못 벌 건 없잖아요."

다소 희망은 보이지 않았지만, 질 수 없다는 생각에 은수는 허풍을 떨어보았다.

"할아버지께서 남겨주신 유산 중 일부로 샀지. 채은수 씨에게도 부자

할아버지가 있으면 언제라도 찾아와. 되팔아줄게. 시 · 세 · 대 · 로."

진후는 메롱 혀를 내밀어 보이며 은수를 약올렸다. 풀하우스를 나가는 것이 싫어서 말리려고 꺼낸 말이, 지금은 그저 지고 싶지 않다는 억지만 남은 심술이 되었다.

"자기 돈으로 산 건 아니네요?"

"후훗, 워낙에 잘생기신 이 몸은 일이 년 모으면 이런 집 한 채 더 살 수 있어."

'하! 잘났어, 정말…….'

그의 방실거리는 얼굴에 '나 잘났음'이라고 씐 것 같았다.

"아무튼요! 내가 무슨 짓이든 해서 돈 마련해올 테니까, 이 집 딴 사람에게 팔지 말고 기다려요! 나는 이만 가볼게요! 잘 먹고, 잘 살아요, 민지훈 씨."

은수는 긴 다리로 저벅저벅 현관 앞으로 걸어가, 옆에 놓아둔 가방을 들었다. 이미 짐을 챙겨둔 터라 문을 나서기만 하면 풀하우스와는 완전히 '아듀'였다.

"엇!"

식당에서 나가는 은수의 뒷모습을 보고 진후는 이게 아니라는 것을 그제야 깨달았다. 승부에 눈이 어두워 원래 목적을 잊고 의기양양 기뻐했다. 허둥지둥 은수를 뒤쫓아가, 아슬아슬하게 여행가방의 손잡이를 잡아채고서 그는 잠시 말을 잇지 못하고 가쁜 숨을 내쉬었다. 나비처럼 날아서 벌처럼 빼앗느라, 가슴이 펌프질하듯 바쁘게 오르내렸다.

"무슨 짓이에요? 왜 이래요?"

"밥…… 밥은 먹고 가!"

딱히 떠오르는 말이 없어서 내뱉은 말이었는데, 참으로 참담했다.

"난 밥 다 먹었어요."

"그럼, 설거지해놓고 가!"

"내가 밥 차렸으니까, 설거지는 그쪽이 하세요."

"싫어! 내가 세상에서 제일 싫어하는 게 설거지랑 상 치우는 거야! 다 치울 때까지 가방 안 줄 테니까, 치우고 가!"

은수는 기가 막혀서 눈을 치켜뜨고 그를 노려보았다. 자기가 생각해보아도 유치하기 그지없는 대사들만 줄줄이 늘어놓아서 창피했기에 진후는 고개를 홱 돌리고 모른 척했다.

"부르주아 티를 그렇게 내고 싶어요? 요즘 세상에 그게 무슨 자랑이라고."

"그래, 자랑이다~."

대꾸를 하면서 스스로 비참해졌다. 이게 무슨 유치원생들 말싸움도 아닌데, 왜 자꾸 이렇게 유치해지는가 말이다.

"성격 진짜 이상해……."

"나 사이코라면서? 빨리 들어가서 치워."

진후는 가방을 등 뒤에 감추고 손을 한쪽만 앞으로 내밀어서 훠훠 안으로 저었다. 은수는 이 옹고집 사이코에게 뭐라고 정상적인 말을 해봤자, 조금도 먹히지 않는다는 것을 경험으로 지긋지긋하게 깨달았기 때문에 투덜거리면서 식당으로 돌아갔다. 그 모습을 보고 잠시 흐뭇한 얼굴이 되었던 진후는 후다닥 가방을 들고 2층으로 뛰어갔다.

"앗, 내 가방! 어딜 가요! 내 가방 내놔요!"

이상한 낌새를 채고 은수는 고무장갑을 낀 채 그를 따라 뛰어갔다. 감기 때문에 비실대던 때와 달리 진후는 은수를 따돌리고 계단을 서너 칸씩 밟고 올라가 2층 복도를 질주했다.

"거기 서!"

은수 또한 만만치 않은 달리기 실력을 과시하며 진후를 뒤쫓았다. 매끄러운 나무바닥이라 미끄러질 듯 휘청거리면서도 진후는 은수에게 잡히지 않기 위해 무작정 달렸다.

"사이코! 거기 서!"

은수의 고함소리를 바로 뒤에서 들으며 진후는 구슬땀을 흘렸다. 어디에 가방을 숨겨놔야 은수가 쉽게 되찾지 못할지 고민했지만, 이 집의 내부구조를 잘 모르기 때문에 쉽게 생각이 나지 않았다.

'에라 모르겠다. 그냥 빈방에 던져 넣고, 문을 잠그자.'

그는 2층에 있는 방 넷 중에 빈방 아무 곳이나 열고 들어가 문을 잠갔다.

"문 열어욧! 뭐 하는 거예요!"

문을 두드리는 은수의 고함소리를 들으며 방문에 기대어 선 진후는 숨을 헉헉 몰아쉬었다.

'젠장, 뭘 하는 거야, 지금? 내가 뭘 하는 거지?'

은수에게 가방을 빼앗길까봐 긴장해서 심장이 콩닥콩닥 개구리처럼 뛰었다. 그는 일단 숨길 곳을 찾기 위해 주변을 둘러보았다. 손님용 방이었던 듯, 2인용 침대와 작은 옷장, 침대 옆의 작은 엔드 테이블이 보였다. 막 옷장에 가방을 넣으려 할 때였다.

"우흐흐, 요건 몰랐지?"

잠긴 방문이 벌컥 열리고 저승사자처럼 음산한 미소를 지으며 은수가 나타났다.

"어…… 어떻게 들어왔어?"

"현관문은 못 따지만, 방문 정도야 쉽게 딸 수 있지롱."

놀라서 허둥대는 진후의 모습을 즐기며 은수는 그에게 천천히 다가갔다.

"오지 마! 오면 가방 던진다!"

"뭐라고요?"

가방을 볼모로 진후는 방에 딸린 작은 테라스 쪽으로 뒷걸음질쳤다.

"경고했어! 오면 이 가방, 마당에 던져버릴 거야!"

"미쳤어요? 왜 남의 가방을 가지고 그러는 거예요?"

"몰라, 여하튼 나는 이 가방을 주기 싫고, 그러니까 다가오면 확 던질 거야."

은수는 화가 나 도저히 참을 수가 없었다.

"도대체 나한테 왜 이러는 거예요?"

"몰라!"

화가 난 은수보다 더 큰 목소리로 진후가 소리를 질렀다.

"에?"

"모른다고…… 젠장. 내가 왜 이러는지 나도 몰라."

본인이 이유도 모르고 사이코 짓을 하고 있다는 고백 앞에서 은수는 맥이 빠져 싸울 생각도 들지 않았다.

"심심한 거죠?"

"……."

"네? 지금 심심해서 놀아보자고 그러는 거죠?"

은수의 말을 들어보니 그런 것 같기도 했다. 전원주택에서 살고 싶다고 생각은 했었지만, 갑자기 사는 환경이 바뀌어서 심심한 점도 있긴 했다. '그래서인가? 그래서 이렇게 은수가 풀하우스를 나가는 게 싫은 건가?' 라고 고민할 때 갑자기 가방을 향해 은수의 손이 날아왔다. 진후는 몸을 획 돌리고 테라스로 나갔다. 은수도 지지 않고 쫓아갔다. 그런데 그 순간 난데없이 플래시가 터지더니 사람들이 웅성대는 소리가 들렸다.

"이진후다! 이진후가 나왔다!"

"어라? 여자도 같이 있네? 대박인데 이거!"

불빛이 정신없이 번쩍거리고, 카메라 셔터 소리가 소나기처럼 요란스럽게 이어졌다.

"어?"

"에?"

가방을 사이에 두고 옥신각신하던 은수와 진후, 두 사람 모두 얼이 빠져서 풀하우스의 넓은 마당에 가득 찬 사람들을 바라보았다.

"헉헉헉……."

"헉헉헉……."

두 사람은 정신없이 방 안으로 들어가 테라스 유리문에 등을 대고 숨을 몰아쉬었다.

"이게 무슨 일이지?"

"이게 무슨 일이에요?"

그렇게 중얼거리고 서로를 마주보았다.

"민지훈 씨가 알아야지 내가 알아요?"

"난 요즘 얌전히 지냈다고! 이건 내 탓이 아니야! 혹시 무슨 범죄라도 저지른 거 아냐?"

'퍽' 하는 작은 소음과 함께 진후는 가방을 떨어뜨리고 정강이를 끌어안았다.

"말을 참 예쁘게도 하시네요. 지금 바깥에서 당신 이름 부르는 거 안 들려요?"

"누구 이름!"

"밖에서 이진후 씨 부르잖아요! 귀 먹었어요?"

은수와 있는 동안 내내 가명인 아닌 본명 민지훈으로 불린 터라 진후는 자신의 가명이 낯설었다.

"그러고 보니…… 날 부르네?"

"도대체 언제 저 사람들이 왔죠?"

"……몰라. 그런데 왜 왔대?"

"내가 알아요?"

서로에게 물어보았자, 아무도 답을 모른다. 은수는 그사이에 가방을 집어들고 일어났다.

"이건 민지훈 씨 일이니까, 난 이만 가볼게요."

진후가 아차! 하고 놀라는 사이 은수는 가방을 들고 도망치듯 1층으로 내려갔다. 그러나 은수는 현관에서 한 걸음도 벗어나지 못하고 문을 닫아야 했다. 문을 열자마자 혼을 쏙 빼먹을 듯 사람들이 달려들어 뭐라고 소리를 지르면서 카메라를 들이댔기 때문이다. 은수는 기겁해서 문을 닫고 돌아섰다. 은수의 어깨를 잡으려던 진후도 화들짝 놀라며 벽에 바짝 붙었다.

"뭐…… 뭐야, 무슨 일이야…… 이게 웬 영화의 한 장면이야?"

"모른다니까 왜 자꾸 나한테 물어…… 이십오 년 동안 이런 일 없었단 말이에요! 이게 다 민지훈 씨 때문 아니에요?"

진후는 억울했다. 최근 거의 보름 동안 스캔들이 날까봐 연예계 친구들도 일부러 피해왔고, 외출도 거의 하지 않았는데 이게 무슨 일인가!

"이진후 씨! 잠깐만 물어볼게요! 몇 가지만 대답해주세요!"

문밖에서 유독 커다란 목소리가 또렷이 들려왔다. 은수는 도끼눈을 뜨고 진후를 노려보았다. 진후는 두 손을 획획 저으며 소리 없이 자신의 결백을 주장했다.

"내연녀와 언제부터 동거를 했습니까?"

"혹시 결혼한 사이는 아닙니까?"

"동거중인 여성분에 대해서 말씀 좀 해주세요!"

밖에서 들려온 외침에 은수와 진후의 입에서 동시에 비명소리가 터져 나왔다.

"동거어어어?"

"내연녀어어어?"

누구가가 문을 열고 들어오려 해서, 후다닥 걸어잠그고 은수와 진후는 거실 가운데로 도망쳤다.

"아파! 때리지 마!"

은수는 닥치는 대로 진후에게 발길질을 하고 주먹을 휘둘렀다. 등으로 그것을 맞으며 진후는 우는 소릴 했다.

"누가 당신이랑 동거를 한다고 그래요? 지금 저거 무슨 소리예요? 말해봐요! 말해보라구요!"

"나도 몰라! 뭐가 어떻게 돌아가는지 나도 모른단 말이야. 아프다니까!"

그들이 수선스럽게 서로를 책망하며 싸울 때 뒷문을 두드리는 소리가 들렸다.

"뒷문으로까지 사람이 왔나 봐요! 이게 무슨 꼴이에요! 민지훈 씨 책임져요!"

"아, 알았어. 책임질게. 책임질 테니까 그 무쇠주먹 좀 그만 휘둘러!"

"여자가 때려봤자 얼마나 아프다고 엄살은……."

"넌 여자가 아니잖아. 무쇠주먹 차돌이야."

투덜거리며 진후는 뒷문으로 가서 조심스럽게 물었다.

"누구세요?"

"진후 형! 나예요. 일준이!"

"아아! 나의 아군! 강일준!"

진후는 서둘러 문을 열었다. 일준이 들어오자, 곧바로 매니저 윤 과장이 들어왔다. 그들 뒤로도 플래시가 터지고 있어서 진후는 얼른 문을 닫고는, 매니저에게 혼이 날까봐 서둘러 변명을 했다.

"정말 모른다고요. 이번 일은 내가 저지른 게 아니에요."

윤 과장은 진후 뒤에 서 있는 은수를 보고 놀라서 얼굴을 굳혔다. 계산 밖의 사람이 서 있었기 때문이다.

"저 아가씨는……."

"두 번째 뵙네요."

윤 과장에 대해 좋지 않은 기억이 있는지라 은수는 쌀쌀맞게 인사를 건넸다. 윤 과장은 속으로 낭패라고 중얼거리며 어찌할까 생각했다.

'저 아가씨가 바로 어제 빗속의 그 아가씨였단 말이야? 정체불명의 아가씨여야 하는데…… 계산착오다.'

'동성애 스캔들'을 무마하기에는 이성과의 스캔들이 적격이라고 생각했다. 그래서 일부러 어제의 그 장면을 찍어서 연예기자에게 넘겨 밤사이 인터넷에 뿌렸고, 거리에 있던 시민들이 찍은 동영상까지 지금 엄청난 속도로 퍼지고 있었다. 사무실에선 그것을 그냥 방치했다. 어차피 이진후의 성격상 예전처럼 한때의 스캔들일 것이고, 그것을 이용해서 재기에 성공해 새 작품을 선보일 때쯤이면 그런 스캔들쯤 사람들의 기억 속에서 잊힌

뒤일 것이라 생각했다. 그러나 어디에선가 진후가 숨어 지내는 주소가 유출된 것에서부터 계산이 틀어지기 시작했다. 이 남자가 무슨 위험한 발언이라도 할까봐 서둘러 찾아왔건만, 아침부터 진후가 젊은 여자와 함께 집에 있는 장면을 기자들에게 보이고 말았다.

'어떻게 하지? 이 상황을 어떻게 무마해야 이진후의 이미지를 다시 살릴 수 있을까…….'

윤 과장이 고민하는 동안 일준은 진후와 은수에게 아침신문을 보여주며 밤사이에 무슨 일이 일어났는지 설명해주었다.

"뭐어? 내가 이 여자와 오랜 연인 사이라고?"

"내가 이 사이코랑 사귄다고요?"

두 사람은 일준에게서 서로 먼저 신문을 빼앗겠다고 싸움질을 하며 소리를 질렀다.

"이봐, 그런 소문이 나면 내가 더 손해야!"

"입은 삐뚤어졌어도 말은 바로 하랬어요! 어째서 당신이 손해예요? 닳고 닳은 사람이!"

"뭐? 닳고 닳아? 날 뭐로 보고 그런 소릴 해?"

"내가 아는 스캔들만 해도 열 건은 넘네요. 당신 같은 바람둥이랑 어떻게 날 비교해요?"

그 말은 진후의 화를 제대로 돋우었다.

"하긴 자기 잘난 맛에 사는 석녀(石女)같은 여자보다는 내가 로맨스 쪽으론 한 수 위지."

"뭐라고요? 석녀? 그 말의 뜻을 제대로 알고나 쓰는 거예요?"

'석녀'란 애를 못 낳는 여자를 빗대어 부르던 옛날 말이다. 여자의 가치를 애 낳는 도구로만 따지는 남성본위의 말이라 은수가 싫어하는 단어였다.

"무식하게 소리만 지를 줄 아는 여자가 누굴 가르치려고 들어?"

"하, 뜻도 모르고 말한 게 창피한가 봐요?"

"내가 뜻을 왜 몰라? 애도 못 낳는 돌 같은 여자라는 말이지. 틀렸어?"

또다시 진후는 은수 앞에서 쓸데없이 잘난 척을 하기 시작했다. 은수가 도발할 때마다 그는 이렇게 되어버렸다.

"여자가 무슨 애 낳는 도구예요? 내가 그런 말을 얼마나 혐오하는 줄 알아요?"

"잘됐네, 싫어하는 말이라서. 결혼해서 애 못 낳아 설움당한 경험이 있나 봐? 알고 보니 이혼녀 아냐?"

은수는 정말 화가 났다. 이 남자가 밸이 꼴리면 아무 소리나 해대는 줄은 알았지만 이렇게까지 해도 될 소리와 못 할 소리를 구분 못 하는 사람인지는 몰랐었다. 혐오감에 치를 떨며 저도 모르게 은수의 손이 진후의 빰을 가격했다. 빰을 맞은 진후도, 두 사람의 싸움을 멀뚱히 구경하던 일준도, 어떻게 이 사태를 진정시킬까 고민하던 윤 과장도 놀라서 은수를 쳐다보았다.

"실망이네요. 당신 같은 시대착오적인 마초가 연기를 한다니 참으로 기가 막혀요. 당신은 결코 좋은 배우가 될 수 없어요. 사람이 사람 말을 제대로 못 하는데, 어떻게 다른 사람을 감동시키는 배우가 될 수 있겠어요?"

은수는 화난 눈으로 그를 똑바로 쳐다보며 쏘아붙였다. 빰에 손을 대고 서서 진후는 말이 없었다.

"진후 형……."

얼마나 자존심이 센 남자인지 알기에 일준은 그가 폭발할까봐 무서워하며 슬그머니 다가왔다.

“당신 미쳤어? 배우 얼굴에 함부로 손을 대다니 제정신이야!”

늘 다그치기만 하던 윤 과장이 파리한 얼굴로 진후의 얼굴을 살피며 은수에게 고함을 쳤다.

“괜찮아요. 조용히 해요.”

이상할 정도로 침착한 목소리로 진후가 말했다.

“일준아.”

“예…….”

차라리 길길이 날뛰며 화를 낼 때가 더 정상적인 사람이라 일준은 잔뜩 긴장해서 대답했다.

“창문에 블라인드 좀 내려. 사진 찍히잖아.”

“앗!”

일준과 윤 과장은 창문에 대고 셔터를 누르는 사람들을 보고 놀라서 황급히 커튼을 치고 거실의 전면창을 가리는 블라인드를 모두 쳤다.

은수는 가방을 다시 찾아 들었다. 어찌 되었든 상관없는 일이고, 진후와 잠시라도 함께 있고 싶지 않아서 그냥 나가버릴 참이었다.

“가지 말고 좀 있어봐.”

진후의 목소리는 의외로 잔잔했다.

“당신이랑 다시 가방 싸움을 할 기분 아니에요. 놔요.”

“내가 실언했어. 진심으로 그런 생각을 해서 한 말 아니니까, 용서해줘.”

“진심이 아니라도 그런 식으로 말하는 건 옳지 않아요.”

“알아. 아는데, 화가 나면 제어를 할 수가 없어.”

“앞으로 노력한다면 용서해줄게요.”

일준과 윤 과장은 놀라서 두 사람을 바라보았다. 진후가 저렇게 다른 사람의 충고를 고분고분 듣는 것도 놀라웠고, 그를 그렇게 다루는 은수의 존재도 충격이었다.

"노력할게."

앉으라는 듯 진후는 한쪽 의자를 가리켰다. 그가 무기를 내던지고 항복하자 은수도 화를 풀고 소파에 앉았다. 일준과 윤 과장도 쭈뼛거리며 소파에 앉았다.

"……그러니까, 어제 잠깐 우리 둘이 외출한 장면이 노출되어서 이런 일이 일어난 건가요?"

"그게, 거리에서 형이 옷을 벗어서 은수 씨 앞에 깔아주는 장면이 인터넷에 떠서 더 난리예요. 보름 전의 동성애 사건보다 이 사건이 더 크게 뜬 것 같아요. 그쵸, 매니저님?"

스캔들이 터지는 데 일조했기에 윤 과장은 조금 움찔하며 고개를 끄덕였다.

"그냥 모르는 척하고 입 다물고 있으면 괜찮지 않아요? 다른 연예인들도 스캔들 터지면 한두 달 잠수했다가 나오고 그러잖아요. 그러면 멀쩡하던데……."

"오늘 두 사람이 한 집에 있는 게 기자들에게 찍히지 않았다면 가능성 있죠. 열애설보다 동거설은 오래가요. 이미지 손실도 크고요. 동성애 스캔들에 이어서 동거설까지……."

윤 과장은 곤란한 얼굴로 말을 잇지 못했다.

그들이 앞으로 어떻게 할지 해답을 찾지 못해 침묵하고 있을 때, 풀하우스에 검은색의 고급 승용차가 두 대 들어서더니 검은색 일색의 남자들이 차에서 내려 마당을 가득 메운 기자들을 반으로 뚝 갈랐다. 어찌나 일

사분란하게 움직이는지, 그 기세에 눌려서 억척스럽기로 유명한 기자들까지도 군소리 못 하고 주춤주춤 물러섰다.

"이곳인가?"

나이가 들었지만, 어딘지 모르게 위압적인 분위기의 중년신사가 무거운 목소리로 옆에 서 있는 비서에게 물었다.

"예, 큰 도련님께서 적어주신 주소가 바로 이곳입니다."

그는 턱을 살짝 움직여서 비서에게 지시했다. 비서는 조심스럽게 앞으로 나아가 문을 두드렸다.

"작은 도련님, 회장님 오셨습니다. 문 좀 열어주세요."

괴롭게도, 그들이 모시는 회장님의 지나치게 강렬한 성격을 그대로 이어받은 도련님 앞이라 문을 두드리는 것이 마치 자신의 심장을 두드리는 것만 같았다. 두 사람 사이에 끼어서 봉변을 당한 것이 한두 번이 아닌 터였다.

"아버지가?"

진후는 벌떡 일어나서 현관이 아닌 뒷문으로 향했다. 어찌나 자연스럽게 움직였는지 모두들 그의 이상행동을 눈치 채지 못할 정도였다. 일준이 부리나케 달려들어 진후를 붙들었다.

"어딜 도망가요…… 형이 가면 우리가 수습해야 하잖아요."

"나 맞아죽는 것 보고 싶냐?"

일준은 고개를 도리도리 저었다. 그러나 여전히 진후를 붙든 팔만은 놓지 않았다.

"김 비서, 문 부숴."

진후의 부친은 아들에게 생각할 여유를 줄 생각이 조금도 없는 듯했다. 문을 부수라는 말을 듣자 반사적으로 은수가 벌떡 일어나 현관으로 걸어갔다. 현관문 한 짝이라도 풀하우스의 것은 해칠 수 없다고 생각한 것이다.

"내가 열게. 뒤로 물러나 있어."

위험한 일은 여자에게 시킬 수 없다는 듯 진후는 은수를 등 뒤에 있게 했다.

"진후 형! 제가 열게요…… 형도 피해 있어요."

도망치는 것을 잡아놓고, 일준이 우는 듯한 목소리로 진후에게 매달렸다.

"저…… 밖에 있는 분이 그렇게 무서운가요?"

은수의 질문에 진후는 고개를 끄덕였다.

"무서워, 엄청 무서워."

그렇게 말하면서도 진후는 현관문의 잠금쇠를 모두 풀고 손잡이를 돌렸다.

"네 이노오오옴!"

청천벽력 같은 목소리가 조금 열린 문틈으로 우렁차게 울렸다.

"진후 형 죽어요…… 고정하세요. 고정하세요, 회장님!"

"회장님, 일단 말씀을 먼저 하시고……."

일준과 윤 과장이 식은땀을 흘리며 어떻게든 진후를 살려보려고 난리였다. 그 가운데 검은 양복을 입은 비서진들도 진후를 에워싸며 회장이 휘두르는 우산을 몸으로 막았다. 그러나 이미 진후는 아버지가 등장함과 동시에 현관에 세워둔 우산으로 몇 대 얻어맞은 뒤였다.

"이놈의 자식! 사내자식이랑 추잡스런 짓을 해놓고, 이제 정신 차리고 조용히 있겠다고 맹세한 지 며칠이나 지났냐, 이놈아. 그새를 못 참고 또 난봉질이야? 어디서 배워먹은 짓거리야!"

"아들 말을 믿어야지, 그깟 싸구려 신문 말을 그대로 믿으세요?"

진후가 한마디 할 때마다 수십 대의 매가 그에게 쏟아졌다. 비서 뒤에 숨으려 했지만 그의 몸이 비서보다 커서 양쪽 옆구리가 먼지 나게 두들겨 맞고 있었다.

"우리 민 씨 집안에 너 같은 난봉꾼은 없다, 이놈아. 네가 가문에 먹칠을 하다못해, 아주 조상대대로 욕을 먹이려 드는구나!"

"맹세코 이번에는 아니라고요!"

"그럼 저번은 저저번은 다 진짜냐?"

그는 너덜거리는 우산을 던져버리고, 대신 거실에 세워진 긴 조각품을 들어올렸다. '휘잉' 하는 바람소리와 함께 장식품이 진후의 머리 위를 아슬아슬하게 비켜갔다. 진후는 순간 아버지에게서 진정한 살의를 느꼈다.

"내가 늘그막에 무슨 복을 얻자고 네놈을 낳았나, 후회막급이다 이놈아!"

"제 말이 그 말이에요! 후회할 거면 왜 낳아서 밤낮 매타작이냐고요!"

"에이 고얀 놈! 그게 자식이 부모에게 할 소리냐!"

"아버지도 자식을 원수 대하듯 하시잖아요! 형은 때린 적 없으면서, 만날 왜 저만 때려요?"

맞은 게 억울해서가 아니라 서운해서 진후는 씩씩거렸다.

"그래, 형 이야기 잘 꺼냈다. 네 형이 지금 결혼을 목전에 두고 있는데, 네놈이 자중하기는커녕 이렇게 날마다 추잡한 소문이나 뿌리고 다니니, 어떻게 고개를 들고 신부를 맞을 수 있겠냐…… 이 정신 나간 놈아."

진후는 맞은 것보다, 딴따라라고 천대받는 것보다 그것이 억울했다. 어렸을 때부터 형은 늘 아버지의 기대주고, 희망이고, 삶의 낙이었지만 자신은 늘 집안을 발칵 뒤집어놓는 불효막심한 놈이다.

"제 결혼이었으면, 그렇게 신경 쓰셨겠어요?"

신부를 빼앗긴 것도 억울한데, 이런 것까지 신경을 건드리자 진후의 눈빛이 사납게 변했다.

"형과 제가 바뀌어서 제 결혼이었어도, 형에게 지금처럼 하실 거냐고요!"

"결혼? 네놈이 언제 제대로 사귄 여자가 있다고 결혼한다는 거야? 하다하다 못해서 사내놈이랑 연애질한다고 신문에 오르내리는 놈이! 어떤 아가씨가 눈이 삐었다고 네놈 같은 난봉꾼을 남편 삼겠다고 나서겠냐 말이다! 네 형 십분의 일이라도 닮아보고 그런 소릴 해봐라, 이놈아!"

풀하우스 안에 있는 모두는 자기가 듣고 싶은 말이 아니면 아예 무시해버리는 진후의 습관이 어디에서 유전되었는지 확인하고 있었다.

"절 너무 무시하시는데요. 지금 당장이라도 열 명이든 스무 명이든 결혼하겠다는 여자 대령할 수 있어요."

이야기가 엉뚱한 방향으로 흐르고 있었지만 화가 난 진후는 그것을 깨닫지 못하고 있었다.

"어디, 너 같은 정신 나간 놈이랑 살아주겠다는 고마운 처자 좀 보자, 당장 대령해봐, 이놈아. 만날 흥청망청 술 마시고 난봉질하느라 집안 망신이나 시키는 놈이 큰소리치기는……."

"큰소리 아니에요. 정말 참한 며느릿감을 데려오면, 딴따라라고 부르지 않기로 약속해주세요. 그러면 며느릿감 보여드릴게요."

진후의 부친에게는 어림없는 소리로 들렸다. 그동안 진후와 스캔들이 난 여자들 중 어느 한 명도 마음에 드는 아가씨가 없었기 때문이다.

진후는 뒤에 서서 두 사람 때문에 집 안 어디 상하지는 않았나 살피던 은수의 팔을 확 잡아당겼다. 은수는 영문도 모르고 그에게 잡혀서 팔짱을 끼게 되었다.

"여기 있어요. 아버지, 둘째며느릿감."

진후는 홧김이라 아무 생각이 없었다. 그저 아버지가 어떻게 나오나 그게 궁금했다.

"뭐…… 뭐……."

뭐가 어떻게 돌아가는지 알 수 없는 것은 진후의 부친만이 아니었다. 눈 깜짝할 사이에 진후의 동거녀가 된데다가, 이번에는 신붓감이 된 터라 은수는 기가 막혀서 숨쉬기도 어려웠다.

등을 쿡 찌르며 진후가 작은 소리로 말했다.

— 서재 줄게.

— 뭐라고요?

— 화단에 이어서, 서재 준다고. 당신 아버지 서재.

파출부 역할을 했을 때는 화단이더니 지금은 서재를 준단다. 남은 평생의 인내와 잠시잠깐의 인내, 그 사이에서 은수는 손대선 안 되는 선악과에 손을 뻗는 이브의 심정이 되었다.

— 동거설은 어쩌고요? 서재 옆 작은방도 내놔요.

은수는 못 먹는 감 찔러보는 심정으로 하나를 더 요구했다. 상황이 상황인지라 진후는 원수를 대하듯 흘겨보더니 곧 고개를 끄덕였다.

"너희들끼리 뭘 숙덕거리는 거냐! 거기 아가씨는 누구야?"

진후의 부친이 두 사람에게 소리를 질렀다.

— 제대로 연기 못 하면 다 취소야.

진후는 은수의 옆구리를 툭 건드렸다.

'에라, 모르겠다.'

풀하우스가 걸린 일이라 은수는 망설임이 없었다.

"아…… 안녕하세요, 아버님……."

은수를 보는 진후 부친의 눈이 주먹만 하게 커지고, 입술이 푸들푸들 떨렸다. 돌변한 은수의 태도에 사실 진후도 깜짝 놀라서 잠시 정신을 차리지 못했다.

"나중에 찾아뵈려 했는데, 이렇게 인사드리게 되어서 죄송합니다."

은수는 공손하게 꾸벅 몸을 숙여 인사했다.

"저…… 정말이냐, 저…… 정말로, 네가 귀신화장 한 연예인이 아니라 멀쩡한 처자를 사귄다고?"

진후 부친은 자기 눈을 믿을 수 없는 듯 몇 번이나 깜빡거리고 다시 은수를 바라보았다. 지금까지 진후와 스캔들이 난 여자들은 거의 100퍼센트 연예인이었고, 유부녀도 몇 있었기 때문에 마음에 들지 않았었다. 하지만 지금 서 있는 아가씨는 수수한 차림의 보통아가씨 같았다.

"눈앞에 증거가 있잖아요. 형 결혼식 끝나면 정식으로 인사드리려고 했는데……."

"채은수라고 합니다."

"아가씨는 무슨 배우 지망생이라던가, 가수 지망생이라던가 그런 것 아니지?"

은수는 고개를 저었다. 그러자 진후의 부친이 갑자기 다가와 은수의 손을 덥석 잡았다. 키가 좀 크지만 화장기 없는 깨끗한 얼굴과 곧고 단정한 생머리가 참으로 참해 보였다. 그는 거친 바다를 헤매다가 등대 불빛을 발견한 사람처럼 감격하여 고개를 끄덕였다.

"부끄럽습니다만…… 아직 이렇다 할 이력이 없는 작가 지망생입니다."

"오오, 작가! 작가선생이었구먼……."

그는 '딴따라' 아들에게 '작가선생님' 신부감이 생긴 기적과 같은 놀라운 일에 감격했다.

— 작가? 일자무식이 무슨 작가?

진후는 어디서 개그를 하냐는 얼굴로 깔보며 말했다.

— 당신을 상대하다 보니 그렇게 됐네요. 본래는 똑똑하다는 소리 듣고 살아요.

한소리 툭 던져주고 은수는 다시 진후 부친에게 미소를 지어 보였다.

"그래, 나이는 몇인가? 공부는 다 마쳤고?"

대뜸 이런 것을 묻는 것이 실례인 줄은 알지만, 진후나 그의 부친이나 알고 싶은 것이 있으면 당장 해결해야 되는 성격이었다.

"나이는 올해 스물다섯 되고요, 대한여대를 졸업했습니다."

그 대목에서 진후는 또 한번 놀랐다. 은수의 나이가 몇인지도 몰랐거니와 어머니와 같은 대학 출신이라는 것도 놀라웠다.

'하긴…… 날 놀라게 하려고 세상에 태어난 여자니까…….'

연이어 세 번 놀란 뒤 진후는 모든 것을 그냥 받아들이기로 했다. 만남에서부터 늘 놀라게 한 사람이니까, 이정도 놀라운 일쯤은 대수롭지 않았다.

"대한여대라면 우리나라 최고의 여자대학 아닌가! 우리 아들은 대학도 다 못 마쳤는데…… 허허허."

"또 그 얘기……."

또 대학중퇴 이야기를 꺼내서 무시하려는 것 같아서 진후는 눈을 찡그렸다. 불만이 가득한 진후와는 달리 그의 부친은 은수가 매우 만족스러운 것 같았다.

"안녕히 가세요."

"그래, 꼭 집으로 놀러 와요. 저 녀석이 데려다주지 않으면 혼자라도……."

"예, 살펴가세요."

진후의 부친은 은수에게 조만간 꼭 집에서 식사를 함께하자고 약속을 받아내고서야 문을 나섰다. 그가 현관문을 열자마자 밖에 대기하고 있던 기자들이 플래시를 터뜨리며 뭐든 찍어보려 발악을 해댔다.

"자, 이제 어떻게 수습해볼까요? 이진후 씨, 채은수 씨?"

진후가 은수에게 '체대 출신이지? 그렇지?'라면서 비아냥거리고, 은수가 콧방귀를 뀌면서 정강이를 찰 때였다. 주머니에 넣어둔 안경을 꺼내 콧잔등에 얹으며 사무적인 말투로 윤 과장이 말했다.

'내가 무슨 짓을 저지른 거지?'

그제야 비로소 진후는 자기가 좀 전에 무슨 실수를 했는지 깨달았다.

"아아……!"

은수 또한 풀하우스를 다시 손에 쥔다는 일념 하에 무슨 엉뚱한 짓을 했는지 깨달았다.

'차라리 잘됐어. 약혼 한 방으로 그간 시끄러웠던 문제를 다 해결할 수 있겠어. 동성애설, 연애설, 동거설 모두 쓸어버리고, 약혼한 남자에게 여성들이 품는 정복욕을 타깃으로 다시 이미지 메이킹을 시도할 수 있을 것이야.'

겉으로는 비난하듯 차가운 눈을 하고 있지만, 윤차희의 머릿속에는 지금의 상황을 최상의 상황으로 바꿀 계획이 착착 계산되고 있었다.

Episode 6

하데스의 연인들

“뭐 하나 할 때마다 집안을 들었다 놨다 하더니, 역시나라고 할까…… 다들 그러려니…… 하는 분위기야. 그 녀석이 어릴 때부터 좀 시끄러웠어야지.”

세린과 저녁식사를 함께하며 규하는 진후의 약혼 이야기를 꺼냈다. 한번 다 같이 모여서 식사를 하기로 했다고 세린에게도 알려야 했다.

“역시 그 아가씨군요.”

“전에 부티크에서 본 그 아가씨? 아니면 그전에 집에서 본 아가씨?”

세린은 가볍게 웃었다. 진후나 규하나 사람 얼굴 못 알아보는 것은 유전인 것 같았다.

“처음 만난 아가씨가 두 번째 만난 아가씨와 동일인이에요.”

“뭐? 아…… 정말 몰랐는데, 두 번째 만난 아가씨가 좀더 키가 크지 않았나?”

"힐을 신었잖아요."

규하는 볼을 살짝 긁으며 무안한 듯 웃었다.

"내가 원래 다른 사람 외관을 신경 써서 보지 않아서……."

그러면서 은근슬쩍 자기 눈에는 세린밖에 들어오지 않는다는 말을 했다. 다소 유치한 아부였지만 세린은 진후의 세련된 칭찬보다는 투박하고 어설픈 규하의 말재주가 더 편했다.

"그런데 언제 그런 아가씨를 숨겨둔 걸까? 그 녀석이 의외로 엉큼한 구석이 많아서……."

"그건 저도 잘 모르겠는데요. 전에 집에서 채은수 씨 사진이 벽에 걸려 있는 걸 봤어요."

"뭐야, 그러면 그때 이미 보통사이가 아니었던 것 아냐? 하, 진짜 뒤통수네."

스테이크 접시에 시선을 두고 아무렇지 않은 듯 이야기했지만 규하나 세린이나 진후의 약혼 발표가 신경 쓰였다. 규하로서는 자신의 약혼보다 집안에서나 어디에서나 진후의 약혼이 더 주목받는 것이 싫었고, 그 녀석이 형보다 먼저 약혼식을 해버리면 추월당한 기분이 들 것 같아서 꺼림칙했다. 세린의 마음은 좀더 미묘했다. 진후에게 그간의 감정을 모두 정리하라고 계속 요구해왔지만 마음 한구석에서 그녀는 그가 계속 그 감정에 매어 있기를 바랐다. 그러지 말아야 한다는 것을 알지만, 마음대로 되지 않았다.

'역시…… 넌 한 곳에 머물 수 없는 사람이야.'

그렇게 자신의 선택이 틀리지 않았음을 확인하면서도 세린은 가슴 한구석으로 진후의 이번 결정에 어떤 진심도 담겨 있지 않기를 남몰래 바랐다.

"그래서 주말에 진후랑 제수씨랑 우리랑 해서 어른들 모시고 함께 식사를 하던가, 아니면 피크닉을 가기로 했어. 여름에 가족끼리 가끔 가는 별장, 알지? 어렸을 때 함께 간 적 있잖아."

"예, 기억해요."

처음 별장에 놀러간 날 진후가 장난을 치다가 별장 창고에 불을 낸 기억이 나, 두 사람은 잠시 그 이야기를 하며 웃었다.

"그 녀석이 있으면 늘 사건이 끊이질 않아. 지훈이 녀석과 함께 있으면 '사랑과 평화'는 늘 요원한 바람이지."

세린은 씁쓸하게 웃었다. 그와 함께 있으면 규하의 말대로 늘 말썽이 일어났다. 하지만 그렇기 때문에 그와 함께 있는 시간은 오래도록 기억에 남는다. 세월이 아무리 흘러도 모두를 웃음 짓게 만드는 기억.

"은수 씨."

"네, 진후 씨."

가장 부드러운 목소리로 서로를 부른 뒤 두 사람은 미소를 지으며 말이 없었다. 그러다가 동시에 등을 돌리고 서서 팔뚝을 벅벅 문지른다.

"간지러워서 도저히 못하겠다."

"무슨 배우가 그 정도 연기도 못 해요?"

자기도 그다지 뛰어난 연기를 보여주지 못했으면서도 무안함을 감추기 위해 은수는 진후를 나무랐다.

"배우이기 전에 인간이거든. SF도 아닌데 외계인과 살려니까 인간 이상의 적응력이 필요해서 말이야."

"하!"

은수는 기가 막혀서 폐 속의 모든 공기가 일시에 빠져나오는 것 같았다.

"그럼 나도 몰라요. 기자회견이 필요한 건 당신이지 내가 아니니까."

"어이, 그렇게 비협조적으로 나오면 안 되지. 기자회견 하나에 이층 발코니가 걸려 있는데. 당신 부모님이 특히 좋아한 공간이라면서?"

조금 찔끔했지만 은수는 머리카락을 넘기며 여유로운 표정으로 답했다.

"뭐, 어차피 이 집이 다 민지훈 씨 소윤데 발코니 하나, 서재 하나, 작은 방 하나 그리고 화단의 관리권 정도를 이양받았다고 내 사정이 갑자기 좋아지기야 하겠어요?"

'이 계약이 파기되면 가장 타격을 입을 사람은 내가 아니라 당신이니까.'

'이히힛' 하는 이상한 웃음소리가 저절로 입술 사이에서 흘러나왔다. 역시 지금 수세에 몰린 사람은 은수가 아니라 진후였다. 입을 꾹 다물고 고개를 돌리더니 애꿎은 손톱만 물어댔다. 자존심이 상해도 할 말이 없어서 그게 속상한 얼굴이었다.

그때 대기실 문이 열리고 일준이 고개를 쑥 들이밀더니 기자회견이 곧 시작된다고 말했다.

"부탁한다고 말하면 노력해볼게요."

"무슨 부탁?"

퉁명스럽게 되묻는 진후에게 은수는 그저 미소만 지어보였다. 이상하게 진후가 곤란한 눈빛을 할 때마다 그게 귀여워서 더 놀리고 싶어졌다. 남들 앞에서는 차갑고 냉정한 귀공자 이미지인 남자가 자신의 말 한 마디 한 마디에 불에 덴 듯 강하게 반응하는 것이 재밌다.

"형 삼 분 안에 준비 마치고 나오래요."

"알았어!"

괜히 일준에게 화를 내고 진후는 입술을 깨물었다.

"민지훈 씨 매니저 부를까요? 계약 파기하자고?"

"그런 식으로 날 곤란하게 하면 기분이 좋아?"

"나쁠 건 뭐 있어요? 당신한테 당한 게 얼만데."

마음 같아서는 다 그만두자고 소리치고 싶었지만 그럴 수가 없었다. 스캔들 문제가 아니라, 잠시 이성이 우주로 날아가 버려서 저지른 실수가 온 집안에 퍼지는 바람에 가족들뿐 아니라 친척들에게까지 면목이 없었다.

"정의의 사도 같은 흉내는 혼자서 다 내놓고, 내가 불리해지니까 금세 태도가 바뀌는군."

쥐도 구석에 몰리면 고양이 코를 문다고 했다. 태생이 쥐가 아니라 고양이, 고양이 중에서도 유별나게 콧대가 높은 남자가 쥐처럼 몰려서 이리저리 휘둘리니 조금 당한 설움에도 이를 갈며 화를 낼만했다.

"당신이 풀하우스 주인이라고 날 면박 준 데 비하면 티도 안 나요."

풀하우스에서 만난 첫날, 부엌에서 김치와 오이피클을 가지고 나오는 동안 그에게 당한 것이 생각나 은수도 고개를 빳빳이 들고 응수했다.

"내가 언제 그랬다고 그래? 그쪽이 먼저 나를 도발했잖아?"

"입은 삐뚤어졌어도 말은 바로 하랬어요. 집주인이라고 유세떨고, 사람 무시하고 그러다가 입장이 조금 난처해지니까, 그게 기분 상한 거죠? 사람을 마음대로 휘두르고, 자기 기분 상하면 샌드백처럼 두드려야 마음이 흡족한데 그러지 못해서 지금 심술부리는 거잖아요! 내 말이 틀렸어요? 지금까지 나를 어떻게 대했는지 그것을 조금이라도 기억해내면, 내 말이 결코 틀리지 않았음을 알 거예요. 과거를 반성할 줄 아는 사람이라면 말이죠!"

한 마디 했다가 백 마디 잔소리를 들은 것 같아서 진후는 숨만 들이쉬며 말을 하지 못했다. 그러다가 찾은 반박의 말은 단 하나,

"정말 조금도 매력을 찾을 수 없는 여자야. 진짜 연인 사이가 아닌 게 천만다행이로군!"

절대로 당신과는 연인이 될 수 없다는 비난뿐이었다.

"하! 피차일반이네요! 당신을 사랑하는 일은 결코 없을 테니 안심하세요."

은수는 코웃음을 치며 무시해주었다.

"날 사랑하기만 해봐라. 그땐 받은 것의 열 배로 돌려줄 테니까."

심통이 나서 진후는 또 아이처럼 유치하게 화를 냈다.

"방금 어느 나라 말을 한 거예요? 하나도 못 알아듣겠네요."

"나중에 후회할 말 함부로 하는 거 아니야."

"아아아, 지금까지 홀린 여자들처럼 나도 그렇게 해보겠다는 건가요? 그런데 어쩌죠? 벌써부터 지겨워서 하품이 나려고 하는데."

하품하는 시늉을 내며 은수는 진후를 더욱 약 올렸다. 그것을 바라보는 진후의 눈매가 살짝 가늘어졌다. 또 성격이 돌변하고 있다는 신호다.

"무…… 무스…… 읍……!"

은수는 놀라서 허리와 등을 끌어안는 진후를 밀쳐내려 했다. 하지만 아무리 은수가 다른 여자들보다 키가 크고 힘이 세다고 해도, 남자의 힘을 이겨낼 수는 없었다. 특히…… 자존심에 상처를 받은 성난 고양이의 날카로운 발톱은 빠르고 강했다.

"진후 형, 뭐 해요, 빨……."

대기실에서 나오지 않는 두 사람을 부르기 위해 문을 벌컥 열었던 일준은 그 자리에서 돌이 되어 움직이지 못했다. 물과 기름처럼 절대로 섞이지 않을 것 같던 두 사람이 덩굴이 엉키듯 엉켜서 서로의 입술을…….

"빨고…… 있…… 다."

빨고…… 아니 거칠게 애무하고 있었다. 일준은 어디선가 카메라 셔터 소리가 들리자 정신을 차렸다. 후다닥 문을 닫고 심장을 누르며 진정시키는데 바로 옆에서 익숙한 목소리가 들렸다. 진후의 매니저, 윤 과장이었다.

"이거…… 난감한데……."

"그렇죠? 지금 당장 나와야 하는데, 저러고 있으니 방해할 수도 없고."

기자들이 기다리고 있고, 호텔 회견장 예약시간도 정해져 있기 때문에 더는 지체할 수 없는 일이었다. 그러나 윤 과장이 던진 말은 의미가 달랐다.

"이건 계약위반이야…… 아직 결혼은 안 돼……."

세계적으로 인기몰이를 하고 있는 한국의 남자배우들은 대부분이 미혼이다. 연기를 늦게 시작했고, 아버지 때문에 군대까지 일찍 다녀온 탓에 남들보다 스타트라인이 늦은 진후가 결혼이라는 복병을 만나 좌초되면 어쩌나, 윤 과장은 그것이 걱정되었다.

그때, 허공을 가르며 세차게 날아오는 손을 간신히 붙든 진후가 피식 웃음을 흘렸다. 입술에 묻은 여자 립스틱을 손등으로 문질러 닦는 동안에는 소리 내어 웃기까지 했다.

"하하하……."

"이건 계약위반이잖아요!"

매니저 윤 과장을 증인으로 해서 작성한 연애계약서에서 결코 육체적인 관계를 요구하지 않는다는 조항을 들먹이며 은수는 화를 냈다.

"하하하하…… 아아, 그랬지. 그랬어."

진후는 장난이었다며 두 손을 들고 항복해버렸다. 그러나 은수에게 남자와 여자 사이의 키스는 장난이 아니었다. 화가 머리끝까지 뻗쳐서 '뿌우뿌우' 하고 수증기라도 뿜어낼 것 같았다.

"당신은 이런 게 장난이에요? 도대체 당신 머리에는 상식이란 게 들어 있기는 한가요?"

말싸움에 밀려서 할 말을 찾지 못하고 자존심만 구기고 있던 진후에겐 키스 한 번으로 얼굴이 토마토처럼 익어 고래고래 소리치는 은수의 모습이 매우 만족스러웠다.

"첫키스도 아닐 텐데 왜 그래? 진짜 키스와 가짜 키스도 구분 못 해?"

금세 대세가 역전되었음을 느끼고 그는 의기양양했다. 그 말에 은수는 얼굴이 빨갛다 못해 보라색이 되어갔다.

"입술 박으면 다 키스지 그럼 그게 인공호흡이라도 되는 줄 알아요?"

'무슨 여자가 표현력이…… '박으면'이 뭐야, '박으면'이! 무슨 접촉사고냐?'

은수의 터프한 어휘력에 약간 충격을 받았지만 그는 이미 기운을 모두 회복한 뒤였다.

"남녀가 입술을 맞대도, 아무런 두근거림이 없으면 그건 키스가 아니라 장난이야. 방금 우리가 했던 그것처럼."

진후의 얼굴은 얄미울 정도로 말끔했다. 새빨갛게 익었다가 터질 것같이 되어버린 은수의 모습에 비해 그의 얼굴에는 당황하는 기색 한 점 없이, 온통 장난기와 심술만 가득했다.

"당신과 나 사이엔 어떤 두근거림도 없다는 사실만 확인했을 뿐이잖아. 진정해."

티슈로 입술과 손등에 묻은 립스틱을 지우고, 넥타이의 위치를 바로잡은 뒤 그는 문을 열었다.

"먼저 나가 있을게. 전국 방방곡곡 신문에 입술 접촉사고가 있었다고 자랑하고 싶지 않으면 립스틱 고치고 와."

키득거리는 웃음과 문이 닫히는 작은 소음을 남기고 진후는 대기실을 나왔다. 그러나 그와 동시에 그의 얼굴에서 미소가 싹 지워지더니, 꼼짝도 하지 못했다.

"형, 뭐 해요?"

"어?"

얼었다가 갑자기 녹은 것처럼, 무표정하던 진후의 눈동자가 일준의 말에 다시 생기를 찾았다. 그는 일준의 입술을 빤히 바라보며 고심했다. '두근거리지 않는다'는 것을 일준의 입술로 한번 실험해볼까 하는 엉뚱한 생각이 들었다.

"뭐 해요? 빨리 가요."

"어……."

그러나 그랬다가는 또 무슨 '설'에 시달릴지 걱정이라 참기로 했다.

기자회견 내용은 특별할 것이 없었다. 그간 연예인이 아닌 일반인을 사귀었고, 현재 형이 결혼을 앞두고 있으므로 일단 약혼식만 한다는 내용이었다.

"공들인 보람이 있군."

대기실을 나와 진후 옆자리에 앉는 은수를 보고 윤 과장이 말했다. 처음 거리에서 은수인지 모르고 보았을 땐 스카우트를 해볼까 생각할 정도로 좋게 평가했지만 이상하게 지금은 은수를 차갑게 대했다. 풀하우스의 새 주인 민지훈이 아니라 파란을 몰고 다니는 인기배우 이진후일 때 그는 어딘지 모르게 반항적이고 차가운 이미지를 풍겼다. 하지만 날카로운 눈매가 은수의 등장과 함께 동요했다.

'설마 운 건 아니겠지? 그 정도 말싸움에 눈물 따윌 보일 여자는 아닌데…….'

진후가 생각하는 은수는 주먹질에 발길질에 온갖 언어폭력을 마구 뿌려대는 사람이다. 어떤 상황에서도 할 말이 준비되어 있고, 무슨 일을 당해도 당황하거나 겁을 내지 않는다. 그런데 눈가의 마스카라가 조금 번진 듯 보여 마음에 걸렸다.

"일반인이 연예인이라는 특수한 직업을 가진 남자를 택하는 것은 보통 결심이 필요한 일이 아니었을 텐데요, 이진후 씨의 어떤 매력이 그런 결정을 하게 했습니까?"

시종일관 입을 다물고 있어서 대부분의 질문에 진후와 기획사 사장이 대답하고 있었다. 그러나 이번엔 은수가 입을 열어 대답해야 할 질문이었다. 진후는 긴장하며 은수의 대답을 기다렸다. 이유는 알 수 없지만 어떤 대답이 나올지 궁금해서 입안이 바싹바싹 말랐다.

"나에게 없는 것을 그가 가지고 있기 때문입니다. 그것이 이진후 씨의 매력이죠."

은수의 대답은 그것이 끝이었다.

"서로의 모자란 부분을 채워주는 것이 바람직한 연인의 모습 아니겠습니까? 하하하……."

테이블 끝에 있던 사장이 지나치게 짧은 은수의 말에 꼬리를 달아주었다. 그 순간 물잔을 기울이며 마른 입술을 적시던 진후의 입에서 폭소가 터져버렸다.

"시간이 다되었습니다. 마지막 질문 하나만 더 받겠습니다."

진후가 또 엉뚱한 짓을 해서 기껏 만든 기회를 날려 버릴까봐 윤 과장은 잔뜩 긴장했다. 그 걱정의 불길에 기름을 부으려는 듯 기자석의 누군가가 민감한 질문을 던졌다.

"지금까지의 스캔들을 무마하기 위해 연극을 꾸민 것 아니냐는 일부 지적은 어떻게 생각하십니까?"

30분간의 기자회견도 벌써 지겨워졌는지 물잔으로 딴청을 피우던 진후가 질문한 기자를 지그시 바라보았다. 그의 입가에 잔잔하게 미소가 번졌다. 사람들은 그걸 보며 뭐라고 딱히 꼬집어 말할 수 없는 미묘한 기분을 느꼈다. 즐거워하는 건지 화를 내는 건지 알 수가 없었다.

"결혼은 남자의 지옥이라는데, '카사노바의 낙인'과 '결혼' 중에서, 어차피 사랑이 없다면 어느 쪽을 택하겠습니까?"

윤 과장은 달려가서 진후에게 뽀뽀라도 해주고 싶은 심정이었다. 화를 내며 반박하거나, 장난기가 발동해서 그렇다고 인정하는 듯한 말을 하면 어떻게 수습하나 마음 졸였는데, 지금 진후의 대답은 교묘하게 기자의 말을 피하면서 되받아치는 말이었다.

'나이쓰! 이걸로 됐어! 다시 살아날 수 있어, 이진후!'

기자회견이 끝난 뒤 사진을 찍는 두 사람을 보며 윤 과장은 쾌재를 불렀다.

"해결방법을 알려줄게."

일준이 운전해주겠다는 것을 사양하고 진후는 직접 운전함으로써 은수와 단둘이 될 기회를 만들었다. 차 문이 닫히고 카메라 렌즈에서 벗어나자 그가 대뜸 한 말이다.

"무슨 말이에요?"

"그쪽 표현을 빌리자면 나한테 '입술 박치기' 당한 것 때문에 억울해하고 있는 거잖아, 지금."

"억울할 일 하나도 없네요. '별일'도 아닌데 내가 왜 억울해요?"

진후는 딱딱하게 굳은 은수의 얼굴을 보고 피식 웃었다.

"왜 자꾸 웃어요? 이제 카메라도 없으니, 본래의 그 심통 맞은 얼굴로 돌아와도 누가 뭐라 안 해요. 가증스러우니까 그만 웃어요."

아까 기자회견 때도 갑자기 큰 소리로 웃어서 놀라게 했기 때문에 은수는 그가 웃을 때마다 기분이 나빠졌다.

"내 말 들어. 그 울분을 풀 해결방안이 있다니까."

"있어봤자. 또 자기 멋대로 정한 걸 테지."

은수는 투덜거리며 차창 밖으로 시선을 돌렸다. 불행히도 어두워진 유리창에 진후의 옆모습이 비쳤다. 좁은 차 안에서 내리기 전에는 이진후라는 남자에게서 벗어날 수 없다는 절망감이 들었다.

"몇 가지 방법이 있는데…… 들어봐."

"내가 듣든 말든 말할 거면서……."

"좋아, 그렇게 듣고 싶어 하는데, 들려주지."

은수는 상대하기 귀찮아서 그냥 입을 다물었다. 그러자 뭐가 그렇게 기분이 좋은지 연신 미소를 지으며 그가 말했다.

"첫 번째는 내 입술에 키스를 하는 거야. 아…… 그쪽 표현대로라면 박치기를 하는 거지. 박는다고 했던가? 아무튼 내가 한 번 박았으니까, 그쪽도 나한테 한 번 박아. 그럼 피장파장이잖아."

"기가 막혀……."

어떻게 그런 계산이 나오는지 따지고 싶었지만, 생각해보니 원래 일반적인 사고를 할 수 없는 남자였다.

"두 번째 방법은……."

"됐어요. 그만해요. 들어봤자 귀만 아플 것 같네요."

그러나 그렇게 말한들 귀가 아니라 입만 아픈 일이었다. 그가 말하겠다고 한 이상, 들을 도리밖에 없지 않은가.

그런데 말은 없이 운전만 한다. 웬일이지? 의아해하며 가만있는데, 집으로 가는 줄 알았더니 고속도로로 진입해버렸다. 어딜 가냐고 물어도 대답하지 않기에 은수는 될 대로 되라는 심정으로 내버려뒀다. 한참을 그렇게 고속도로를 달리더니 차를 멈추고는 운전석에서 내리며 드디어 진후가 입을 열었다.

"이게 두 번째 방법이야."

"……뭐가요?"

"내려."

"싫어요. 집으로 가요."

"아아, 공주님처럼 문을 열어주길 기다리는가 보군."

진후는 조수석 쪽으로 가서 차 문을 벌컥 열었다. 그러곤 손을 내밀었다.

"기분 좋게 해줄게. 내려봐."

열린 차 문으로 바다 냄새가 흘러들어왔다. 은수는 진후의 손을 무시하고 차에서 내렸다.

"바다…… 다."

자동차 헤드라이트 외에는 멀리 보이는 불빛이 전부인 밤바다였다. 차가운 바닷바람이 시원하게 목덜미를 스치자 은수는 저도 모르게 깊이 심호흡을 했다. 몇 년 만에 바다에 와보는지 모른다. 진후의 재킷이 부드럽게 어깨에 걸쳐졌다. 기자회견을 하느라 억지로 얇은 원피스를 입었더니 추워 보인 모양이었다.

"방해하지 않을게. 걷다가 기분이 나아지면 돌아와."

은수는 사양하지 않고 파도소리가 들리는 곳을 향해 걸어갔다.

"보통은 컴컴한 해변을 여자 혼자 돌아다니라고 하면 함께 가자고 하지 않나?"

멀리서 파도 근처를 헤매는 은수를 바라보며 진후는 조금 투덜거렸다. 하지만 그의 투덜거림에 화가 난 기색은 전혀 없었다.

"하긴 내 매력이라곤 계약이 완료되면 풀하우스를 돌려줄 수 있다는 것 뿐이지."

자동차 지붕에 두 팔을 걸치고 턱을 괴고 선 채 진후는 멀어져가는 은수가 들어주길 바라며 작은 소리로 중얼거렸다.

"나에게 없는 것을 그가 가지고 있기 때문입니다."

기자의 질문에 은수가 대답한 말이 계속 귓가에 울렸다. 양손의 검지와 엄지를 교차해서 사각의 틀을 만든 뒤, 그 안에 은수의 모습을 가두며 진후는 나지막이 중얼거렸다.

"물론 풀하우스를 말한 거겠지만……."

은수에게는 없고 자신에게는 있는 것, 그것이 단지 집 한 채만은 아니라는 생각이 들었다.

어두운 해변을 혼자 걸으며 은수는 오랜만에 조용히 생각에 잠길 수 있었다. 풀하우스를 빼앗기고 그 앞에서 노숙할 때에도 혼자만의 시간은 있었다. 그러나 멀리 언덕 위에서 기다리는 남자가 집에 들어온 뒤부터 잠시도 사색의 시간이 주어지지 않았다. 그는 늘 제멋대로였고, 거친 발로 난입한 불청객처럼 소란을 피우고 주변을 어지럽혔다. 그와 함께 있으면 잠시도 무엇을 깊이 생각한다든가 되짚어볼 수가 없었다. 잠깐의 자유, 지옥의 왕 하데스의 신부가 되어 잠깐만 지상의 빛을 누릴 수 있게 허락

받은 페르세포네의 심정이 이러하였으리라.

'난 도대체 어디로 흘러가는 걸까?'

페르세포네가 대지의 여신인 어머니에게로 완전히 돌아가지 못하고 1년 가운데 4개월을 지옥의 왕과 함께 지내야 한 이유는 그가 내민 석류알을 삼켰기 때문이다.

"내가 삼킨 석류알은……."

풀하우스일까, 아니면 그 사람일까…….

긴 한숨이 절로 나온다. 풀하우스를 되찾기 위해서라면 어떤 일이라도 할 수 있다고 생각했고, 지금도 그 생각은 변함없다. 유명 연예인의 가짜 약혼녀 역할을 한 대가로 풀하우스를 되찾을 수 있다면 그쯤 아무것도 아니라고 생각했다. 그러나 지금은 어쩐지 후회가 밀려왔다. 아니, 후회가 아니라 두려움이.

그를 좋아하는 건 아닌데, 그가 싫지 않다. 그의 키스를 원한 적 없음에도 차갑게 비아냥대는 말들이 모두 상처가 되었다.

— 당신과 나 사이엔, 어떤 두근거림도 없다는 사실만 확인했을 뿐이잖아.

그의 말이 아직도 가슴을 찌른다.

"어차피 날 여자로 생각하지도 않는 사람이야. 뭘 기대한 거야, 채은수. 넌 그 사람을 좋아하지도 않잖아!"

그가 얼마나 즉흥적으로 말을 던지는지는 안다. 그가 하는 말 한 마디 한 마디를 모두 진심으로 받아들인다면, 아무리 튼튼한 신경이라도 뚝 끊어져버릴 것이다.

그럼에도 신경이 쓰인다. 미안하다고 사과할 때도, 약 올리며 비아냥거릴 때도, 화가 난다고 아무 말이나 내뱉을 때도, 마치 아이처럼 어리광을 부리고 유치한 말로 자기 기분을 표현할 때도, 그 어떤 말이든 신경을 건드리지 않는 법이 없다.

'생각하지 말자. 그가 하는 말에 일일이 의미를 부여하지 말자. 앞으로 생각해야 할 일이 얼마나 많은데 그런 쓸모없는 데 신경을 쓰는 거야?'

은수는 그에 관한 모든 것이 귀찮고 피곤해졌다. 언론에 공개되었으니 친구들도 약혼에 대해 알았을 테고, 그들에게 어떻게 설명해야 할지 미리 생각해두어야 한다. 풀하우스에서 쫓겨나면서 중단한 시나리오 공모전도 준비해야 하고, 무엇보다 당분간 사람 속을 뒤집어놓는 데 천재인 사이코와 함께 살게 되었으니 거기에 대한 대비책도 생각해두어야 한다.

"그래…… 석녀가 되어주지. 당신 말대로, 돌처럼 아무 느낌 없는 여자가 되어주겠어."

해답을 찾은 듯했다. 기분도 걸음도 모두 가뿐해져서 은수는 발길을 돌렸다.

진후는 담배를 피우며 밤하늘을 보고 있다가 은수의 발소리를 듣고 담배를 모래 위로 던졌다.

"담배 피워요?"

"자주는 아냐. 가끔 심심하면 피워."

통통 튀며 사라지는 작은 불꽃을 보며 그가 대답했다. 신경이 날카로울 때 진정제로 피운다는 말은 하지 않았다.

"기분은 어때?"

"두 번째 제안은 괜찮았어요. 세 번째는 뭔가요?"

"역시 듣고 싶어 하는군."

미소 짓는 예쁜 얼굴이 얄미워서 은수는 일부러 더 투덜거렸다.

"오늘 밤 안에 끝나기는 하나요?"

"아아, 그건 나도 모르지."

"난 이제 졸리다고요. 빨리 말해 봐요. 뭔데 그래요?"

톡톡 쏘는 목소리를 들으며 진후는 은수의 기분이 아까보다 나아졌다는 것을 눈치 챘다. 역시 진후 생각대로 남이 다독거려주기보다는 스스로 추스르는 것이 익숙한 여자였다.

"세 번째는, 날 사랑하는 거야."

"아아, 두 번째로 끝내요. 내가 왜 당신을 사랑해요?"

첫 번째만큼이나 형편없는 제안이라고 말하며 은수는 차 문을 열려 했다. 그 손을 살짝 밀고 자신이 문을 열어주며 진후가 말했다.

"내가 사랑할 순 없으니까."

차 안에 한 발을 들여놓던 은수의 몸이 잠시 얼어붙었다.

"짝사랑하는 건 이제 지쳤거든. 심장이 찢어진 깃발처럼 너덜거려서, 그 안에 아무것도 담을 수가 없어. 그러니까 그쪽이 날 사랑하는 게 더 현실적이야."

은수는 말없이 나머지 다리도 차 안으로 들여놓으며 시트에 몸을 기댔다. 대답을 기대한 건 아닌 듯 그도 더 아무 말도 하지 않고, 차에 올라타 시동을 걸었다.

은수는 오랜만에 친구들을 만났다. 다들 서울에 있는 직장에 다니고 있어서, 시외에 있는 풀하우스로 초대할 수 없는 게 어쩌면 다행이라는 생각이 들었다. 이제 그곳은 아버지 소유가 아니라 민지훈이라는 사람 소유이기 때문이다. 그 사실을 친구들이 눈치 채게 하고 싶지 않았다.

"채은수! 이 깍쟁이…… 어떻게 그런 사람과 사귀면서……."

역시 친구들은 미리 알려주지 않은 것에 대해 한마디씩 했다. 더러는 질투가 섞여 있고, 또 더러는 서운함이다.

"사실 학교 다닐 때나 매일 보고 시시콜콜 전화하며 살았지, 졸업하고 다들 멀리 살게 되면서는 서로 연락을 자주 할 수 없었잖아."

"맞아. 마음이 없는 건 아닌데, 이상하게 그렇게 되더라."

"접점이 없어서 아닐까? 대학 다니면서 서로 활동하는 구역도 달라졌고, 특히 졸업한 뒤엔 각자 직업이 생겼으니까 고민이 있어도 털어놓기 힘들잖아. 은수는 풀하우스에서 농부가 되어버렸으니 더 그랬을 거야."

혜정의 말에 모두들 고개를 끄덕였다.

"하긴, 옛날에 사주카페 갔을 때, 거기 아줌마가 그랬잖아. 은수보고……."

"아! 기억나. 남자로 태어났으면 스님이 될 사주라고 했던가?"

"여자로 태어나서 우리들 중에 제일 먼저 결혼하게 됐으니 다행이다."

모두들 까르르 웃으며 은수의 잔에 먼저 술을 따라주려 소란을 피웠다.

'접점이라…… 그 사람과 나 사이엔 접점이 있나?'

화장실 세면대에서 손을 씻으며 은수는 친구의 말을 되씹어보았다. 또 다시 생각하고 싶지 않은 남자를 생각하고 있다.

"너무 많이 마신 거 아냐?"

"응?"

변기 물을 내리고 나오며 혜정이 물었다. 은수가 술자리에서 너무 말이 없는 게 이상해 보인 모양이었다.

"오랜만에 마셔서 그렇지, 많이 마신 건 아냐. 괜찮아."

"……그래. 우리 중에 네가 제일 주량이 센데, 벌써 취하면 이상하지. 그치?"

"그래…… 하하. 진짜 만나서 술 마시는 거 오랜만이다."

손을 씻고 화장을 고치는 혜정의 눈빛이 조금 슬퍼보였다.

"너 예뻐졌다. 여자 같아."

거울로 은수를 바라보며 혜정이 말했다.

"원래도 예뻤는데, 지금 보니까 더 예뻐. 은수…… 예쁜 신부 되겠다."

은수는 조용히 혜정을 안았다. 거울에 비친 친구의 얼굴에 잔잔한 미소가 떠올라 그것을 보고 있으니 가슴이 아팠다.

"미리 말하지 않아서 미안해…… 혜정아."

"잘살아야 해, 지지배야. 너처럼 똑똑하고 마음씨 착하고 살림 잘하고 예쁜 신부가 불행해지면 누가 행복한 신부가 되겠어?"

"사랑하는 내 친구 혜정이가."

혜정은 은수의 손등을 가볍게 때리며 웃었다.

"그 사람 말이야…… 잘해줘? 연예인이라고 막 으스대고 그러지 않아? 소문 들어보니까, 집안도 엄청 잘 산다면서…… 너 무시하고 그러진 않아?"

"안 그래…… 착해. 착한 사람이야."

은수는 친구가 걱정하는 것이 싫었다. 엄청 무시당하고, 마음 아픈 소리를 들으며 지내지만 그런 것은 조금도 내색하지 않았다.

"당연히 그래야지. 내 친구 고생시키기만 해봐라. 내가 그놈의 다리몽둥이를…… 아…… 미안. 좀 흥분했다. 다리몽둥이까지는 아니고, 그 잘난 얼굴을 막 할퀴어줄 거야. 한동안 텔레비전에 나오지 못하게."

좀 과격했지만 혜정의 말이 은수는 듣기 좋았다. 언제라도 아군이 되어줄 친구가 있다는 것은 정말 행복한 일이었다.

"어?"

화장실에서 나와 자리로 돌아가던 은수는 눈을 비비며 자기가 지금 술이 취해서 잘못 본 것인가를 확인했다. 하지만 몇 번이고 눈을 비비고 깜빡거려 봐도 이곳에 있을 리가 없는 사람이 멋지게 차려 입고서 술집 안으로 들어서고 있었다. 그도 은수를 발견한 듯 걸음을 멈추고 문 앞에 서서 은수를 바라보았다.

"이진후다!"

"진짜? 진짜 이진후?"

사람들의 시선이 모두 그에게로 향했다. 그가 걸을 때마다 그 시선들이 그대로 그를 따라 움직였다.

"여긴…… 어떻게 알고 왔어요?"

"일준이가 태워다줬다면서?"

서울로 나오는 버스가 잘 없었기에 마침 집에 들른 일준에게 신세를 졌었다. 사람들이 그제야 은수를 알아보고 이진후가 애인을 보러 왔다며 수군거렸다.

"의논할 게 있어서 왔는데…… 술 많이 마신 거야?"

"조금 많이……."

"하아, 그럼 내일 말해야겠군. 친구들과 있는데 방해해서 미안해."

그렇게 말하면서 친구들이 어느 쪽에 있냐고 물어서 손가락으로 가리키자 그는 그쪽으로 살짝 고개를 숙여 인사했다.

"끝나면 전화해. 차 보낼게. 위험하게 택시 타지 말고."

혹시나 친구들과 자리를 함께 하려나 잠시 기대했지만 그는 사뿐히 돌아서서 걸음을 옮겼다. 은수는 저도 모르게 팔을 뻗어 그의 손을 잡았다.

"왜?"

"왜 왔어요?"

"내일 말하자고 했잖아. 술 취한 것 같은데…… 내일 해."

"여기까지 온 거면 뭔가 중요한 일 같은데, 그냥 말해요."

모르는 사람들의 이목이 모두 집중되어 있어도 은수는 정말 그가 온 이유를 듣고 싶었다. 그는 손을 까닥거렸다.

"너무 시끄럽잖아. 귀 좀."

민망했지만 은수는 머리카락을 귀 뒤로 넘기고 가까이 다가갔다.

— 좀 전에 맘에 드는 시나리오를 받았거든. 지금까지 들어온 시나리오 중 최고야.

'시나리오'라는 말에 은수의 눈이 번쩍 뜨였다. 어떤 시나리오인지, 제목은 무엇이고 내용은 어떤지 듣고 싶었다.

— 아직 감독은 정해지지 않았는데, 내가 괜찮게 생각해온 사람으로 정해질 것 같아.

— 감독 말고, 시나리오 이야기 좀 해봐요.

좀더 자세하게 듣고 싶어서 가까이 다가가자 그의 입술이 귓불에 닿았다. 얼굴이 달아올라 익어버릴 것 같았지만 은수는 참고 물었다.

— 그건 집에 가서~. 여긴 시끄러워서 안 돼.

말끝에 '후후훗'이라고 분명히 알아들을 수 있게 웃었기 때문에 은수는 그가 일부러 애를 태운다고 생각했다.

"뭐예요! 그런데 왜 여기까지 쫓아왔어요?"

은수는 그만 고개를 들고 평상시처럼 크게 소리를 질러버렸다. 두 사람이 무슨 이야기를 하는지 궁금해 하며 수군대던 사람들이 일제히 입을 다물었고, 그 바람에 음악소리만 쩌렁쩌렁 울리는 가운데 긴장감이 감돌았다.

"그냥, 제일 먼저 알려주고 싶어서 왔지. 그뿐이야."

"자세히 말해줄 것도 아니면서 괜히 달려와서 궁금하게 만들 것 없어요. 사람이 심보가 왜 그래요?"

한 손을 허리에 얹고 한 손으로는 이마 위에 흘러내린 머리카락을 넘기며 진후를 흘겨보는 은수의 모습에 사람들은 놀란 표정을 지었다. 유명 연예인인 이진후가 큰소리를 치고 살 줄 알았는데, 그 반대라니. 진후는 머쓱해져서 뒷머리를 만지며 손가락을 까닥거렸다. 다시 귓속말을 하고 싶다는 뜻이라 은수는 시나리오 얘기를 하려나 하고 귀를 기울였다.

— 삼 분 안에 따라 나오면 말해줄게.

장난인지 진심인지, 그렇게 말을 하고 진후는 빠른 걸음으로 나가버렸다.

친구들과 오랜만에 만나는 걸 알면서 무슨 심술이란 말인가. 은수는 기가 막혀서 그 자리에 못 박힌 듯 서서 움직이지 않았다.

"뭐야, 기껏 좋은 소식이라고 알려주러 갔더니. 무안만 주고……."

길에 세워둔 차 문을 열며 진후는 투덜거렸다. 자기에게 좋은 일이 다른 사람에게도 꼭 좋은 일은 아니란 걸 알지만, 영화사에서 반할 만큼 마음에 드는 시나리오를 가져왔을 때 누군가와 이 기쁨을 함께 나누고 싶었다. 아직 공개하면 안 되는 시나리오를 가지고 함께 기뻐할 수 있는 사람이란 기획사 사람들뿐인데, 그 순간 매니저와 일준이 아니라 은수가 딱 떠오른 것이 참 묘했다.

3분이 지나자 진후는 투덜거리며 시계에서 눈을 뗐지만 핸들 위에 손가락을 퉁기며 좀더 기다리기로 했다. 머릿속에 영화에 대한 여러 생각이 마구 떠올라 정신을 차릴 수가 없었다.

'나를 십 분이나 기다리게 하다니…….'

그 성격에 3분이 되자마자 휙 가버리지 않은 것만 해도 다행이었다.

단 10분을 기다리고도 진후는 화가 머리끝까지 치밀어 거칠게 시동을 걸었다.

"어떤 시나리오인데요?"

막 출발하려던 참에 차 문이 열려서 급하게 브레이크를 밟고 진후는 은수를 올려보았다.

"말을 하고…… 타야지. 그러다 다쳐."

은수는 대답하지 않고 차에 타 안전벨트를 맸다.

"피아니스트가 주인공인데, 참, 친구들은 어떻게 하고 왔어?"

"아무 생각 없으면서 괜히 배려해주는 척하지 말아요. 미안하다고 사과하고 빠져나왔어요."

"아아, 또 심통 난 얼굴이다."

은수의 부푼 볼을 손가락으로 꾹 찌르며 진후가 말했다.

"안 그러게 생겼어요? 얼마 만에 다 모인 건데요!"

귀찮은 파리를 내쫓듯 은수는 진후의 손가락을 매몰차게 쳐냈다.

"나와 함께 있는 건 풀하우스 때문이고, 친구들과 함께 있는 건 좋아서지?"

"당연한 걸 왜 물어요?"

"내가 당신과 함께 있는 건 스캔들을 무마하기 위해서고, 또 가족들에게 거짓말한 걸 들켜서 면박 듣지 않으려는 것이고. 그렇지?"

"맞아요. 서로 다 아는 얘길 왜 자꾸 해요?"

진후는 브레이크에서 발을 떼고 차를 움직였다.

"서로 복잡해지지 않기 위해서야."

은수는 그 말에 아무런 대꾸도 하지 않았다. 모든 것이 사실이다. 그와는 계약관계 그 이상도 이하도 아니다. 당연하다.

"우리 사이에 감정이 끼어들 필요가 없다면, 그만 싸우자. 기왕 이렇게 된 것, 괜히 감정 소모를 하며 피곤해질 필요 없잖아."

그는 대본을 꺼내 은수에게 내밀었다.

"내 느낌을 말하는 것보다는, 당신이 시나리오를 읽고 직접 느끼는 편이 낫겠지. 작가지망생의 시각이니까 나보다 좀더 정확하게 말해줄 수 있을 거야. 이 시나리오가 얼마나 대단한지!"

은수는 진심으로 궁금해 하며 시나리오의 겉장을 넘겼다. 그는 방해하지 않기 위해 음악을 끄고 집에 도착할 때까지 한 마디도 건네지 않았다. 한 시간 뒤 집 앞에 차를 세운 그는 은수에게 티슈를 내밀어야 했다.

"놀라게 하는 재주를 부릴 땐 말이야, 신호를 좀 보내줘. 이렇게."

진후는 손가락을 퉁겨서 '딱' 소리를 내보였다.

"정말 멋져요! 억지로 신파로 끌어당기지 않고, 자연스럽게 감수성을 자극하는군요. 이렇게 물처럼 자연스럽게 흐르면서도 격정적인 스토리를 써내다니, 이 작가는 정말 천재예요."

진후의 손에 들린 티슈 통에서 티슈를 연이어 뽑아 쓰면서도 은수는 자기가 창피하게 울고 있다는 것을 신경 쓰지 않았다. 신경이 온통 하얀 종이에 프린트된 검은 활자를 탐욕스럽게 더듬는 데 쏠려서 눈물도 콧물도 엉망으로 닦아냈다. 진후가 보다 못해 직접 티슈를 뽑아서 은수의 눈가를 눌러주었다.

"슬픈 내용이긴 하지만, 대성통곡을 할 정도는 아닌데…… 마지막에 환상에서 벗어나 옆집 꼬마의 고양이를 쓰다듬어주는 부분에선 해피엔딩을 암시하고 있잖아."

"장면이 너무 아름답잖아요!"

"그렇긴 하지…… 만."

은수는 흥분하며 그가 말한 마지막 장면을 다시 넘겨보더니, 또다시 눈물을 흘리고 때로는 한숨을 내쉬느라 시간이 가는 줄도 모르고 대본에 빠져 있었다.

"머릿속에서 장면 장면이 살아서 움직여요."

"나도 그래. 건반 위를 움직이는 주인공의 손끝이 눈앞에 가물거리는 것 같아."

"여기 이 장면이요. 환상과 현실을 거꾸로 생각하는 부분이요…… 이 부분에서 소녀가 이 남자의 환상도 자신의 현실로 받아들이잖아요. 이 부분 정말 멋있어요."

"영화 전체에 쇼팽의 피아노곡이 깔린다고 생각해봐. 좀더 감동적으로 다가올 거야."

말을 하다 말고 진후는 피식 웃었다. 영문을 몰라서 은수는 동그랗게 눈을 뜨고 그를 바라보았다.

"내가 이 시나리오를 보면서 느낀 것, 머릿속에 그린 환상을 당신도 보고 있잖아. 지금…… 내가 보는 환상이, 당신에게 현실이 되고 있어."

같은 것을 보고, 같은 것을 느낀다는 동질감. 그 느낌을 부끄러워하지 않고 서로에게 발산할 수 있는 그 친근함을 진후는 고맙게 느끼고 있었다.

'접점…….'

은수는 순간 친구들과 술을 마시면서 지나가듯 말한 '접점'이라는 단어를 떠올렸다. 풀하우스가 아닌 다른 접점이 그와 자신과의 사이에 생겨나고 있었다. 지옥의 왕 하데스에게 잡혀간 페르세포네에게 지상에서의 8개월과 지옥에서의 4개월 중 어느 시절이 더 행복에 가까웠는지 문득 묻고 싶어졌다.

BLUR 53

Episode 7

Blind Game

앞으로 공모전 마감일까지 한 달하고 반이 남았다. 풀하우스에 쫓겨나 담장 밑에 살던 것이 거의 일주일, 그 후 열흘 동안은 이진후라는 유명 연예인 덕분에 본의 아니게 파란만장, 스펙터클한 인생이 이어졌기에 영화 준비로 그가 바빠지기 전까지 은수의 날들은 들쑤셔놓은 벌집처럼 정신이 없었다.

"에라, 나오지 않는 글, 책상머리에 앉아 있다고 나와 주는 것도 아니고, 청소나 하자."

걸레와 양동이를 들고 집 안 곳곳을 깨끗이 닦으면 기분이 좋아질 것이다. 아버지가 모은 조각품들을 닦고, 어머니의 화병을 닦고, 화분에 물을 주고, 거실의 전면창도 싹싹 닦을 것이다.

"정말 청소를 좋아하는군."

거실 바닥에 걸레를 놓고 엎드린 채로 달리기를 하던 은수의 부산스러운 몸짓이 그 목소리를 들은 순간 나무토막처럼 굳어버렸다. 아침부터 외출하더니 오후에 들어와서 지금까지 얼굴 한번 비추지 않던 사람이 2층으로 올라가는 계단에 앉아 웃고 있었다.

"이층에 금덩어리 숨겨놨어요? 밥도 안 먹고 위에서 뭐 해요?"

이틀 동안 식당을 오가는 것을 본 적이 없었다. 고작해야 밀크티를 타서 들고 다니는 걸 한두 번 본 것 같다.

"십 킬로 정도 빼려고 다이어트 중이야."

"에엑? 십 킬로나요? 내가 보기엔 그 몸에서 떼어낼 살은 없는 것 같은데…… 거기서 더 빼면 해골만 남아요."

큰 키에 무용수처럼 잘 가꾸어진 늘씬한 몸이라 솔직히 은수는 종종 그의 뒷모습을 보며 '역시 연예인은 다르단 말이야' 라면서 감탄했었다.

"고마워, 내 몸매를 칭찬해줘서."

"칭찬으로 들렸어요?"

진후는 그냥 소리 없이 미소를 짓고 고개를 끄덕거렸다.

'뭐야, 왜 웃어? 배고파서 심술부릴 기운이 없는 거야?'

평상시와는 다른 반응이라 은수는 깜짝 놀랐다. 그러다가 문득 그가 새로 찍기로 한 영화의 시나리오가 생각이 났다. 연인이 죽고 난 뒤 그 충격으로 실명을 해, 낮에는 앞이 보이지 않다가 밤에만 보이는 피아니스트. 그가 눈을 뜨면 환상이 시작된다. 조용하며 음울하고 때로는 격정적인 성격의 그 피아니스트 캐릭터가 떠오르자 은수는 설마 하는 심정으로 조심스럽게 물었다.

"민지훈 씨, 지금…… 이름이 뭔가요?"

"유성."

그 대답을 듣자 걸레를 쥔 손이 미끄러져서 일순간 자세가 흐트러졌다.

'유성'은 시나리오 속의 남자주인공의 이름이었다. 예전에 배역을 빼앗겼음을 알게 된 아침, 그 배역의 캐릭터에 빠져서 성격이 돌변한 그때와 같은 상황인 듯했다.

"그럼 지금…… 낮이니까, 앞이 보이지 않겠네요?"

그는 고개를 끄덕였다.

"오늘부터 주말까지 그렇게 지낼 생각이야. 당분간 감독을 만날 필요도 없고, 사무실에서도 방해하지 않기로 했거든. 촬영이 끝날 때까진 내가 이상한 짓을 해도 그냥 그러려니 해. 너무 놀라지 말고."

그는 크랭크인 전까지 캐릭터에 어울리는 체형을 만들기 위해서 체중을 줄이고, 배역을 완전하게 파악하기 위해서 평상시에도 민지훈이나 이진후가 아니라 영화 속의 인물이 될 것이라고 했다.

"영화 크랭크인까진 두 달 남았다면서요? 십 킬로를 빼려면 지금부터 한 달에 오 킬로씩 빼야 한다는 말인데, 그러다 몸 망가져요."

"그뿐이 아니야. 내일부터 피아노 연습도 해야 돼. 크랭크인 때까지 쇼팽의 피아노곡을 연주하려면 두 달간 맹연습을 해야 할 거야."

혹독한 일정을 듣고 은수는 놀라서 아무 말도 할 수가 없었다. 웃으면서 '힘들겠지?'라고 장난스럽게 묻고 있는 남자가 대단해 보였다. 은수는 머리를 묶은 손수건을 풀며 그에게 다가갔다.

"도와줄게요."

"응?"

"해가 질 때까진 매일 이렇게 지내는 거예요."

그에게 놀랄 틈도 주지 않고 은수는 손수건으로 눈을 가려주었다.

"집에 반창고랑 비상약 많으니까, 맘 놓고 넘어져요."

"……보통은 '넘어지지 않게 조심해요'라고 말하지 않아?"

은수는 그의 말에 그냥 웃음으로 답했다. 이 남자를 이렇게까지 매혹한 시나리오 작가가 부러워서 씁쓸한 기분이 들었다.

"그럼, 잘 부탁해. 다른 건 모르겠지만 식사조절은 혼자 하기 힘들 것 같아."

진후는 손을 올려 악수를 청했다. 눈을 가리고 있지 않았다면 환하게 밝아지는 은수의 얼굴을 보았을 터였다.

진후는 정말 놀라울 정도로 영화 캐릭터에 빠져들었다. 매일 아침 일찍 조깅을 다녀오고 진한 밀크티로 가볍게 식사를 대신한 뒤에는 은수의 손수건으로 눈을 가린 채 해가 질 때까지 앞을 보지 않고 생활했다. 그 상태로 대부분의 시간을 영화에 삽입될 예정인 피아노곡 감상으로 보내며 자신의 성격을 배역의 캐릭터와 맞추기 위해서 사색에 잠겼다. 시끌벅적하고 정신없던 사람에게서 상상도 할 수 없던 모습이었다.

"형 요즘 어때요? 영양제는 잘 챙겨먹죠?"

오랜만에 일준이 장을 봐가지고 왔다. 은수가 눈을 가리고 지내는 진후를 혼자 둘 수가 없어서 외출을 하지 못했기 때문에 일준에게 신세를 져야 했다.

"정말…… 미쳤다고 할 만큼 빠져 있어요. 의사가 짜준 식단을 그대로 따르고, 힘들 텐데 운동도 거르지 않아요. 영양제도 알아서 잘 챙겨먹어요."

은수의 말에 일준은 자랑스러운 듯 웃었다.

"내가 말했잖아요. 진후 형은 훌륭한 배우라고."

은수는 고개를 끄덕였다. 아직 촬영이 시작되지 않아서 연기하는 모습은 보지 못했지만 벌써부터 저렇게 배역을 위해 온갖 수고를 다하는 모습을 보면 그 말을 부정하기 힘들었다. 시나리오 작가를 지망하는 은수로선 옆에서 그를 도우면서 본 것들이 많은 공부가 되고 있었다.

"다음 달에는 캐스팅도 거의 끝나서 대본 연습에 들어갈 거예요."

"더 바빠지겠네요? 그죠?"

일준은 고개를 끄덕이고는 물건을 담아온 종이상자를 안고 일어섰다.

"옛날엔 내가 형 뒤치다꺼리를 다 해야 했는데, 이젠 은수 씨가 있어서 좀 서운하네요."

"난 그저……."

은수는 일준의 서운함을 달래주기 위해서 자신은 진후와 계약관계일 뿐이라고 말하려 했다. 하지만 어찌된 일인지 쉽게 입이 떨어지지 않았다.

저녁 준비할 때가 되어 서재에서 나오던 은수는 진후를 발견하고 그 자리에 멈추어 섰다. 그는 거실의 오래된 오디오로 피아노곡을 듣고 있었다. 매일 영화에 사용될 피아노곡을 반복해서 듣기에 은수도 멜로디를 외울 정도였다. 눈을 감고 앉은 그의 뺨 위로 투명한 눈물이 소리 없이 흘러내렸다. 배역에 빠져들수록 그는 성격이 우울하게 변하고 있어서 걱정이었다.

"오이 따러 가는데 같이 갈래요?"

연기도 좋지만 이러다간 사람 잡겠다 싶어서 은수는 그에게 말을 걸어 보았다. 꿈에서 깬 듯 멍한 얼굴로 눈물을 닦으며 진후가 일어나더니 탁자에 풀어둔 수건을 눈에 둘렀다. 아직 해가 떠 있으므로 그는 앞을 볼 수 없었다.

진후는 은수의 발소리를 좇으며 천천히 뒷마당으로 향했다.

"나도…… 하나만 따게 해줘."

엉뚱한 곳에 서서 풀숲을 두 팔로 헤저으며 그가 말했다.

"그냥 거기서 놀아요. 괜히 움직이다 구르지 말고. 여긴 돌도 있고, 부러진 나뭇가지도 있어서 넘어지면 크게 다쳐요. 그냥 바람 좀 쐬라고 부른 거니까 거기 그냥……."

따도 될 만큼 자란 오이를 찾으며 중얼거리던 은수는 고개를 들어 진후를 바라보았다. 그는 고집스럽게 앞을 더듬으며 은수가 있는 곳으로 걸어오고 있었다.

"어디 있어? 소리를 좀 내. 찾아갈 수가 없잖아."

진후가 애타게 부탁했지만 은수는 아무 말도 하지 않았다. 왠지 소리를 내지 않아도 그가 찾아오길 바라는 마음이 들었다.

"이젠 좀 익숙해져서 소리를 들으면 대충 방향을 잡을 수 있어. 소리 좀 내봐. 엇!"

화단 가장자리에 둘러놓은 조금 큰 돌에 슬리퍼 끝이 걸리면서 진후가 자갈 위로 넘어졌다.

'괜찮아요? 많이 다쳤어요? 괜찮으면 좀 일어나 봐요!'

그가 넘어지려 할 때부터 은수는 입술을 깨물며 속을 태우고 있었다. 달려가 일으켜주고, 상처가 난 곳을 살펴주고 싶었지만 아직 해가 저물지 않아서 그럴 수 없었다. 작은 걱정으로 지금까지 그가 해온 노력을 헛되게 하고 싶지 않아서 은수는 입술을 깨물며 그가 일어나길 기다렸다.

"아…… 아파……."

진후는 투덜거리면서 천천히 일어났다. 반바지를 입은 탓에 거친 돌에 쓸렸는지 정강이에서 피가 흐르고 있었다.

'휴…… 다행이다. 크게 다치진 않은 것 같아.'

옷에 묻은 흙을 털고 벗겨진 신발을 더듬더듬 찾아 신은 뒤 그는 은수가 있는 곳으로 헤매지 않고 걸어왔다.

"집에 들어간 줄 알았잖아. 여기 있었으면서 아무 말도 하지 않다니."

그는 셔츠자락을 잡아 올려 이마에 고인 땀을 닦았다.

"상처에서 피…… 나요."

"괜찮아."

"방금 다리를 조금 전 것 같은데……."

걸어오는 동안 오른쪽 다리가 불편해 보였기에 은수는 바구니를 내려놓고 그의 다리를 살펴보고 싶은 것을 겨우 참고 있었다.

"좀 시큰거려서 그런 거야. 괜찮아."

그는 은수가 들고 있는 바구니로 고개를 숙여 싱싱한 오이 향을 맡았다.

"달려와서 부축해줄 것도 아니면서……."

오이 하나를 집어 옷에 문지른 뒤 반으로 뚝 갈라 내밀며 그가 말했다.

"일으켜주지도, 괜찮으냐고 물어보지도 못하면서…… 숨을 참고 기다리고……."

진후는 하려던 말을 끝맺지 않고 오이를 베어 물었다. 그의 뒷말을 기다리는 짧은 시간 동안 은수는 또다시 속이 바짝 말라갔다.

"맛있다. 바로 따서 그런가…… 싱싱하네."

그는 더 아무 말도 하지 않았다. 무슨 말을 하려던 것인지 묻고 싶었지만 은수도 그를 따라 오이를 입에 물었다.

"그러고 보니…… 내일이 토요일인가?"

"왜요?"

"내일 별장으로 가족끼리 피크닉을 가기로 했는데, 내가 말했나?"

은수는 깜짝 놀라 진후를 바라보았다. 전혀 그런 말을 한 적 없었다.

"안 했어?"

대답이 없자 진후는 재차 물었다. 그가 눈을 가리고 있다는 것도 잊고 은수는 고개만 끄덕였다.

"내일부터 이박삼일 동안 여름별장에 가서 가족끼리 지내기로 했어. 그러니까 음, 그걸 뭐라고 해야 하나…… 새로운 사람들이 가족이 되었으니까, 뭔가 작은 파티 같은 걸 하고 싶으신가 봐. 그래서 당신이랑 같이 오래. 그리고…… 일요일엔……."

오이가 목에 걸린 듯 큼큼거리며 기침을 하고 그는 눈을 찡그리며 말했다.

"일요일엔 거기서 형네…… 약혼식이 있을 거야."

왜 이제야 말해주냐고 잔소리를 하려던 은수는 마지막 말을 들은 뒤 아무 말도 하지 않았다. 자기 입으로 그 말을 하기가 힘들어서 떠나기 바로 전날에야 힘겹게 꺼낸 말인 줄 알기 때문이다.

"불편한 자리겠지만, 같이 가줬으면 좋겠어."

아직 해가 지지 않았는데 진후는 눈을 가린 수건을 풀었다. 눈빛이 가라앉아서 슬퍼보였다. 배역에 몰입해서 그런지, 다른 이유가 있는지는 알 수 없었다. 좀 전에 거실에서 본 눈물도 마음에 걸렸다. 무언가가 가슴을 무겁게 짓누르는 것 같았다.

변명을 하듯 진후가 힘없이 중얼거렸다.

"지금 내 상태가 별로 좋지 않아서 그래. 영화 때문인지 몰라도 현실과 시나리오를 구분하지 못하고 있어. 세린일…… 아니 그 사람을 보게 되면, 다른 남자와 반지를 교환하는 모습을 보게 되면 내가 어떻게 될지 나도 확신이 서지 않아."

눈가를 문지르다 말고 그는 피식 웃었다. 자조적인, 어딘지 어색한 웃음이었다.

"당신과 떽떽거리면서 싸우면 제정신이 들 것 같았는데, 요즘은 왜 그렇게 착해졌지?"

"내가…… 뭘요."

그의 슬픔이 전해지는 것 같아 목이 멨다. 은수의 퉁명스러운 대답에 그는 또 웃음을 보였다.

"아까처럼 놀라서 숨을 멈추고는 쳐다만 보고 있지 말아줘. 예전처럼 '그러게 왜 움직이지 말라니까 움직여서 넘어지고 그래요!'라고 소리를 질러. 그러면 난 '내 맘이야!'라고 소리를 지르고, 한참 동안을 싸울 수 있잖아. 놀라는 사람 때문에 더 놀라서 미안해할 필요 없이……."

'언제 이렇게 되었을까…… 내가 언제 이렇게 바보가 되어버렸지?'

진후를 보며 은수는 이를 악물었다. 엉뚱하고 제멋대로며 어떤 상황에서도 자기 기분이 먼저인 이 남자에게서 왜 자꾸 좋은 점이 보이는지 모르겠다. 다른 사람을 사랑하는 그 눈이 아름다워 보이고, 이루어지지 못한 사랑으로 신음하는 그 입술이 안타깝다.

"부탁…… 해. 원한다면…… 이층 방을 하나 줄게."

그는 은수가 대답을 망설이자 풀하우스의 일부를 조건으로 내세웠다.

'그래…… 이 사람은 여전히 계약관계, 그 이상도 이하도 아니야. 내가 이렇게 헤맬 필요 없어. 내가 그에게 원하는 것은…….'

오로지 풀하우스뿐이어야 한다. 다른 것을 원해서는 안 된다. 은수는 일부러 사무적인 투로 말했다.

"당신이 지금 쓰는 방은 예전에 내가 쓰던 방이에요. 그걸 돌려준다면 생각해볼게요."

그가 잠시 숨을 멈추는 것이 느껴졌다. 그러나 곧 미소를 지으며 고개를 끄덕였다.

"그렇게 하지. 대신 내 마음이 흔들리지 않게 확실히 잡아줘. 내가 아무리 망나니로 불려도, 옛 연인의 약혼식을 망치는 불한당만큼은 되고 싶지 않으니까."

"걱정 말아요. 확실하게 브레이크 걸어줄게요. 말로 안 되면 두드려 패서라도 행패부리지 못하게 막아줄 테니까, 믿어 봐요."

마음속 불안을 감추기 위해 조금 오버한 탓인지, 진후가 놀란 듯 한 걸음 뒤로 물러섰다. 은수는 그냥 별 뜻 없이 배시시 웃어버렸다.

아버지가 돌아가신 뒤 처음으로 집을 떠나 여행을 하는 것이었다. 전에는 혼자서도 가끔 배낭 하나 짊어지고 길을 떠났는데, 혼자 남겨진 뒤로는 집에서 기다리는 사람이 없어도 이상하게 떠날 수가 없었다.

무더위에 지쳐 축축 늘어진 가로수들도 은수의 눈에는 꽃을 단 듯 화사하게 보였다.

"친척들 많이 와요?"

"뭐…… 그렇게 많이 오진 않을 거야. 결혼식도 아니고 약혼식이잖아. 어르신들 몇 분이 오실 테지. 사촌형제들도 올지 모르고."

"사촌형제들이요?"

은수는 가는 내내 쉬지 않고 질문을 했다. 가만히 입을 다물고 있는 것보단 낫다 싶어 진후는 매번 성실하게 대답해주었다.

"아, 잘 모르겠군. 우리 집이 좀 복잡해. 으음…… 그러니까, 형과 난 어머니가 다르거든. 형의 어머니는 옛날에 아버지와 이혼을 하고 다른 사람과 재혼해서 지금 미국에 계셔. 형과 내가 나이차가 좀 많이 나잖아. 그래서야."

나이차 때문이 아니더라도 진후 쪽이 연예인이라 그런지 피부부터 스물일곱으로 보이지 않기에 규하보다 확실히 어려 보였다.

"아무튼 그런저런 이유로 내가 사촌형제들 중에선 끝에서 두 번째거든. 규하 형 약혼식 때문에 오는 것이기도 하겠지만, 내 신붓감을 보려는 이유도 있을 거야. 다들 나보다 나이가 많아서 늘 애 취급을 한다니까. 할아버지 살아계실 때는 더했어."

은수는 고개를 끄덕였다. 어쩐지 기분 내키는 대로 행동하고 어리광이 심한 이유를 알 것 같았다. 집에서도 막내고 사촌형제들 중에서도 두 번째로 어리니 얼마나 떠받들어지며 살았겠는가. 굳이 설명을 듣지 않아도 머릿속에 장면 장면이 그림으로 그려졌다.

"아…… 배고파."

창틀에 기댄 손의 손톱을 물어뜯으며 그는 인상을 썼다. 체중감량 때문에 하루 종일 허기에 시달리고 있는데 운전하려니 힘들 것이었다. 은수는 재빨리 가방에서 작은 도시락 통을 꺼냈다.

"안 먹어."

음식을 보게 될까봐 지레 겁을 먹고 진후는 딱 잘라 거절했다.

"이건 먹어도 돼요. 밥 아니에요."

은수는 도시락 통을 열어서 보여주었다. 안심한 듯 그가 피식 웃었다. 색색의 피망을 비롯한 야채와 아스파라거스를 식초 드레싱으로 버무린 샐러드였다.

"언제 만들었어?"

"차에 짐 실을 때 후다닥 만들었죠. 칼로리도 낮으니까 괜찮을 거예요. 일단 찬물을 조금 마셔요. 섬유소가 많아서 물을 많이 마셔야 해요."

진후가 운전 중이라 은수는 물을 따라서 먹여주었다.

"토마토랑 같이 찍어줘."

"여기."

그는 엄마가 떠주는 밥을 먹는 어린아이처럼 은수가 내미는 샐러드를 받아먹었다. 플라스틱 포크로 콕콕 찍어주면 날름날름 맛있게 받아먹는 걸 보고, 허기에서 벗어난 진후보다 먹여주는 은수가 더 환하게 웃고 있었다.

"동서고금을 막론하고 여자가 밥을 먹여주면 행복하지 않을 놈은 없을 거야."

"하하하…… 배불러서 행복한 게 아니고요?"

"반 반."

샐러드도 많이 먹으면 다이어트에 방해가 될까봐 겨우 반 정도 먹고도 그는 기분이 좋아 보였다.

"나도 운전 배워야지, 만날 누가 운전하는 것만 타니까 좀 미안하네요."

"옛날에 어떤 광고였더라, 운전사가 '차비는?' 이러니까 볼에 키스해주던데."

진후는 별장에 도착하면 수고비 대신 볼에 키스를 해달라고 했고, 은수는 샐러드로 계산 끝내자고 우겼다. 세 시간 넘게 운전을 해야 하는 고된 길이었지만 그렇게 웃고 떠드는 사이에 어느새 별장에 도착해 있었다.

"어서 오너라. 힘들었지?"

차가 별장 마당에 도착하자 밖에 모여서 차를 마시던 진후의 부모님이 다가왔다. 은수는 조금 당황해서 90도 이상 허리를 굽히며 꾸벅 인사했다.

"처음 뵙겠습니다. 채은수라고 합니다……."

"어머…… 반가워요, 은수 양."

"그냥 은수라고 부르세요, 어머니."

진후가 긴장해서 식은땀을 흘리는 은수를 도와주었다. 그는 부모님들과 집안 어르신들 그리고 사촌형제들에게 은수를 데려가 차근차근 인사시키고 짐을 풀기 위해 방으로 향했다.

"아아, 서운하게도 따로야. 난 형이랑 같은 방을 써야 해. 여기가 한국이 아니라 외국이었으면 우리 둘이 한방인데. 부부가 아니면 한방에선 못 잔대."

진후가 장난스럽게 말했다. 은수는 진후가 오는 내내 웃었으니 크게 걱정하지 않아도 되겠다고 생각했다.

"오랜만이에요, 은수 씨."

그러나 그건 세린이 등장하기 전의 이야기였다. 진후의 표정이 굳는 것을 보고 깜짝 놀라서 뒤돌아보니 세린이 규하와 함께 서 있었다. 가벼운 차림으로 보아 근처를 산책하고 온 듯했다.

"그냥 세린 언니라고 불러요. 내가 나이가 많으니까요."

세린은 은수를 편하게 대했다. 하지만 은수는 진후와 그녀의 관계를 알게 된 이후 처음 만난 것이라 그렇게 편하지가 않았다. 그리고 불행히도 은수는 세린과 같은 방을 써야 했다.

"보기 좋지 않아요? 벌써 우리 자식들이 배필을 다 만나서…… 저렇게 손잡고 다니는 모습을 보게 되었네요."

진후의 부모님은 각자 파트너를 데리고 별장 근처를 산책하는 젊은 연인들을 바라보며 대견해했다.

"세린이야, 어릴 적부터 옆집에 살아서 집안도 서로 잘 알고 친숙한데…… 은수 양은……."

진후의 모친은 말하고 싶은 것이 많았지만 입 밖에 내지 않았다. 어른들도 계시고 세린의 부모, 즉 사돈내외가 걸어오고 있었기에 입조심을 해야 했다.

"걱정하지 마. 저 녀석이 그렇게 신문에 숱하게 오르내리면서도 언제 우리에게 자기 신붓감이라고 소개한 적 있어? 스물일곱 살이나 되어서 한 명 데리고 온 것이니, 녀석도 나름으로 깊이 생각하고 결정했겠지."

아들이 눈앞에 있으면 무시하고 야단을 쳤지만 그는 내심 자기 아들들을 믿었다. 큰아들은 고지식하고 반듯한 것이 믿음직스러웠고, 망나니 작은아들은 무엇이든 두려워할 줄 모르고 집안사람 모두가 반대해도 자기 뜻을 관철하는 그 사내다운 강단과 고집을 높이 평가했다.

"그래요, 둘째 애는 아직 약혼식도 올리지 않았으니 그냥 둬 봐요. 오래도록 변함없으면 그때 식을 올려주자고요."

부모와 모두 사별했다는 것이 마음에 들지 않았는데, 어쩌면 그 덕을 볼지도 모르겠다는 생각이 들었다. 일정한 직업도 없고 집안도 그리 좋지 않으며 친척도 부모도 없는 둘째며느릿감이 진후의 모친은 영 흡족하지 않았다. 특히 세린처럼 다소곳한 몸매가 아니라 대나무처럼 키만 훌쩍 크고 살집이 전혀 없는 마른 몸도 마음에 들지 않았다.

"브레이크 작동 안 되고 있어."

무슨 생각을 하는지 은수가 입을 다물고 조용히 따라오고 있자 급기야 진후가 먼저 말을 걸었다.

"브레이크 필요해요?"

"눈치껏 걸어줘야지. 말 좀 해봐. 처음 만났을 땐 고막이 아프도록 잘 떠들었잖아. 난 지금 당신의 그 끊이지 않고 샘솟는 말꼬리 잡기가 필요해."

세린과 진후에 대해 생각하느라 마음이 무거워 사실 은수도 말을 하고 싶지 않았다. 하지만 자기보다는 진후가 더 힘들 것 같아서 은수는 억지로 입을 열었다.

"별장이라고 해서 오두막 같은 걸 생각했는데, 뭐예요…… 저건 저택이잖아요."

"가족별장이거든. 우리 집만 쓰는 게 아니라 친척들 모두 공동으로 관리하고 사용하는 곳이야. 네 집에서 관리비를 내니까 그렇게 돈이 많이 들진 않아."

"이런 거 말고도 또 있어요?"

"두 곳인가 더 있어. 그건 작아."

"진짜 부자였구나…… 이젠 풀하우스를 통째로 빼앗아도 양심에 걸리지 않을 것 같아서 좋네요."

그는 조금 웃고는 은수에게 머릿속에 풀하우스 외엔 아무것도 없는 사람처럼 보인다고 말했다. 그냥 스치듯 한 말이지만, 은수에겐 그 말이 충격이었다. 전에는 그랬을지 몰라도 요즘에는 풀하우스 생각은 거의 할 수 없었기 때문이다. 머릿속에 온통 그에 대한 생각과 그에 대한 자신의 마음이 무엇인지 몰라 괴로운 고민만 들어 있었다. 그런 줄도 모르고 야속한 말을 하니 서운했다. 하지만 생각해보면 한 번도 내색한 적이 없으니 진후가 그러는 건 당연했다.

'지금은 그 사람에 대한 감정 때문에 다른 사람의 감정은 돌볼 여유도 없을 거야. 가뜩이나 맡은 배역이 지금 상황이랑 비슷해서 헷갈려하고 있는데…….'

자기 힘으로 자신을 제어하지 못할 것 같아서, 도움을 청하는 사람 곁에서 대체 무슨 추태인지 모르겠다. 그에 대한 자신의 마음이 무엇인지 확신도 없으면서 그가 무심코 던지는 말에 서운하다는 생각이나 하다니, 은수는 자신이 한없이 한심하게 느껴졌다. 그래서 진후와 함께 들판을 걸으며 지금은 오로지 사랑하는 사람의 약혼식 때문에 힘들어하는 진후를 도와주는 것만 생각해야 할 때라고 다짐하고 또 다짐했다.

잠시 산책을 하고 온 사이에 별장 마당에는 커다란 야외 테이블 위로 고급스러운 식기들이 세팅되어 있었다. 요리사 복장의 사람들이 한쪽에서 음식을 준비 중이었고, 웨이터도 있었다. 이런 것을 처음 본 은수가 놀라서 전부 별장에서 일하는 사람이냐고 묻자 진후는 웃음을 지었다.

"아냐, 출장요리 부른 거야."

나이 많은 고모할머니까지 예쁜 원피스를 입고 걸어오는 것을 보고 은수는 긴장했다. 별장에 놀러간다기에 약혼식 때 입을 정장 한 벌만 가져왔기 때문이다. 그것도 옛날에 졸업식 때 입으라고 아버지가 사준 것이라 유행이 지나도 한참 지난 옷이었다.

"옷 갈아입고 올게요, 할머니."

"그래, 그래……."

진후는 막내답게 나이 많은 분들에게 살갑게 굴었다. 진후가 어르신들이 자리에 앉도록 일일이 의자를 빼주며 시중을 드는 동안 은수는 뭘 입고 나와야 하나 고민하며 방으로 갔다.

"은수 씨, 미안하지만 지퍼 좀……."

방에 들어가니 세린이 옷을 입고 있었다. 마치 오드리 헵번이 스크린을 뚫고 나온 것 같다는 착각이 들게 하는 복고적이면서도 세련된 이브닝드레스였다. 지퍼를 올려주며 살펴보니 옷장에 세린이 가져온 드레스가 몇 벌 더 보였다. '한 벌 빌려 입을까?' 하는 생각이 들었지만, 자존심이 허락하지 않았다.

'그냥 얌전히 치마를 입으면 되지 않나?'

허나…… 아무리 눈 씻고 찾아보아도 치마라곤 내일 입을 검정색의 A라인 정장치마밖엔 없었다. 피크닉이라고 해서 청바지만 두 벌 챙겨온 것이 후회되었다. 그때 누군가가 문을 두드렸다.

"규하 오빠?"

옷을 다 입고 머리에 핀을 꽂으며 세린이 가벼운 걸음으로 문으로 걸어갔다. 세린의 그림자만 보아도 눈빛이 달라지는 진후에 비해서 그녀는 무척이나 안정되어 보였다. 그 모습에 은수는 여자가 남자보다 강하다는 말을 떠올렸다.

"실망시켜서 미안한데, 나야."

문을 두드린 사람은 규하가 아니라 진후였다. 그가 왜 왔는지 궁금해하며 은수의 가슴이 가쁘게 오르내렸다. 세린을 보러 온 것인지, 아니면…….

"왜 당신 짐이 내 짐에 섞여 있어?"

진후는 세린이 살짝 비켜서자 문틈으로 고개만 비쭉 내밀고 말했다. 그 순간 은수는 그가 세린이 아니라 자신을 보러 온 것이 기뻐서 짧게 한숨을 내쉬었다.

"에? 그럴 리가……."

"이거 받아. 제대로 챙겨야지…… 나도 옷 갈아입다 나왔으니까, 얼른 받아."

은수는 이상하다고 생각하며 문가로 걸어갔다. 집에서 가져온 것이라곤 청바지와 정장 그리고 속옷과 양말이 든 배낭 하나였고, 그것은 무사히 침대 위에 놓여 있었다. 그런데 무슨 짐이 더 있다는 건가.

"이건……."

전혀 본 적 없는 하얀 상자가 그의 손에 들려 있었다. 은수는 고개를 갸웃거리며 상자를 받았다. 상자를 장식한 빨간 리본이 참 예뻤지만 이런 것을 챙겨온 적이 없었기에 은수는 다시 그에게 돌려주려 했다.

"받아, 선물이야."

"에?"

은수는 놀라서 '에?'라는 말밖엔 하지 못했다. 그것을 보고 진후는 웃으면서 '에?'라고 따라했다.

"선물을 받으면 준 사람 앞에서 풀어보고, 고마워요~라고 하는 게 매너 아닌가?"

말하는 투가 딱 얄미운 집주인 '민지훈'이었다. 시나리오 속의 인물도 아니고 세린 앞에서 숨을 멈추던 그 남자도 아니었다. 은수는 가볍게 웃으며 리본을 풀고 상자의 뚜껑을 열었다.

"어……?"

"'에?'와 '어?'밖엔 못해?"

하얀 상자 안에 들어 있는 것은 제비꽃 색의 하늘거리는 이브닝드레스였다. 그는 일부러 세린에게 등을 돌리고 서서 은수의 반응을 기다렸다.

"청바지만 챙겨서 왔을 것 같아서 말이야."

갑자기 예지력이 생겼는지 그는 지금 상황을 조금도 틀리지 않고 짚어냈다.

"이런 건 언제……."

"피크닉 이야긴 어제 했지만, 내가 들은 시점은 일주일 전이거든. 감독 만나고 시나리오 작가 만나러 돌아다니는 동안 사뒀지. 치마라고 구박하지 말고, 입어줘. 선물이니까."

그렇게 말하면서 귀에 대고 '이 옷은 속옷을 입지 않아야 더 섹시해 보여'라는 농담까지 하자, 은수는 정강이를 걷어차 그를 내쫓아주었다.

"저기……."

"왜 또요?"

또 이상한 소리를 하면 펀치를 날려주겠다 생각하며 문을 벌컥 열자 문 앞에 사람은 없고 작은 상자 몇 개가 놓여 있었다. 진후는 대각선 위치에 있는 침실의 문가에 서서 티셔츠를 벗고 하얀 와이셔츠로 갈아입으며 말했다.

"구두랑 장신구야. 드레스만 달랑 선물하는 센스 꽝인 남자가 아니거든, 난."

그러면서 능글맞게 윙크까지 날린다.

"와, 프로페셔널 바람둥이다워요."

"하하, 그거 칭찬이지?"

그는 형이 던져준 넥타이를 받아서 목에 두르고 방으로 들어가 버렸다. 은수도 고맙다는 말 대신 그냥 웃어버리고는 상자를 들고 방으로 돌아왔다.

'뭐야, 생각보다 멀쩡하잖아…….'

역시 그때 그 눈물은 '민지훈'이 흘린 것이 아니라 시나리오 속의 주인공이 흘린 것 같았다. 죽은 연인을 잊지 못해서 밤마다 환상을 보는 피아니스트 역에 지나치게 심취해서 감정이 컨트롤되지 않는다며 도와달라더니, 걱정할 수준은 아닌 것 같았다. 정말 그의 말대로라면 이런 옷을 준비해둘 여유도 없었을 것이었다.

자꾸만 실없이 웃음이 나와서 입술을 깨물어 웃음을 참으며 침대에 상자를 올려놓는데, 머리를 매만지던 세린이 뒤를 돌아보며 말했다.

"지훈이는 여자를 기쁘게 하는 방법을 잘 알아요. 그렇죠?"

"에?"

은수는 깜짝 놀랐다. 세린이 진후에 대해 먼저 말을 한 것이 의외였다.

'그래, 세린 언니는 내가 민지훈 씨와 자기가 어떤 관계였는지 안다는 걸 모르니까…….'

두 사람의 관계가 얼마나 깊었을지 고민하는 사이에 세린이 다가와 옷 입는 것을 도와주겠다고 했다.

'또 이렇게 노출이 심한 것을 사왔군. 에휴, 이 변태.'

이번에는 가슴이 아니라 등이 파여서 맞는 속옷이 없을 것 같았다. 속옷을 입지 않아야 더 섹시해 보인다는 그의 농담이 왜 나왔는지 이해가 되었다. 걱정을 하며 나머지 상자들도 열어보니, 변태가 단단히 변태 짓을 하려고 작정했는지, 속옷까지 들어 있었다.

'대단한 신경이야…….'

여자 속옷을 고르며 또 깐깐하게 굴었을 것이다. 그 모습을 상상하며 은수는 절레절레 고개를 흔들었다.

"이 색 내가 좋아하는 색인데……."

드레스의 장식용 끈을 묶어주며 세린이 말했다. 스치듯 아무 뜻 없이 하는 말 같았지만 그 말이 은수에겐 미묘하게 들렸다.

'우연이겠지…….'

그는 예쁘면 그만인 사람이다. 그러니까 드레스 중에서 이 색깔의 드레스가 가장 예뻐 보였을 것이다. 세린이 좋아하는 색이라 무의식적으로 그것을 생각하고 산 것은 아닐 거라고, 은수는 그렇게 생각하기로 했다.

"지훈이완 오래 사귀었어요?"

머리를 올리는 것이 낫다며 직접 자기 핀을 가져와 머리를 장식해주며 세린이 물었다. 거울로 세린을 바라보며 은수는 자신의 생각이 틀렸음을 깨달았다.

'정리되지 않은 건 민지훈 씨뿐만이 아니었구나. 이 사람도 혼란스러워하고 있어.'

은수는 그것이 단순히 옛 연인에 대한 궁금증인지 아니면 미련인지 확인하고 싶었다.

"별로 오래되진 않았어요. 세린 언니는요?"

속으로 엄청 떨렸지만, 은수는 자기 연기력도 꽤 괜찮다고 생각했다.

"어릴 적부터 알았으니까, 꽤 오래되었죠. 바로 옆집에 살거든요."

"말 놓으세요. 저보다 언니시잖아요."

"어떻게 그래요."

세린은 귀엽게 웃었다. 악의가 전혀 느껴지지 않는 순수한 미소였다.

"규하 오빠와 지훈이가 영국에 유학 간 육 년 동안이랑, 두 사람이 군대에서 보낸 기간을 빼면 대부분 함께 지냈어요. 가족여행도 같이 갈 때가 많았고……."

"여기도 그럼 처음이 아니겠네요?"

세린은 고개를 끄덕였다. 후회가 밀려왔다. 세린의 마음이 어떤지 궁금해서 시도한 질문에 오히려 자신의 처지가 어떤 것인지만 확인했기 때문이다. 진후에게 세린은 늘 곁에 있던 사람이었고, 자신은 어느 날 갑자기 들이닥친 사람일 뿐이었다. 그의 어린 시절에 대해서 아는 것도 없으며, 그의 집안에 대한 지식도 별장에 오면서 들은 몇 가지뿐이다.

준비를 마치고 나간 은수는 의자를 빼주는 진후의 행동에 깜짝 놀라며 자리에 앉았다. 긴 테이블을 둘러보니 이 집안에선 그런 서구적인 매너가 당연한 듯 보였다. 진후의 아버지도 아내의 의자를 빼주고 있었다.

'다른 세계 사람들 같아.'

피크닉이라면 친구들과 버너에 찌개를 끓여 먹고, 고기를 구워서 상추쌈을 해먹던 기억뿐이라 모든 것이 어색했다. 드라마를 보면 재벌가의 남자와 결혼하는 여주인공 이야기가 많은데, 그 여주인공들이 얼마나 가시방석 위에서 살았을지 공감이 갔다.

가뜩이나 신경이 곤두서 있는데, 자리 배치도 한몫을 했다. 나이 많은 분들이 상석에 앉고 그 후 순서대로 앉다보니 은수 옆에는 진후가, 진후 옆엔 세린이, 세린 옆엔 규하가 앉게 되었다. 은수는 슬그머니 걱정이 되어서 진후의 옆모습을 바라보았다.

"코폴라 감독의 영화 〈대부〉 본 적 있어?"

쳐다보는 것을 눈치 챘는지 서빙하는 사람에게 샐러드를 먼저 가져와 달라고 부탁한 뒤 그가 말했다.

"거기 보면 긴 테이블에서 가족들이 모여서 식사하는 장면이 자주 나오잖아."

은수는 고개를 끄덕였다. 서빙하는 사람이 와서 샴페인 잔을 채워주는 동안 잠시 대화가 끊겼다.

"우리 아버지가 대부 광팬이거든. 그래서 어렸을 때부터 이렇게 야외에 모여서 밥 먹는 일이 많았어."

모든 사람의 잔이 채워지자 그의 부친이 자리에서 일어나 잔을 들었다.

"당신이 대부인 줄 아시거든. 봐, 말론 브란도와 비슷하시지? 영화의 한 장면이라고 생각하고 따라하면 덜 어색할 거야."

모든 사람이 그를 따라 잔을 들었다. 피식 웃으며 진후도 잔을 들어서 아버지의 '대부' 놀이에 동참했다. 부르주아적인 가풍에 적응하지 못하고 있던 은수도 그를 따라 웃으며 잔을 들었다.

"그럼 당신은 알 파치노겠네요?"

"내가 더 잘생겼으니까, 그 말은 무효야."

그의 위트도 그리고 왕자병도 그대로 살아 있어서 은수는 안심하며 진후 부친의 축사를 들었다. 그는 이런 만찬을 내려준 하늘에 감사하며, 새로운 식구를 맞이하게 되어 한없이 기쁘다는 말로 짧게 축사를 했다.

"왜 샐러드만 먹니?"

식사 중에 세린이 물었다. 다들 바다가재 요리를 먹으며 이런저런 이야기 중이라 두 사람이 대화를 하는 것이 별로 특별한 일은 아니었다. 특별하게 생각하는 것은 당사자들과 은수뿐이었다.

"다이어트 중이야. 신경 쓰지 마."

진후는 세린을 보지 않고 접시만 바라보며 말했다.

"지금도 전보다 마른 것 같은데…… 무슨 다이어트를 해?"

"신경 쓰지 말라니까."

날카로운 어조로 응수하는 말을 듣고 은수는 불안해졌다. 이제야 그가 왜 세린이 아닌 자신에게 그렇게 친절하고 세심하게 배려해주는지 알아챌 수 있었다. 세린에 대해 생각하지 않으려고 발악하는 것이다. 다른 사람에게 관심을 집중하면 세린에 대한 자신의 감정에 휘둘리지 않으리라 생각했음이 분명하다.

"지금 일주일째 식사조절 중이거든요. 새 영화 때문에 체중을 줄이고 있어요."

그가 더 날카로워지는 것을 막기 위해서 은수는 일부러 대화에 끼어들었다. 다행히 진후는 그 이상 과민반응을 하지 않았다.

식사가 끝난 뒤 테이블을 정리하는 동안 은수는 친척들에게 붙들려서 그가 찍을 영화에 대해 설명해야 했다. 영양제를 먹을 시간이라며 진후가 별장으로 들어가자, 은수는 가족들과 함께 포도주를 마시며 이야기를 나누어야 했다.

"그런데 저 피아노는 누가 연주하는 건가요?"

식사하는 내내 궁금하던 것이었다. 아무도 치는 사람이 없는데 그랜드 피아노가 테이블 근처에 놓여 있었다. 영화에 대한 설명을 듣고 있던 진후의 모친이 피아노를 바라보며 대답했다.

"아, 원래는 안에 있던 건데 오늘 날씨가 좋기에 밖에서 들으려고 꺼내 놓았단다. 우리 세린이가 연주해줄 거야."

진후의 모친은 세린이 며느리가 되는 것이 진심으로 기쁜 듯했다. 너무 예뻐해서 별장에 함께 있는 세린의 부모님도 딸과 함께 보낼 시간이 드물 정도라고 규하가 말했었다.

"세린 언니는요?"

"악보 가지러 갔어요."

은수는 깜짝 놀랐다. 진후와 세린이 둘 다 별장에 있다. 세린은 어떨지 몰라도 비정상적으로 감성적인 진후가 세린과 단둘이 되었을 때 어떻게 대할지 걱정이었다.

"어릴 때 우리 진후도 피아노를 곧잘 쳤는데, 다이빙하다가 팔이 부러진 뒤에 몇 달 쉬더니 통 손을 대지 않아서, 피아노는 그만뒀지."

진후의 모친은 은수에게 진후의 어린 시절에 대해 말하고 싶어 했다. 그 바람에 화장실을 핑계대고 별장으로 들어갈까 하던 은수의 계획은 좌절되고 말았다.

세린이 악보를 가지러 별장 안으로 들어왔을 때, 진후는 복도에 서 있었다. 넥타이를 풀어헤치고 작은 창을 열어둔 채 담배를 피우고 있었다.

"규하 오빠는 몰라."

단 한마디, 그 말에서 진후는 세린이 하려는 말을 모두 알아챘다.

"그건 내가 부탁하려고 했어. 우리 둘이 프랑스에서 따로 만난 것도…… 함께 여행한 일도 형에게 들키지 말아줘."

세린은 고개를 끄덕였다. 좁은 복도를 막아선 채 진후는 낮고 길게 숨을 내쉬었다. 맵고 진한 담배연기가 바람을 타고 날아와 세린은 입을 가리고 기침을 했다.

"브레이크가 필요한데……."

"응?"

자기도 모르게 중얼거리고 그는 담배를 유리창에 비벼 껐다.

"그런데 왜 따라온 거야?"

그는 식사 때처럼 또다시 날카로워져 있었다. 두 팔로 양쪽 벽을 짚고 세린에게로 살짝 몸을 숙여 가까이에서 눈동자를 바라보며 말했다.

"청혼을 하자마자 차일 줄 누가 알았겠어."

그는 하얀 볼에 흘러내린 귀밑머리를 손끝으로 부드럽게 어루만져 넘겨주었다. 그런 다정한 행위들이 옛날의 두 사람 사이에선 자연스러운 것이었다.

"나의 밤의 환상……."

죽은 연인을 밤마다 환상으로 만나는 영화 속 주인공이 떠올라 진후는 그렇게 중얼거렸다. 형과 세린을 위해서 마음을 정리하려 해도 연인을 그리워하다 시력을 잃고 환상의 세계에서 살아가는 주인공의 감정이 그대로 전해져서 자꾸만 마음이 갈피를 잡지 못하고 헤맸다.

"이러지 마."

"우리 사이엔, 이별의 말이 너무 부족했어. 왜 나를 떠났는지, 왜 내가 아니라 형이어야 하는지…… 아무것도 설명해주지 않았잖아. 어떤 잔인

한 말도 괜찮으니까. 제발 말해줘."

누군가가 2층으로 올라오는 소리가 들렸다. 세린은 진후의 팔을 밀치고 방으로 들어가 버렸다.

"뭐 하고 있어요?"

치마를 걷어 올리고 숨차게 뛰어온 은수였다.

"바보짓하고 있었어."

"아, 담배냄새. 향수 뿌리는 남자는 참을 수 있어도, 담배 피우는 남자는 질색인데……."

은수는 코를 막고 얼굴을 잔뜩 찌푸렸다.

"아, 그러면 골초가 되어야겠다."

그는 장난스럽게 대꾸하고 은수와 함께 계단을 내려갔다.

문에 기댄 채 멀어지는 두 사람의 발소리를 들으며 세린은 어깨가 들썩이도록 깊은 한숨을 내쉬었다.

"……세린 언니가 피아노를 연주한대요."

"아아, 전공이니까."

"아, 그렇구나…… 피아노 전공이구나."

고개를 끄덕이다가 은수는 진후를 올려보았다. 진후가 왜 그러냐는 표정으로 쳐다보았지만 그냥 배시시 웃을 뿐이다.

"뭐야…… 싱겁게……."

은수 표정이 재미있어서 진후도 짧게 웃었다.

"생각보다 괜찮아 보여서 다행이네요."

"정신이 나가버려서 형수가 될 사람을 보쌈질해버릴지도 몰라."

"오늘 밤에 개줄로 묶어놔야겠네……."

진후가 에로틱하게 개줄 대신 수갑으로 바꿔달라고 농담을 했고, 그렇게 티격태격 자리로 돌아왔을 때는 세린도 피아노 앞에 앉아 악보를 정리하고 있었다.

"쇼팽을 연주하면 난 미쳐버릴 거야."

촬영할 영화에 쇼팽의 피아노곡들이 삽입되기 때문에 내내 쇼팽을 들으며 감정을 잡았었다. 가뜩이나 감정 제어가 힘든 상황에서 쇼팽을 듣게 되면 어찌될지 두려울 만도 했다.

그러나 불행히도 은수는 조금 뒤 그의 우려가 현실이 되었음을 깨달았다. 세린이 연주를 시작한 곡이 귀에 익었다. 그가 매일 듣는 음악 중 하나였다.

"쇼팽의 피아노 협주곡 1번 E단조 작품 11, 2악장 '로만차'로군요."

함께 앉아 있던 세린의 어머니가 곡명을 알아차리고 말했다. 모두들 흐뭇한 얼굴로 세린의 연주를 감상했다.

부드럽고 아름다운 음조가 흘러나올수록 온통 불안한 그림자가 드리워진 은수의 마음은 가늘게 떨리고 있었다. 진후가 은수의 귓가에 작은 소리로 속삭였다.

"손가락 부러지겠어, 아파."

놀라서 내려다보니 어느새 자신의 손이 진후의 손을 꼭 잡고 있었다. 얼굴을 붉히며 손을 놓아주자 진후는 그쪽 팔을 은수의 마른 어깨 위에 둘렀다. 이상하게도 그의 팔이 살과 맞닿으니 창피하기는커녕 안심이 되어서 연주가 끝날 때까지 계속 그렇게 팔을 둘러주길 바라는 마음이 들었다.

"옛날 일이 생각나는 군요, 사부인. 세린이가 열다섯이었나요? 이 별장에 함께 온 적이 있었죠?"

"예, 기억해요. 그때도 이렇게 연주를 했었어요."

"맞아요……."

진후의 모친이 기쁜 얼굴로 고개를 끄덕였다. 세린의 식구들은 자주 외국에 나가기 때문에 함께하는 시간이 드물어서 이런 자리가 실로 오랜만이라 더욱 기뻤다.

"그때 지훈이가 노래를 불렀던 것 같은데……."

세린의 모친이 뒤에 앉은 진후를 살짝 돌아보며 말했다. 진후는 손을 가볍게 내저었다.

"아, 전 이제 노래 안 해요. 제 직업은 가수가 아니라 배우입니다."

하지만 두 안방마님이 합심하여 그를 몰아세웠다.

"옛날 생각이 나는구나. 한곡 불러주렴."

"은수 양에게도 네 노래를 들려줘야지. 자, 어른들이 기다리잖니. 어서 일어나."

진후는 두 아줌마의 등살에 밀려서 내키지 않는 얼굴로 피아노 곁으로 갔다.

"재 할아버지가 가곡을 굉장히 좋아하셨잖아요. 그래서 우리 지훈이가 가곡을 좀 부른답니다. 기억하시죠?"

"그럼요. 그땐 변성기가 지나지 않아서 귀여웠는데…… 지금은 어떤지 궁금하네요."

두 사람은 사돈 사이가 아니라 친구 같았다.

"……상황이 이러니, 반주 좀 해줘야겠어."

신이 난 두 어머니를 불만 가득한 눈으로 바라보며 진후가 말했다.

"무슨 곡인데?"

건반에서 손을 떼고 세린이 물었다. 세린은 슬그머니 규하의 눈치를 살폈다. 다행히 그는 와인 잔을 들고 앉아서 아버지와 대화를 하느라 정신이 없었다. 사업 이야기를 하고 있을 것이었다.

"내가 불러봤자, 가요 아니면 가곡이지…… 대단하게 아리아를 부를 재주는 없잖아."

무슨 노래를 부를까 고민하며 고개를 들자 검푸른 하늘에 떠 있는 별이 보였다.

"'별'이라는 노래 알아? 박경규 작곡의…… 이수인 작곡 말고."

세린은 대답 대신 연주를 시작했다.

"갑자기 가곡을 부르며 폼 잡으려니 어색하네……."

그는 소년처럼 수줍게 웃으며 말했다. 가족들이 망쳐도 괜찮으니 부르라고 응원하자 헛기침을 조금 하더니 숨을 고르고 노래를 시작했다. 처음에는 단순히 추억을 회상하기 위해 진후에게 노래를 시킨 가족들은, 그가 노래를 시작하자 모두들 입을 다물고 노래에 빠져들었다.

은수는 숨을 제대로 쉴 수가 없었다. 다른 사람에게는 어떻게 들리는지 알 수 없었지만, 은수의 귀에는 낮고 부드러운 그의 목소리가 느린 멜로디를 타고 흐르며 떠난 연인에게 구애를 하는 것처럼 들렸다.

— 님의 기침소리는 하늘의 별들을 떨어뜨리고, 지상의 나는 치마폭으로 추락한 보석들을 줍는다

세린은 아무 느낌이 없는 듯 무표정한 얼굴로 건반 위에서 손가락을 움직였다.

— 나는 내 하늘의 가을의 왕이더니라. 왕관의 그 어즈러운 보석처럼
내 이마 위에서 찬란하게 부서지는 소멸……

아름다운 노랫말만큼이나 애달픈 음조였다. 맡은 배역에 몰입하듯 그는 부르는 노래에 완전히 자신을 대입하고 있었다. 은수는 그것이 두려웠다. 물에 젖은 한지처럼 그의 이성이 언제 찢어져버릴지 걱정이 되어 입술을 깨물어야 했다.

— 님의 기침소리가 하늘의 별들을 하나씩 떨어뜨릴 때마다, 떨어뜨릴 때마다, 지상의 나는, 지상의 나는, 추락한 그리움들을 줍고……

노래가 끝났지만 아무도 박수를 치지 않았다. 유명한 성악가가 부른 것이 아니라 아마추어의 목소리였지만, 가슴이 먹먹해질 정도로 그의 노래에 다들 동화되어 있었다.

"누가 '딴따라' 아니랄까봐……."

아들의 노래에 정신을 빼앗긴 것이 창피했는지 진후의 부친이 어색하게 기침을 하며 투덜거렸다. 그제야 다들 정신을 차리고 박수를 쳤다.

"……바람 좀 쐬고 오겠습니다."

진후는 가족들에게 간단히 인사하고 어둠 속으로 걸어갔다. 괜히 '딴따라'라는 말을 해서 맘을 상하게 했다며 남편에게 핀잔을 주는 진후 모친의 말을 뒤로하며 은수도 그를 따라 뛰어갔다.

"어디 가요?"

치마와 구두 때문에 수풀 속으로 들어간 그를 따라가지는 못하고, 은수는 길가에서 발을 동동 굴렀다.

"혼자 있고 싶어. 따라오지 마."

불빛이 전혀 없는 어둠 속에서 슬픈 빛이 가득한 짧은 대답이 들려오더니, 그 뒤로는 아무 소리도 들리지 않았다. 그 적막함이 싫어서, 그를 혼자 보이지 않는 곳에 둔 것이 마음 아파서 은수의 눈가가 서서히 젖어들었다.

"은수 씨, 지훈이는 같이 안 왔어요?"

혼자서 바위 위에 앉아 별을 보며 그를 기다리다가 한참 만에 돌아온 은수에게 세린이 근심 가득한 얼굴로 다가와 물었다. 이미 밤이 깊어서 다들 자러 들어갔는지 별장 앞마당에 그림자를 드리우고 서 있는 건 두 사람뿐이었다.

"그 사람은 아직도 끝내지 못하고 있어요. 끝내는 방법을 모르겠대요."

주변에 아무도 없는 듯해서 은수는 단호하게 말했다. 지금 그를 일으켜줄 사람은 자신이 아니라 세린이라는 것을 알고 있었다.

세린은 은수의 말에서 은수가 이미 둘의 관계를 알고 있음을 눈치 챘다.

"아직도 나를…… 사랑하는 건가요?"

떨리는 목소리로 세린은 조심스럽게 물었다. 은수는 화가 났다.

"그건 그 사람에게 물어보세요. 언니의 그런 우유부단한 태도가 그를 더 혼란스럽게 한다는 걸 모르세요? 사람이 어떻게 그렇게 잔인할 수 있어요?"

이제야 은수는 진후가 왜 그렇게 세린에 대해서 미련을 버리지 못하고 괴로워하는지 알 것 같았다. 그의 사랑을 받아줄 것도 아니면서 '아직도 사랑받고 있는지'를 궁금해 하는 세린의 이중적인 태도가 그를 이렇게 몰아붙였으리라. 자존심을 굽히면서까지 곁에서 자신을 붙들어달라고 부탁할 만큼 그는 지금 마음을 정리하려고 필사적인데, 세린은 그런 마음을 자로 재보기라도 하듯 무심하게 대하고 있는 걸 알자 화가 치밀었다.

"아무 관련 없는 제가 뭐라 말할 수 없다는 건 알지만, 솔직히 민지훈 씨를 사랑했으면서 그의 형과 결혼하려는 언니의 결정 자체를 이해 못 하겠어요. 연인이었다면 적어도 그 정도 배려는 해주어야 하는 것 아닌가요?"

달빛에 보이는 세린의 얼굴이 하얗게 질려 밀랍으로 만든 가면처럼 보였다. 실언했음을 깨닫고 입술을 깨물었지만, 그동안 가슴 속에서 몇 번이나 치밀어 오르던 말을 해버린 것뿐이라고 생각했다.

그때 할 말을 잃은 두 사람 사이로 익숙한 목소리가 끼어들었다.

"내가 사람을 잘못 봤군…… 채은수."

낮고 조용하지만 화가 난 목소리였다.

Summer

Episode 8
충돌

과자를 먹으며 거실을 가로질러 2층 손님방으로 가려던 일준은 무언가 눈에 거슬리는 것을 발견하고 눈을 부릅떴다.

"아앗, 이런 곳에 흠집이! 그렇게 조심해서 옮겨달라고 했는데. 난 죽었다. 은수 씨한테 죽었다고!"

진후의 부탁대로 일준은 두 사람이 가족모임에 간 동안 피아노를 거실에 들여놓았다. 은수가 있을 때 피아노를 들이겠다고 거실 소파를 옮겼다가는 엄청나게 잔소리를 들을 것이지만, 아예 없을 때 떡하니 들여놓으면 나중에 다시 옮기라고도 못할 것이라며 작전을 짠 것이다. 마루에 난 미세한 흠집을 손가락으로 침을 발라가며 문질러낸 뒤 일준은 일어나 목에 건 망원경으로 창밖을 살폈다.

"이상 무. 베리 굿~."

일준의 이 이상행동에는 피치 못할 사정이 있었다. 윤 과장은 '동성애 스캔들'의 시초가 된 투고 사진을 보낸 사람의 의도가 매우 의심스럽다며 조사를 의뢰했다. 별것도 아닌 사진을 그렇게까지 악의적으로 부풀려 루머를 조작했으니, 혹시 진후에게 원한이 있는 사람인지 모르는 일이었다. 그러다가 이 의심은, 은수와의 열애설이 유포되었을 때, 풀하우스 주소가 삽시간에 기자들 사이에 노출된 것을 보고 확신으로 굳었다. 단순한 파파라치가 아니라 원한을 품고 그의 일거수일투족을 감시하는 스토커가 있음이 분명하다.

"그나저나 진후 형이랑 은수 씨는 잘 지내고 있나?"

출연하는 작품에 따라 성격이 돌변하는 진후 때문에 고생하진 않나 걱정이었다.

"이 사람이 뭐라고 했든 잊어. 술 마셔서 제정신이 아니니까."

진후는 은수의 팔을 거칠게 잡아당겨 끌고 가며 세린에게 말했다. 세린이 뭐라 대꾸하려 했지만, 은수를 끌고 가는 모습이 무서워서 입이 떨어지지 않았다.

"이거 놔요! 내가 짐승이야? 이렇게 끌고 가게?"

"정신이 들었다 나갔다 하는가 보네. 짐승 맞아."

차고 쪽으로 은수를 끌고 가며 그는 차갑게 말했다.

"뭐라고요?"

그에게 이런 취급을 당할 만큼 큰 잘못을 했다는 생각은 들지 않았다. 있는 힘을 다해 손을 뿌리쳤지만, 또다시 진후에게 손목을 붙들리고 말았다.

"여기서 더 화 돋우지 마. 이렇게 멍청한 여잔 줄 알았다면 데리고 오지 않았어."

그는 어이가 없다는 듯 코웃음을 치고 차 문을 벌컥 열었다.

"당신이 연애에 대해서 뭘 알아? 동화책으로 읽은 지식이 전부일 텐데, 안 그래?"

실제로 연애를 해본 경험이 없기에 은수는 아무 말도 하지 못했다.

"그런 주제에 누구의 결혼이 틀렸다느니, 나쁘다느니 비난할 자격이 있어? 남자를 사랑해본 적도, 사랑받아본 적도 없으면서, 그 감정을 자로 재서 자르듯이 말할 자격이 있어?"

한 마디 한 마디가 날카롭게 가슴에 들어와 박혔지만 은수는 아무 말도 할 수가 없었다. 그의 말이 억울하게 들릴수록, 그의 차가운 눈빛에 입은 상처가 깊을수록 자신이 그를 향해 품고 있는 감정이 무엇인지 깨달아지기 때문이었다.

"당신이 나를 얼마나 안다고 그런 소릴 해요?"

"그럼 너는 나를 얼마나 아는데? 세린일, 우리 형을, 얼마나 안다고 주제도 모르고 그런 소릴 해!"

"뭐라고요?"

그는 은수를 차 안에 내동댕이치듯이 밀어 넣었다.

"아야! 무슨 짓이에요!"

"내 생각이 틀렸어. 당신은 여기 없는 게 나아."

차에서 내리려는 은수를 손으로 눌러 나오지 못하게 하고 그는 운전석에 올라타 시동을 걸었다.

"돌아가."

"뭐라고요?"

"풀하우슨지 뭔지 줘버릴 테니까! 다 그만두자는 거야! 네가 사랑하는 시멘트 덩어리나 끌어안고 그 속에 처박혀서 잘난 척하며 살란 말이야!"

순간, 은수는 너무 화가 나 손을 휘둘렀다. 피할 새도 없이 뺨을 맞고 진후도 화가 치밀어 손을 들었다. 그러나 막상 때리진 못하고 자동차 핸들만 세게 내려치더니 고개를 돌렸다.

"됐네요! 내 발로 돌아갈 수 있어요!"

은수는 차에서 내리려고 문손잡이를 잡았다. 하지만 갑자기 차가 출발하는 바람에 시트 위로 넘어지고 말았다.

"미쳤어요?"

"그래, 미쳤어. 미쳤으니까 더 상관 말고 입 다물어."

"차 세워요."

은수는 그와 잠시라고 함께 있고 싶지 않았다. 마치 물건처럼 자기가 필요할 때는 손을 뻗어 사용하고, 필요 없어지면 내동댕이쳐지는 것이 화가 났다.

대체 진후에게 자신은 어떤 존재인지…… 계속 궁금해 하던 그 문제에 대해 이젠 확실한 대답을 들은 것만 같았다.

'그래…… 당신에게 나는 이런 존재였어. 달면 삼키고 쓰면 뱉는…… 그런 하찮은 존재.'

그렇다. 그는 늘 그렇게 말해왔다. '두근거리지 않는 사이'며 계약관계라고. 그 선을 넘으면 후회할 거라고.

— 날 사랑하기만 해봐라. 그땐 받은 것의 열 배로 돌려줄 테니까.

— 나중에 후회할 말 함부로 하는 거 아니야.

예전에 기자회견을 하기 전에 대기실에서 그가 한 말이 생각난다. 화가 나서 나오는 대로 한 말이겠지만, 지금 그 말은 뼈저린 사실로 다가온다.

'바보다…… 채은수. 너 진짜 바보다. 미쳤니? 지금 이 사람을 좋아하는 거야? 그래서 이렇게 화가 나고 슬픈 거야?'

가끔씩 그가 웃으며 솔직한 말을 할 때마다 기분이 좋았다. 자기가 하는 일에 미친 사람처럼 몰입하고 최선을 다하는 모습도 정말 보기 좋았다. 그리고…… 그리고…….

이렇게 잔인하게 화를 낼 정도로 한 사람을 사랑하고 그 사람을 아끼는 모습마저도, 좋아 보인다. 바보 같지만, 정말로 한숨도 나오지 않을 만큼 어이없고 바보 같지만 다른 사람을 사랑하는 그의 마음이 아프도록 사랑스러워 보였다.

'나도…… 사랑을 할 줄 알아요. 나도 사랑을 한다고요…….'

화가 난 옆모습을 바라보며 은수는 절망감에 소리 없이 울음을 삼켰다. 말을 할 수가 없었다. 그에게 자신이 어떤 존재인지 알기에, 그가 누구를 사랑하며 무엇을 지키려고 이렇게 화를 내는지 짐작할 수 있기에 아무 말도 할 수가 없었다. 좋아한다고, 집 때문에 당신을 도운 게 아니라고…… 옛날에는 그랬을지 모르지만 지금은 아니라고, 그렇게 말하고 싶었다.

"당신은 울지 않을 줄 알았어."

고개를 돌리지 않은 채 그가 말했다. 깜짝 놀라서 눈가를 문질러보니 손등에 물기가 느껴졌다.

"여자들은 참 편해. 궁지에 몰리면 눈물로 다 되잖아. 비겁해."

"난 돌멩이가 아니에요. 화가 나면 울고, 슬퍼도 울어요. 여자가 아니라 사람이라서 우는 거예요!"

"그래서 편리하다는 거야."

진후는 안주머니에서 담배를 꺼내 물었다. 은수는 그 담배를 잡아채서 창문을 열고 던져버렸다.

"내 정신이 완전히 나가버리길 기다리는 거야?"

"담배냄새 싫다고 했잖아요!"

진후는 다시 담배를 한 개비 꺼내 물었다.

"내가 왜 그쪽이 좋아하는 짓을 해줘야 하는데?"

"세린 언니와 있을 때도 이랬어요?"

은수는 저도 모르게 세린과 자신을 비교하는 말을 해버렸다. 그는 눈살을 찌푸리며 담배에 불을 붙였다.

"신경안정제 대신이니까, 역겨워도 참아."

자기 신경이 곤두선 것은 생각하면서 남의 신경이 한계에 이르도록 날카로워진 것은 조금도 배려하지 않는다. 은수는 대답 대신 조수석 쪽의 창문을 활짝 열었다. 여름이지만 밤이 깊어서 차가운 산바람이 창문 안으로 몰아쳐 들어왔다.

"대체…… 왜 그렇게 흥분하는 거야. 날 말려달라고 부른 사람이 나보다 흥분해서 그러면 어떻게 해?"

한참 뒤 두 개비 째 담배를 입에 물고 그가 말했다. 담배냄새는 참을 수 없지만 그의 이성을 다시 불러들여주는 고마운 약초인 건 분명했다.

"아무 말도 안 할 참이야?"

"듣기 싫다면서요?"

은수는 창으로 고개를 돌려 그를 바라보지 않고 말했다. 바라보면 몰래 울어서 빨개진 눈을 들킬 것이었다.

사이드미러로 그의 모습이 보였다. 그는 담배를 쥔 손으로 눈 사이를 누르며 말했다.

"밤이라 길이 안 막히니까 세 시간이면 충분히 도착할 거야."

피곤해 보이는 얼굴이었다. 아침부터 지금까지 편안하게 쉴 틈이 없었다는 것을 알지만, 그의 기분을 달래주고 싶지는 않았다. 지금은 그냥 아무 말도 하지 않고, 아무 생각도 하고 싶지 않았다.

"……손목 좀 보여 줘봐."

그 말에 손목을 바라보니 진후에게 잡혔던 부분이 퍼렇게 멍들어 있었다. 보여 달라는 듯 손을 내미는 것을 무시하고 은수는 차 문에 바싹 붙어 앉았다.

"병 주고 약 주지 마요. 헷갈리니까."

화를 내면 다음에 꼭 사과를 하고 선물을 던지거나 감동적인 말을 하는 사람이라는 것은 이미 경험으로 알고 있었다. 이제 그런 패턴에 당하지는 않으리라.

"뭐가 헷갈려. '화나면 눈에 뵈는 것 없는 놈이니까, 화나게 하지 말자'라고 생각하면 간단하잖아."

"주제넘은 짓 해서 미안하네요. 됐어요?"

"돋우지 마."

짜증이 다시 치미는지 목소리가 차가웠다.

"내가 무슨 말을 하든지 무시하고 화를 내면서, 입 다물면 또 말 안 한다고 화를 내잖아요. 대체 나더러 어쩌라는 거예요? 기분 좋아질 때까지 춤이라도 춰줄까요?"

은수의 말을 듣는 동안 진후의 얼굴엔 분명히 혐오라고 생각될 수밖에 없는 표정이 떠올라 있었다. 그가 그런 얼굴로 자신을 보는 것이 싫어서 은수는 고개를 돌렸다.

"이 옷…… 내가 싫어하는 색이에요……."

마음에도 없는 말이 나왔다. 은수가 좋아하는 색이지만, 세린도 좋아하는 색이란 게 싫었다.

'바보야, 지금 무슨 말을 하는 거야?'

스스로 생각해보아도 창피하기만 했다. 그에게 좋아한다고 말하지도 못하는 주제에 지금 무슨 소리를 하고 있는가.

"유감이군. 내 취향인데."

담배에 불을 붙이려다가 생뚱맞은 투정을 듣고 그는 조금 당황하며 말했다.

"세린 언니 취향이겠죠!"

또다시 하고 싶지 않은 말을 했다! 어째서 하고 싶은 말은 한 마디도 못하고 계속 이렇게 스스로를 창피스럽게 만드는지 알 수가 없었다.

"나한테 사준 옷 전부 세린 언니 취향 아니에요? 그래서 사주는 것 아니냐고요!"

같은 옷가게에서 마주친 것으로 보면, 그냥 생각나는 대로 한 말이 사실일 것 같았다. 라이터를 찾아 불을 붙이려던 그가 놀랐는지 라이터를 떨어뜨렸다.

'설마…… 진짜 그랬던 거야?'

뭐라고 대꾸해주길 바랐지만 그는 아무 말도 없었다. 생각해보니 여자답지 못하다던 그 비난들도 세린을 기준으로 비교한 말처럼 생각되었다. 그의 머릿속에는 온통 세린뿐이다. 그가 생각하는 여자의 모습은 세린의 복사판인 것이다. 절망적일 정도로 그의 마음속에는 다른 사람이 들어갈 자리가 없었다.

"난 세린 언니가 아니에요. 그렇게 될 수도 없고, 될 생각도 없어요."

"바란 적도 없으니까 오버하지 마."

그는 냉정하게 말했다.

"그럼 나에게 뭘 바란 건가요? 내가 당신 장난감이에요?"

"내가 언제 그렇게 말했어?"

"그럼 애완동물인가 보네요. 기분 좋은 날은 쓰다듬어주고, 기분 나쁜 날은 발로 차고. 차라리 쓰다듬지를 말던가, 발로 차지를 말던가. 하나만 해요!"

"도대체 내 인내심을 절벽 끝까지 몰아세워야 분이 풀리겠어? 그 짜증나는 성격 좀 고칠 수 없어?"

또다시 소모적인 대화가 이어지고 있었다. 진후는 참을 수 없다는 얼굴로 화를 냈고, 은수는 눈물이 나려는 것을 참고 이를 악물며 그를 비난했다.

"브레이크 걸어달라는 말은 왜 했어요! 왜 미쳐버릴 것 같다고 우는 소리를 하냔 말이에요!"

실연당해서 괴로워하는 모습만 보여주지 않았어도, 그를 이렇게까지 좋아하지 않았을 것 같아서 은수는 그가 원망스러웠다.

"그래! 제대로 브레이크 걸어줘서 고맙다! 남의 결혼식에 대고 왈가왈부 떠들어서 깽판 쳐놓으니 기분 좋아? 그렇게 아무데서나 잘난 척하고 싶었어? 약혼식 망칠지 모르는 날 말려달라고 했지, 대신 망쳐달라고 했어?"

"내가…… 언제 그랬어요?"

"불리한 이야긴 빨리 잊는 체질인가 보네. 했어. 날 사랑했으면, 내 형과 결혼할 생각을 하지 말았어야 했다고! 분명히 내 귀로 똑똑히 들었어."

"그건…… 사실이잖아요."

그의 아픈 곳을 건드린 것 같아서 은수는 목소리에 힘이 빠졌다.

"잘나셨네요. 잘나셨습니다, 채은수 선생님."

그의 비아냥거림은, 상처가 너무 아파서 아무에게나 발톱을 세우는 다친 고양이 같았다.

"바보같이 아직도…… 그렇게 사랑하고 있어요?"

은수는 저도 모르게 마음속 말을 중얼거렸다.

'그래, 이 사람은 아직도 옛날과 똑같은 마음으로 세린 언니를 사랑하고 있어. 세린 언니가 자기 형이든 누구든 결혼해서 행복해진다면 그게…… 이 사람에겐 최선인 거야. 그 정도로 사랑하는 거야…….'

그가 옛사랑을 계속 사랑하면 할수록, 그것 때문에 이렇게 화를 내고 괴로워할수록 그것은 은수에게 거듭되는 실연을 안겨주는 일이었다.

"뭐? 잘 안 들려, 크게 말해. '바보같이' 다음에 뭐라고 했어?"

진후는 떨어뜨린 라이터를 주우려고 몸을 숙이며 물었다.

"들을 필요 없어요. 어차피 당신이 뭐라고 할지 아니까."

"또 자기 멋대로 오버하는 거야?"

"맘대로 생각해요."

답답한 듯 눈을 찌푸리며 그가 다시 물으려 할 때였다. 갑자기 엄청난 소리와 충격이 차에 전해지더니 눈앞에서 하얀 물체가 폭발했다. 고막을 찢을 듯한 소음에 이어 진후와 은수가 탄 차가 크게 휘청거렸다.

잠깐 바람 쐬러 간다고 하고서 사라진 동생 녀석이 자정이 되도록 돌아오지 않자 규하는 잠자리에서 벌떡 일어났다. 시계를 보니 1시가 넘어 있었다.

'별장 근처 유원지에서 놀고 있나?'

설마 대한민국 사람이면 다들 알아보는 얼굴로 애들처럼 유원지에서 아이스크림을 빨며 놀까 싶었지만, 워낙에 일반인의 사고방식을 뛰어넘는 짓을 많이 한 놈이라 안심이 되지 않았다. 또 무슨 말썽을 피워서 집안을 시끄럽게 할지 몰라 전화를 걸어보니 전화도 받지 않았다.

"하여간 하루도 조용히 못 있어요……."

규하는 일어난 김에 화장실에 들렀다가 세린이 자고 있는 방문 앞에서 멈칫거렸다. 결혼을 앞두고 있고 내일 약혼식을 치를 상대인데도, 지금까지 키스 몇 번 말고는 이렇다 할 스킨십이 없었다. 어떤 모습으로 잠을 자고 있을지, 혹시 깨어 있지는 않은지 궁금해서 문을 두드리고 싶어 미칠 것 같았다. 같은 방도 아니고 복도 하나를 사이에 두고 있음에도 자꾸만 체온이 오르는 것 같아 온몸이 후끈거렸다.

"모기 들어오겠네…… 누가 창문을 다 열어놨어?"

방충창까지 훤히 열린 복도 창문을 닫으려던 그는 동작을 멈추었다. 달빛 아래, 아직도 이브닝드레스 차림인 세린이 혼자 서서 달을 보고 있었다. 그 모습이 너무 고와서 그는 세린을 부르지는 못하고 유리창만 손끝으로 더듬었다. 그러던 중 그의 눈에 불쾌한 그림자가 잡혔다. 세린이 있는 데서 멀리 떨어진 뒤쪽 수풀에서 누군가가 움직이고 있었다. 그는 생각할 새도 없이 1층으로 내려가 뒷문으로 나갔다.

"당신 뭐야!"

낮은 소리로 경고를 하자 검은 옷을 입은 남자가 도망을 치려했다. 규하는 손을 뻗어서 남자의 멱살을 움켜쥐려 했지만 상대방이 몸을 뒤로 빼는 바람에 멱살 대신 단단한 나일론 끈이 손에 잡혔다.

'카메라?'

어둠 속에서도 그 끝에 카메라가 달려 있다는 것을 알 수 있었다. 의도적으로 이곳에 잠입했음을 직감하고 규하는 재빨리 다른 손을 뻗어서 남자를 잡아 누르려 했다. 하지만 작고 마른 사내의 몸은 미꾸라지처럼 점퍼를 벗고 빠져나가버렸다.

"거기 서!"

규하는 소리를 지르며 남자를 쫓아갔다. 별장의 창이 하나둘 밝아지고 사람들이 소리를 듣고 밖으로 나왔다. 규하는 괴한을 뒤쫓는 것을 포기하고 별장 뒷마당으로 돌아왔다. 어느새 세린도 사람들도 함께 뒷마당으로 와 있었다.

"무슨 일이에요?"

"큰애 아니에요?"

걱정하는 사람들에게 별일 아니라고 말하며 규하는 손에 들고 있던 점퍼를 마치 자기 것처럼 팔에 걸쳤다.

"들고양이였나 봐요. 뭔가 번쩍거려서 와보니 숲으로 도망치더라고요."

그는 웃으면서 가족들에게 사과를 했다.

"약혼식 전날이라 예민한가 보구나. 세린이도 아직 안자고 있고……."

남편과 함께 나온 모친이 부드럽게 웃으며 아들의 등을 토닥거렸다. 규하는 멋쩍게 웃으며 가족들과 함께 별장 안으로 들어갔다.

"왜 안자고 나와 있었어?"

2층으로 올라와서 각자의 방으로 돌아가며 규하는 슬그머니 세린에게 물었다.

"……잠이 안 와서요. 오빠는요?"

"난 중간에 깨서 화장실 갔다가…… 아, 지훈이 녀석이 아직 들어오질 않았어. 또 말썽을 부리는 건 아닌가 몰라."

"지훈이라면 아까 별장에 돌아왔었어요."

"응?"

규하는 방문을 열고 지훈이 돌아왔는지 살펴보았다. 세린은 그가 혹시 대화를 들은 건 아닌가 걱정하며 말했다.

"몰랐어요?"

"전화해도 안 받던데…… 언제 왔는데?"

왔다는 녀석이 보이지 않자 그는 다시 세린에게 물었다.

"한 삼십 분 전에 왔다가 은수 씨랑 같이 나갔어요."

"이 시간에? 단둘이?"

"……네."

그는 요즘 젊은이들은 다 그러냐며 눈살을 찌푸렸다. 다행히 아무것도 모르는 것 같아서 세린은 저도 모르게 안도의 한숨을 내쉬었다.

"이보세요. 정신이 듭니까? 움직일 수 있어요?"

요란한 불빛이 눈앞에서 번득거리고 누군가가 계속 말을 걸었다. 정신이 들지 않아 끄응 신음을 하며 진후는 간신히 눈을 떴다.

"지금…… 무슨 일이……."

"추돌사고입니다. 뒤차가 졸음운전을 했나 봐요. 자세한 건 조사해봐야 아는데, 그것보다…… 괜찮습니까?"

'……사고?'

조금씩 정신이 들자 진후는 좀 전에 무슨 일이 있었는지 기억이 났다. 뭔가 엄청난 충격이 차 뒤쪽에서 느껴졌고, 그 충격에 에어백이 튀어나온 것까지 기억났다.

"잠시만 기다리세요. 차에서 꺼내 드리겠습니다."

몇몇 사람이 팔과 다리를 쿡쿡 누르는 것이 느껴졌다. 아파서 찡그리자 "신경은 괜찮네. 차 문을 떼어냈으니까 이제 옮겨"라고 말하는 것이 들렸다. 그때 번뜩 한 사람의 이름이 떠올랐다.

"움직이지 마세요. 척추를 다쳤을 수도 있으니까, 우리에게 맡겨두고 가만히 계세요. 안전하게 빼내드릴게요."

진후가 의자에서 일어나려 하자 구급대원으로 보이는 남자가 부드럽게 저지하며 말했다.

"은수……."

말을 하자 입 안에서 핏물이 흘러나왔다. 크게 다치진 않은 것 같은데 입 안이 터져서 엉망이었다.

"어? 이진후…… 씨?"

고개를 들자 사람들이 그를 알아보고 이름을 불렀다. 그러나 진후는 그 사람들에게 신경을 쓸 여유가 없었다.

"은수…… 채은수!"

경찰차의 푸른 불빛과 구급차의 붉은빛이 어지럽게 움직였고, 눈이 아플 정도로 밝은 빛이 차 안으로 쏟아졌다. 진후는 사람들의 손을 밀쳐내고 옆자리로 손을 뻗었다. 가늘고 긴 하얀 팔이 만져졌다.

"안 됩니다! 함부로 만지면 상태를 더 악화시킬 수 있어요! 저희에게 맡겨두시라니까요!"

"놔!"

진후는 말리는 손을 계속 밀쳐내며 의식을 잃은 은수에게 가려 했다.

"이진후 씨, 진정하세요!"

사고 조사를 하던 경찰관들까지 달려와 그를 붙들며 진정시키려 했다. 핏물이 목 안으로 넘어가서 목이 막혔기에 다시 이름을 부르지는 못한 채 구급대원들의 손에 옮겨지면서도 진후의 충혈된 눈은 은수에게서 떨어지지 않았다.

— 뚜룹뚜 뚜바. 뚜룹뚜 뚜바, 뚜룹뚜 뚜바 따야야~

'미친개나 똥개 팔아요' 벨소리와 '뚜룹송' 벨소리 중에 '뚜룹송'를 쓰겠다고 고집을 부리던 진후를 누르고, 엽기 벨소리 인기 1순위인 '뚜룹송'를 쟁취한 뒤 일준은 후회막급이었다. 인기가 좋다 보니 너도나도 이 벨소리를 사용하고 있어서 다른 사람 핸드폰이 울려도 자기 벨소린 줄 알고 헛고생을 하기 일쑤였다. 그것을 보고 진후가 고소하다며 벨소리를 못 바꾸게 협박하자, 일준은 그에 대한 복수로 진후 전용 벨소리로 그 벨소리를 지정해둔 터였다. 따라서 해도 안 뜬 새벽에 울리기 시작한 '뚜룹송'은 다른 사람이 아니라 바로 진후가 건 것이다. 일준은 소파에서 벌떡 일어나 정규방송이 끝나서 지지직거리는 텔레비전을 끄고, 요란하게 소리지르는 핸드폰을 찾아 폴더를 열었다.

"형…… 왜요? 무슨 일 있어요?"

눈을 비비며 시계를 보니 새벽 세시가 조금 못 된 시간이었다.

"일준아……."

진후의 목소리가 좋지 않아 일준은 번뜩 정신이 들었다.

"무…… 무슨 일이에요?"

"미안한데…… 좀 와줘라."

그의 힘없는 목소리 너머로 여러 사람이 떠드는 소리가 섞여서 들려왔다. 이럴 때 일준을 비롯한 그의 주변 사람들이 늘 떠올리는 단어가 있었다.

스캔들.

……바로 그것이다. 말소리들이 엉켜서 자세히는 모르겠지만 사람들이 잔뜩 몰려와서 그에게 질문을 던지는 것 같았다.

"어디에요? 매니저님께도 연락해요?"

"어…… 그렇게 해줘. 여기가 어디냐면……."

장소를 듣고 난 뒤 일준은 부스스한 머리를 빗을 틈도 없이 전화기를 귀에 댄 채로 달려 나갔다.

일준에게 연락한 뒤, 진후는 여기저기 긁혀서 피가 보이는 손에 핸드폰을 쥔 채 멍하니 앉아 있었다. 응급실에 실려 온 뒤 다시 검사실로 옮겨진 은수의 소식을 기다리는 중이었다. 누가 옆에서 뭐라고 계속 말을 걸고, 간호사 복장의 여자들이 와서 여기저기 만지고 가고, 어디서 알고 달려왔는지 카메라를 든 사람들이 복도를 메우고 있었다. 많은 사람이 많은 말을 했지만, 진후는 그들이 하는 말을 한 마디도 제대로 알아듣지 못했다.

귀가 먹먹하고, 눈은 뜨고 있는데 보이는 것이 무엇인지 인식되지 않았다. 간신히 일준에게 전화한 뒤로는 사고가 완전히 정지된 것 같았다.

그가 기억하는 것은 연한 보라색의 하늘거리는 드레스뿐이었다.

"이해가 안 돼……."

그는 창백한 얼굴로 느릿느릿 중얼거렸다.

"도대체…… 그게 왜 마음에 안 든다는 거야? 내가 보기엔…… 잘 어울리던데."

찰랑거리는 검은 머리와 자신감 넘치는 또렷한 눈매에 완벽하게 어울리는 색이라고 생각했다. 그의 기억은 사고가 나기 전에서 멈춘 채, 투덜대던 은수의 말에 대꾸를 하고 있었다.

— 내가 당신 장난감이에요?

옷 색깔이 마음에 들지 않는다고 투덜거린 다음에 은수는 그렇게 말했다.

"누가 장난감에게 그렇게 비싼 옷을 사주냐…… 하여간 안목이 없어요. 디자이너 이름만 봐도 장난으로 사준 게 아니란 걸 알 텐데."

시나리오 작가를 만나서 배역에 대해 오랫동안 대화를 나눈 뒤 집에 돌아가던 길이었다. 신호가 떨어지기를 기다리는데, 앞쪽으로 보이는 유명 디자이너의 부티크 2층에 특별손님을 위한 디스플레이가 전시된 것이 보였다. 1층은 캐주얼한 제품을 전시해 일반손님들에게 판매하고, 2층은 좀 더 비싼 말 그대로 '작품'들을 전시했다. 그 옷을 본 순간 진후는 은수가 생각났다. 그녀가 입으면 딱 어울릴 것 같은 디자인이었다. 물론 본인의 표현을 빌리면 '나풀거리고 움직이기 불편하며, 남의 눈에만 보기 좋은 비싼 옷'일 뿐이겠지만 억지를 부려서라도 그 옷을 입은 모습을 보고 싶었다. 그래서 선물했건만 색이 맘에 안 든다고 투정하면서 장난감 취급하지 말라고 한다.

"잘 어울리면 됐지…… 꼭 그렇게 고집을 부려야 해? 융통성이 없어요…… 융통성이."

자기 혼자 할 말 다 쏘아붙이고, 이제 이쪽이 대꾸할 차롄데 눈 딱 감고 깨어나질 않는다.

진후는 흘러내린 머리카락을 쓸어 넘기며 검사실 문을 물끄러미 바라보았다. '이봐요, 민지훈 씨! 운전 똑바로 못 해요? 당신 때문에 이게 뭐예요, 창피하게!'라고 소리를 지르며 키만 멀뚱히 큰 여자가 문을 박차고 튀어나올 것 같았다.

그렇게 소리를 지르다가, 손과 얼굴에 난 상처를 보고 놀라서는 반창고를 가지고 달려오겠지. 아프니까 살살 하라고 하면 야단을 치고 일부러 더 아프게 상처를 건드리면서 치료해주고, 치료가 다 끝나면 의미를 알 수 없는 이상한 미소를 지으며 '헤헤헤'라고 여자답지 않은 소릴 낼 거야.

그때 가슴이 시큰거리는 느낌과 함께, 그 모든 상상이 일순간에 깨져버렸다.

"변태…… 입니까?"

진후는 눈을 찡그리며 자신의 셔츠 안에 손을 넣은 채 마주앉아 있는 남자에게 물었다.

"아…… 닌데요."

그는 새하얗게 질려서 진후의 가슴에서 손을 뺐다. 손에 은색 청진기가 들려 있었다.

"이진후 씨도 치료를 받으셔야 한다고 계속 말했는데, 응급실에서 여기까지…… 쫓아오면서…… 그러니까, 막 가버려서 어쩔 수 없이 복도에서라도 진찰하겠냐고 물었는데…… 그러니까…… 이진후 씨가 고개를 끄덕여서…… 저는…… 변태가 아니고, 이 병원의 의사…… 고요. 이진후 씨는 한 시 이십오 분에 저희 병원 응급실에 호송되어온 교통사고 환자거든요…… 그러니까 저는 변태가…… 아닙니다."

그는 당황해서 횡설수설했다.

"나랑 함께 온 여자환자 기억하시죠?"

"MRI 검사실에 계신 분요?"

지금까지 한 시간 반 동안 전혀 대화가 되지 않고 치료에도 비협조적이라 애를 태우던 환자와 정상적인 대화가 진행되자 의사는 내심 안심했다. 그는 환자를 위해 최대한 부드럽게 미소를 지어 보였다. 그 노고에 보답하듯 잘생긴 얼굴에 미소를 지으며 진후가 말했다.

"그 사람을 멀쩡하게 만들어서, 여기 내 앞에 데려다놓기 전까지 내 몸에 손대지 마. 다시 손대면 그쪽이 응급실 침대 위에 누워야 할 거야."

말을 마친 진후의 얼굴에서는 거짓말처럼 미소가 사라지고 무서울 정도로 무표정한 인상만 남았다. 왠지 그에게서 살기가 느껴져서 젊은 의사는 더 아무 말도 못 하고 쭈뼛쭈뼛 일어나 사라졌다.

진후는 그렇게 광기를 드러내며, 경찰관의 조사에도 응하지 않고 의사나 간호사가 치료하려 다가오면 화를 내 쫓아버렸다.

겨우 서너 시간 눈을 붙였을 뿐이라 피곤한데도, 아침 해가 뜨고 서서히 기온이 올라가는 것이 느껴지자 규하는 침대에서 벌떡 일어났다.

'결혼식도 아니고 약혼식인데 왜 이렇게 긴장되는 거야?'

성격 나쁜 동생 놈이 같은 방에 있었으면 아마 약혼식 전까지 놀림을 당했을 것이었다. 형의 약혼식인데도 여자와 외박을 한 것이 괘씸하긴 해도 그놈에게 놀림을 당하지 않는 건 좋았다. 규하는 운동복으로 갈아입고 방을 나섰다.

"안녕히 주무셨어요?"

1층 거실로 내려오자 고모할머니와 아버지가 벌써 일어나 아침뉴스를 보며 차를 마시고 있었다.

"어디 가니?"

"잠깐 근처 좀 돌고 오려고요."

"기운이 넘치는구나, 녀석…… 지훈이 녀석은 뭐 하고?"

아버지의 질문에 규하는 어떻게 대답을 할까 망설였다. 사실대로 외박해서 아직 안 들어왔다고 말을 해야 할지, 아니면 일찍 일어나서 운동을 나갔다고 해야 할지 망설여졌다.

"일찍…… 나갔어요."

"그래? 일요일인데 어딜 그렇게 서둘러 간 거야? 오늘이 무슨 날인지 뻔히 알면서……."

"그건 저도 잘……."

여기까지 형의 의리를 다했으니, 나머지 뒷수습은 알아서 하라고 생각하며 그는 수건을 목에 두르고 조깅슈즈를 꺼내 신었다.

— 교통사고 소식입니다. 오늘 새벽 한시쯤 강원고속도로 상행선 강원 톨게이트 오 킬로미터 전 지점에서 탤런트 이진후 씨가 운전하던 42다 1237 BMW 차량이 뒤따르던 승용차와 추돌하여 차량이 파손되고 사상자가 다섯 명 발생하는 사고가 있었습니다. 자세한 사건보도는 김지만 기자가…….

거실에 있던 사람들 모두 귀를 의심하며 TV 앞으로 모여들었다.

"저 차…… 지훈이 녀석이 타고 다니는 그 차 아니냐?"

화면에 사고 장면이 나오고 있었다. 견인차에 달아 올려지는 부서진 자동차가 눈에 익었다.

"진후 형……!"

일준은 진후를 부르며 복도를 뛰어왔다. 지저분해진 하얀 정장바지와 셔츠 차림으로 진후가 돌아보았다. 마치 유령처럼 창백한 얼굴이었다.

"형 괜찮아요? 어디 안 다쳤어요? 은수 씨는요?"

"입원…… 수속하고 왔어. 치료 끝나서 지금 병실에 있거든."

그가 갑자기 환하게 미소를 짓는 걸 보고 일준은 잠시 움찔했다. 지나친 충격으로 머리가 어떻게 된 것 같았다. 하지만 이내 진후가 정말로 기뻐서 웃는다는 걸 알게 되었다.

"머리에 충격을 받아서 의식이 없는 건데, 크게 다친 건 아니니까 걱정하지 말래. 깨어나면 괜찮대."

파리한 낯빛을 보면 당장 쓰러져 누울 사람 같았지만, 그는 정말 봄바람처럼 가볍게 웃고 있었다.

"다행이네요."

“어, 그래. 돌머리라 다행이야.”

농담까지 하면서 웃는 진후를 보며 일준의 머릿속에 불현듯 어떤 생각이 스치고 지나갔다.

‘설마…… 형 혹시.’

두 사람이 만난 지 며칠이 지난 지는 상관이 없다. 젊은 남녀가 눈이 맞는 데엔 꼭 긴 시간이 필요한 것은 아니다.

“내 재킷 어디 있지?”

그가 두리번거리자 데스크에 있던 간호사들이 우르르 몰려나와 하얀 정장재킷을 챙겨주었다. 그것을 받아드는 손에 상처가 보이자 간호사들이 알코올 솜과 구급상자를 가져왔다.

“형은? 형도 같이 사고 당하지 않았어요?”

“응? 아, 난 괜찮아. 안전벨트도 하고 있었고, 에어백도 제대로 작동되어서 크게 다친 곳은 없어.”

진후는 손등에 밴드를 붙여주려는 간호사에게 자기가 붙일 테니 밴드를 달라고 했다.

“그냥 간호사분들에게 맡겨요. 여기저기 상처가 많은데.”

“아, 아니. 이런 거 잘하는 사람이 있어. 그 사람에게 맡길 거야.”

“그게 누군데? 이 병원에 아는 의사라도 있어요?”

진후는 대답하지 않고 밴드를 받아서 손에 쥔 채 웃으며 걸어갔다.

“저어, 이진후 씨 가족 되십니까?”

진후를 따라가려던 일준을 하얀 가운을 입은 의사가 불러 세웠다.

“이진후 씨가 이제 좀 진정이 된 것 같더군요.”

“그런…… 데요? 무슨 일 있나요?”

일준은 혹시 은수의 상태에 대해 안 좋은 말을 하려나 걱정되어서 다급하게 물었다.

“이진후 씨도 사고차량에 타고 계셨으니까, 시간 내서 진찰 좀 받으시라고 설득해주세요.”

그는 지금까지 진후가 함께 온 여자환자만 쫓아다니며 계속 진찰을 거부했다고 말해주었다. 추측이 사실이 되는 순간이었다.

“형…….”

의사의 말이 끝나고 병실 문을 열자, 은수가 누워 있는 침대 옆에 앉아서 침대에 상체를 기댄 채 눈을 감고 있는 진후가 보였다. 가까이 가서 확인해보니 간호사에게 받아온 밴드를 은수의 손에 쥐어주고서 그 손을 잡고 새근새근 잠들어 있었다.

“매니저님한테 혼나겠다…… 또.”

절대로 서른 이전에 결혼은 안 된다고 윤 과장이 핏대를 세우며 반대한다 해도 일준은 진후의 편에 서겠다고 다짐했다. 그런 생각을 할 만큼 은수 옆에서 잠든 진후의 얼굴은 평온해 보였다.

은수는 꿈을 꾸고 있었다. 언젠가 본 듯한 장면 속에서 은수는 화단에 물을 주고 있었다.

‘뭐야…… 또 이 꿈이야? 아…… 이거 엔딩이 재수 없는데.’

그 꿈이 맞다면 호스에서 뿜어져 나온 물줄기 아래 작은 무지개가 생겼을 때쯤, 분명히 어디선가 말발굽소리가 들려올 것이었다. 그 예상은 조금도 틀리지 않고 맞아떨어졌다.

‘내 이럴 줄 알았지. 요샌 꿈도 재방송하나?’

은수는 불쾌했다. 서부영화에서 자주 듣던 말달리는 소리가 울타리 옆에 멈추고, 꿈속의 그 재수 없는 백마 탄 남정네가 또 와서 물을 달라고 했다.

"낭자, 물 좀 얻을 수 있겠소?"

대사까지 토씨 하나 틀리지 않고 똑같았다. 은수는 입술 끝을 올리고 '풋' 하는 소리로 확실하게 비웃어주었다. 지금 보니 그놈의 잘생긴 얼굴이 누군가의 얼굴과 똑 닮았다.

"오, 마이 갓! 내 이럴 줄 알았지! 그게 바로 예지몽이었어!"

백마 탄 남정네가 놀라건 말건 은수는 하늘을 향해 두 팔을 올리고 고함을 질렀다.

목마르다 하여, 물을 떠다주었을 때 그는 어떻게 하였던가!

도와달라고 하여, 온갖 번잡스러움도 마다않고 달려가 도와주었더니 주제넘은 참견이라고 면박을 주던 그놈과 똑같이 행동하지 않았던가. 아아, 하늘이 미리 알고 경계하라 일러주셨음에도 미리 눈치 채지 못하고 당하고 말았다. 왕자 녀석의 화사한 미소와 두 눈 씻고 다시 봐도 백점 만점이라 생각되는 그놈의 미모에 홀딱 정신이 팔려서 그만 예지몽의 교훈을 잊어버렸었다.

'내 두 번은 안 속는다…….'

들고 있던 호스를 바닥에 내던지고, 은수는 화단에 꽂힌 삽을 뽑아 왕자에게 내밀었다. 그러곤 영문을 몰라 눈을 크게 뜨고 쳐다보는 왕자에게 해맑은 웃음을 선사하며 말했다.

"목마른 자가 우물을 판다 하지 않았소이까, 직접 파서 드시구려."

황당해하는 왕자의 얼굴을 보니 '이힛힛힛' 하고 웃음이 절로 흘러나왔다.

"이히히힛!"

이상한 소리가 들려서 진후는 깜짝 놀라며 고개를 들었다. 가족들과 매니저가 왔다간 뒤 피곤해서 잠깐 졸았다가 환청을 들은 것 같았다.

"아, 저기 내가 아까 어디까지 이야기하다가 잠들었지?"

대답할 리 없는 사람에게 바보 같은 질문을 하고 진후는 졸음이 가득한 눈을 비볐다.

"그래, 내가 어제 화를 낸 이유를 말하다가 잠들었구나…… 그러니까, 그건 흐음…… 왜 그렇게 화가 났었냐면……."

말하기 힘든 이야기라 그는 깊이 숨을 내쉬며 생각을 가다듬었다.

크게 다친 곳은 없고, 단지 사고 당시 머리에 약간 충격을 받아서 기절한 것이지만 뇌파가 정상인 지금도 은수는 깨지 않고 있었다. 좀 전에 들른 의사 말로는 '깊이 수면을 취하고 계신 것뿐'인 상태였다. 솔직히 그 말을 들었을 때 맥이 탁 풀려서 다리가 휘청거렸었다.

얄밉게도 맘 편히 '깊은 수면'을 취하고 있는 은수를 바라보며 진후는 자신이 왜 화를 내야 했는지를 설명하기 시작했다.

"세린에게 당신이 그랬잖아. 우리 형과 결혼을 결심했다는 것 자체가 이상하다고…… 똑같진 않아도, 그 비슷하게 말했어. 내가 마당에 들어섰을 때 분명히 들었거든. 내가 화가 난 건 그것 때문이야."

그는 잠든 은수의 손목을 잡아서 '오리발 내밀기 없기'라고 하며 몇 번 흔든 뒤 다시 말을 이었다.

"세린이 결혼할 사람이 형이기 때문에, 내가 더는 나서지 못하고 두 사람의 결혼을 인정한 거야. 우리 형은 말이야…… 친어머니에게 버림받았다는 것 때문에 상처가 많은 사람이야. 지금이야 나보다 더 남자다워서 상상이 안 되겠지만 어렸을 땐 그것 때문에 치료도 받고 그랬어. 그런 상처를 두 번 겪게 할 순 없잖아. 어떻게 동생인 내가 그런 짓을 할 수 있겠어?"

그랬다. 세린이 행복해지길 바라는 마음도 있었지만, 사실은 형이 한 여자에게서 사랑을 받고, 그 사랑을 믿으면서 안정을 찾길 바랐다.

"나 말이야, 집안일도, 아버지 사업도 다 귀찮고 부담스러워서 늘 형에게 떠넘겼거든…… 당신도 알듯이 난 이기적이고 제멋대로인 놈이야. 형이 부모님에게 사랑을 받기 위해 무리하면서까지 모범생이 되려 하고, 집안일을 도우려 하는 걸 알고서 그걸 이용했어. 그래서 저 인간의 인생이 저렇게 고리타분한 건데, 마지막까지 배신할 순 없잖아. 그러니까 두 사람 결혼에 대해서 어떤 말이든 비난하면 안 돼."

은수가 잠을 자느라 대꾸를 하지 않았기에 진후는 이성적으로 설명할 수 있었다. 은수가 눈을 치켜뜨고 다다다 쏘아대면 그것만으로도 발끈해서 감정적이 되었다.

"아무튼 난 설명한 거야. 왜 화를 냈는지 설명 다 했으니까, 깨어나면 화내기 없기야."

어디서 그런 이상한 계산법이 나오는지 모르겠지만 그는 일단 할 말을 다 해주었다고 생각하고는 흡족하게 기지개를 켜며 미소를 지었다.

그때 누군가가 병실 문을 두드렸고, 그는 누군지 확인하기 위해 자리에서 일어났다.

'뭐냐고요…… 같이 화낸 이쪽도 쪽팔려서 눈을 뜰 수가 없다고요…….'

사실 은수는 꿈속에서 통쾌하게 웃은 그때부터 깨어나 정신을 차리고 있었다. 그런데 귓가에 그 재수 없는 왕자님의 멋진 목소리가 부드럽게 울리기에 그만 '뭔 소릴 하나 한번 들어볼까?' 라는 생각이 들었고, 그래서 눈 딱 감고 시침 뚝 떼며 있었던 것이다.

그의 말을 듣고 나니 괜한 참견을 한 것 같고, 약혼식을 망치지 않기 위해 도와달라는 부탁을 받은 사람이 되레 깽판을 친 것 같아서 미안해졌다.

'진즉에 저렇게 소곤소곤, 조목조목, 고분고분하게 말했으면 좀 좋아? 뱃속에 휘발유를 넣고 사나, 뭐라고 하기만 하면 불을 뿜으니 무슨 대화가 돼?'

물론 지금 은수는 그 비난이 고스란히 자기에게도 해당된다는 것을 알고 있었다. 두 사람 속을 다 들여다볼 수 있는 전지전능한 인간이 곁에 있었다면 '도토리 키 재기가 별거냐, 바로 너희들 하는 짓거리가 딱 그거다' 라고 말할 것이다. 물론 그런 초능력이 없어도 진후와 은수를 곁에서 단 하루라도 관찰한다면 '손뼉도 마주쳐야 소리가 난다' 라는 옛말이 하나 틀리지 않았음을 느낄 것이었다.

한마디로 두 사람 모두 다혈질인 기질이 누구 하나 치우침 없이 똑같았다.

'그나저나…… 난 언제 눈을 떠야 하는 거야?'

무안해서 지금은 진후의 얼굴을 볼 수 없을 것 같았다. 그가 병실을 나가면 그때 슬그머니 눈을 뜨고 풀하우스로 도망쳐버릴 계획을 세우고 있을 때, 은수의 귀에 익숙한 목소리가 들렸다.

"잠깐…… 이야기 좀 할 수 있을까?"

세린은 힘든 눈빛으로 진후를 올려보며 말했다. 물론 그 순간 은수는 자신이 계속 '혼수상태' 여야 함을 깨닫고 있었다.

Episode 9

진후 양과 은수 군

약혼식 예복을 입고 규하는 침대 위에 앉아서 몸을 숙이고 있었다. 이제 두어 시간이 지나면 집안 어르신들 앞에서 세린과 자신이 연인관계이며, 결혼을 앞두고 있다는 것을 약속할 것이다. 그러나 그는 지금 그 기쁨을 온전히 누리지 못하고 있었다. 1층에 모인 어른들은 내내 진후의 교통사고 이야기를 하며 걱정을 하고 있었고, 약혼녀인 세린은 어딜 갔는지 집에 돌아오지 않고 있다. 아침에 별장에 있던 가족들 모두가 병원에 몰려갔다가 녀석을 취재하러 온 기자들의 카메라 세례에 놀라서 도망 오는 웃기지도 않은 해프닝도 있었고, 여하튼 모두의 관심과 축복을 받아 마땅한 일이 코앞에 있음에도 지금 하나같이 걱정으로 정신이 없어 보여 서운했다.

그는 세린이 돌아오기를 초조하게 기다리는 동안 어젯밤에 별장근처를 맴돌던 괴한에게서 빼앗은 잠바를 뒤적여 수첩을 하나 찾아냈다. 불행히도 연락처나 신분증은 들어 있지 않았다.

'단순한…… 스케줄 수첩인가?'

첫 장부터 주욱 유심히 살펴보니 날짜와 시간 그리고 장소가 깨알 같은 글씨로 적혀 있었다. 마치 형사의 수첩처럼 누구와 어디서 만났으며 얼마나 그곳에 있었는지가 상세히 기록되어 있었다. 그래서 처음엔 형사가 잠복근무를 하고 있었나 생각했었는데, 수첩을 넘길수록 그게 아니라는 확신이 들었다.

"……이진후가 스캔들을 무마하기 위해 가짜 열애설을 퍼뜨렸다는 증거 정리……."

수첩을 쥔 손이 부들부들 떨렸다. 평소 행실이 마음에 드는 동생은 아니었지만 그래도 동생에 관한 일이라 그냥 두고 볼 수 없었다. 그는 긴장하고 수첩을 더 자세히 들여다보았다. 그러고는 경악할 만한 사실들을 두 눈으로 보게 되었다.

"세린과…… 지훈이?"

규하는 어른들이 어디 가느냐고 묻는 말에도 대답하지 않고, 별장을 뛰쳐나갔다. 긴장되어서 그러니 혼자 있게 해달라기에 보내준 세린이 혹시라도 진후와 함께 있을지 모른다는 불안한 의혹이 들어서 참을 수가 없었다.

"네가 듣고 싶어한 말, 이제 말 할 수 있을 것 같아."

오랫동안 하지 못한 말을 꺼내는 세린의 표정도, 오랫동안 애타하며 그 말을 기다린 진후의 표정도 전보다 평온해 보였다.

"나는 상드가 될 수 없었어……."

"조르주 상드?"

세린은 고개를 끄덕였다. 여린 감성의 작곡가 쇼팽의 연인으로서 그리고 여성 문호로서 당대에 최고의 칭송을 받은 작가 조르주 상드에 빗대어서 세린은 그간의 고민을 털어놓았다.

"너를 사랑하고, 네 사랑을 받으면서…… 그게 행복하다고 느꼈지만 내심 부담스러웠어. 난 너에 비해 너무 평범하고……."

"그렇지 않아, 나에겐 항상 특별했어."

세린은 고개를 저었다. 오랫동안 생각하고 노력해보아도 되지 않는 일도 있는 것이다.

"나는 상드처럼 뛰어나지도, 강하지도 않아. 그래서…… 늘 힘들었어. 네가 나에게 바란 것 때문이 아니라, 너와 함께 있는 동안 내가 나 자신에게 요구하던 것 때문이야."

진후는 세린의 말을 잘 이해할 수 없었다. 세린이 슬픈 표정으로 말을 계속했다.

"나는 말이야, 뛰어난 피아니스트가 될 수 없어. 아이들에게 기교는 가르칠 수 있어도 예술적인 감각은 가르칠 수가 없는 사람이야. 하지만 너를 보면, 재능 있는 사람이 그것을 알고 노력하는 모습을 보면, 나도 가능하지 않을까라고 생각하게 돼. 그래서 파리에 간 거고. 그곳에서 난 다시 한번 깨달았어. 내가 가진 날개로는 날 수 없다는 것을 말이야. 그렇게 되도록 노력할 배짱도 끈기도 없다는 것도…… 너처럼 재능이 있는 사람은 이해하지 못할 거야. 패배자라고, 낙오자라고 비난할지도 모르지."

"그렇지 않아……."

진후는 부정했지만 다음에 자기가 하려는 말이 무엇인지 알고는 세린이 얼마나 힘들었을지 깨달았다. '내가 도와줄게. 무엇이든 해줄게. 다시 도전해봐. 할 수 있을 때까지 해보자…….' 목구멍까지 차오른 그 말.

"규하 오빠 곁에선 쉴 수 있어. 내 연주가 평론가들에겐 하품 나는 소음일 뿐이지만, 규하 오빠에겐 그렇지 않거든. 피아노뿐 아니라 규하 오빠와 함께 있을 땐 스스로를 채찍질하거나 괴롭히지 않아도 되어서 마음이 안정돼. 네 곁에서 상대적으로 커다란 낙차를 느끼면서 살고 싶지가 않았어."

세린은 조심스럽게 "네 잘못이 아니야……"라고 말했다. 진후는 뭔가 허탈한 듯 웃었다.

"난 내 주변에 여자가 자꾸만 생겨서 그것 때문에 그러는 줄 알았어."

부유한 배경에 미모 그리고 화려한 직업 덕분에 여자들의 유혹이 끊이지 않는 것 때문에 세린이 청혼을 받아들이지 않았다고 생각했었다. 계속 마음을 접지 못한 것은 세린을 사랑한 기간이 너무 길었던 만큼 그녀를 사랑하는 것이 몸에 배어버려서, 그리고 지금까지 세린이 이유를 말해주지 않아서 납득할 수 없어서였다.

"저기…… 그 이유도 해당돼……."

"……."

"너에게 사랑받고 있다는 건 알지만, 네 주변에 모이는 예쁘고 세련된 여자들과 자꾸만 날 비교하는 게 버릇이 되어서, 그런 내가 싫었어."

세린의 고백을 들으면서 은수는 매우 곤란했다. 지나치게 소심하여 답답하게 느껴지기도 했지만, 세린의 맘고생이 이해되었다. 실연당한 이유를 확인하는 중인 진후에겐 미안하지만 하마터면 '크크큭……' 하고 웃어버릴 뻔했다.

"맡은 배역이 바뀔 때마다…… 거기에 너무 몰입해서 성격이 바뀌는 것도 좀 힘들었고. 헤어지면서 이런저런 이유 다 들추면 비난하는 것 같아서 말하기 힘들었어. 네가 싫은 것이 아닌데. 지금도 혼란스러울 정도로 네가 좋긴 한데…… 네 옆에 있으면 안정을 찾을 수가 없어."

"하아아……."

진후는 길고 깊게 숨을 내쉬었다. 미안한 말을 한 터라 세린은 고개를 들지 못했다. 두 사람 모두 잠시 아무 말 없이 어색한 시간이 흘렀다.

"말해줘서, 고마워."

"미안해…… 늦어서."

진후는 워낙에 자유분방한 사람이니까, 한 사람에 매여서 오랜 시간 괴로워하지 않으리라 생각했다. 그리고 자신도 규하를 택하면 더는 혼란스럽지 않을 것이라 생각했었다.

"난 쇼팽이 아니고 세린도 상드가 아니니까……."

그는 세린에게 다가가 두 팔로 부드럽게 포옹했다.

"마지막으로 한번 안아도 되지?"

벌써 그렇게 하고 있으면서 나중에 묻는 것도 그의 스타일이라고 생각하며 세린은 그냥 웃었다.

"잘 살아. 우리 형이 꽁생원 짓을 좀 잘하긴 해도, 괜찮은 놈이거든."

귓가에 대고 작은 소리로 진후가 말했다.

"알아."

"꽁생원인 거?"

"아니…… 그…… 뒤에 한 말."

키득거리는 것으로 보아, 일부러 말장난을 건 것 같았다. 그것이 미안해하는 마음을 배려한 것임을 알기에 세린은 진후가 팔을 풀 때까지 그대로 있어주었다.

'뭐라카는겨? 무슨 말 하는지 안 들리잖아…….'

그렇게 조용히 있는 두 사람 때문에 일어나서 묻지도 못하고 은수는 애를 태웠다. 나중에 물어볼 수도 없는 종류의 이야기고, 참으로 안타깝다.

'아무튼…… 민지훈 씨 마음이 이 일로 좀 정리가 되면 좋겠다.'

멀어지는 세린의 발소리를 들으며 은수는 진심으로 그렇게 되길 빌었다.

"어?"

점심식사 후에 서울로 올라간 매니저를 배웅하고 병실로 돌아오던 일준은 이상한 장면에 걸음을 멈추었다. 고급스런 정장을 입은 남자가 병실 문에 구부정하게 매달려 있다가 비상구 쪽으로 후다닥 달려간 뒤에 문이 열리더니 얌전한 얼굴의 아가씨가 나왔다. 사라진 남자는 뒷모습만 봐서 누군지 정확히 알 수 없었지만 마주 오는 여자는 일준도 알고 있었다. 그쪽도 일준을 알아보고 살짝 고개를 숙여 인사했다.

"아까 진후 형 가족 분들 모두 돌아가셨는데……."

"알아요. 잠깐 전할 말이 있어서 들렀어요. 그럼…… 잘 부탁드려요."

"예, 살펴가세요."

세린이 엘리베이터를 타고 내려가는 것까지 지켜본 뒤 일준은 병실로 들어갔다.

"아, 혹시…… 그 파파라치였나?"

아까는 그냥 무심히 봐서 생각하지 못했는데, 갑자기 윤 과장이 조심하라고 한 파파라치가 생각났다.

"무슨 소리야?"

"아…… 좀 전에 문간에 웬 남자가 있었거든요. 매니저님이 악의적인 파파라치가 있는 것 같으니까 주변을 조심하라고 했는데…… 그 사람 아닐지……."

침대 옆에 있는 의자에 앉아서 진후는 그냥 손을 휘휘 내저었다.

"귀찮아. 찍고 싶으면 찍으라고 해. 요즘엔 진짜 이상한 일로만 뉴스에 나간다. 스캔들로 더 유명한 배우라는 낙인이 찍히겠어."

이번에도 얌전히 있는데 난데없이 누가 차를 들이박아서 아침뉴스에 도배를 당했다. 아무리 조심하고 애를 써도 이것이 운명이 아닐까 하는 생각이 들었다.

'이미…… 그런 낙인 찍혀 있어요, 형.'

최근 이유 없이 당하느라 이제야 깨달은 듯해 일준은 그에게 들리지 않게 속으로만 말했다.

"형, 죽 좀 사왔는데 들어요. 계속 아무것도 먹지 않았잖아요."

체중감량 때문에 저칼로리 음식으로 소식(小食)하던 사람이 오늘 하루 내내 물 한 모금 입에 대지 않아 걱정이었다.

"아, 생각 없어."

진후는 그것도 귀찮다며 다시 침대에 상체를 숙이고 눈을 감았다. 피곤해서 그냥 잠만 자고 싶은 듯 보였다.

"딱 한 숟가락만 먹어요."

"싫어."

"반 숟가락만."

"그냥 둬. 돌머리가 깨어나면 같이 먹을게."

두 사람의 대화를 들으면서 은수는 처음에 '돌머리'가 누구인지 알아듣지 못했다. 뒤이어 나온 '깨어나면'이라는 단어를 들고서야 누구인지 알 수 있었다.

'내가 왜 돌머리야?'

'이상한 여자'에 이어서 기분 나쁜 호칭 2호를 들은 기분이었다.

"그럼 다 식어서 퍼져요. 지금 좀 들어요."

듣자니 마치 일준이 유모고 진후는 밥 먹기 더럽게 싫어하는 성격 나쁜 꼬마 같았다.

"냄새 좋은데, 고소하니……."

일준은 일부러 입맛을 돋우기 위해 죽 그릇의 뚜껑을 열고 냄새를 풍겼다. 마음이 흔들리는 듯 진후가 신음하는 소리가 들렸다.

'아…… 냄새 좋다. 이거 내가 좋아하는 버섯죽 냄새잖아.'

먹기 싫으면 나한테 달라고 외치고 싶을 만큼 향긋하고 고소한 냄새가 병실에 가득했다.

"송이버섯죽이에요. 비타민도 많고, 칼로리도 낮아서 다이어트 효과도 있대요."

일준은 진후를 유혹하기 위해 온갖 수단을 다 펼쳐보였다.

'맞아 맞아, 맛도 환상이지!'

좀 전에 세린이 왔을 때보다 은수는 지금이 더 의식 없는 척하기가 힘들게 느껴졌다.

'아…… 안 돼. 안 돼…….'

하루 종일 굶은 사람은 진후 혼자가 아니었다. 사고를 당한 뒤부터 쭉 누워 있는 은수도 마찬가지다. 영양제가 든 링거주사를 맞아도 위가 비어 있으니 자꾸 허기가 들었다. 살랑살랑 바람을 타고 들어오는 냄새가 보통 수준의 유혹을 넘어섰다.

'안 돼에에에에! 그것만은…… 안 돼……!'

은수가 이처럼 애절하게 소리 없는 비명을 지른 이유는……,

"꾸르르르르"

라는 너무도 구성진 가락 때문이었다. 1악장은 경쾌하고 명랑하게 시

작하여,

"꾸그르르르르꾸르……."

2악장은 기본 음조를 변형하여 리듬감 있게 승화시키고,

"꾸륵…… 꾹."

마지막 3악장에선 간결하며 강렬하게 끝을 맺었다.

"……."

진후와 일준은 아무 말도 못 하고 눈을 감고 있는 은수를 바라보았다.

'……못 들었겠지?'

라고 생각한 은수의 배짱이 어디서 나오는 것인지는 알 수 없었다.

"으으음……."

은수는 스물다섯 평생 이렇게 연기력을 동원해보기는 처음이었다. 마치 이제 막 정신이 든 사람처럼 나지막한 신음소리를 흘리며 눈꺼풀을 움찔움찔하기를 약 2초. 또다시 2초의 시간을 들여 간신히 눈을 뜨는 시추에이션을 연출한 뒤, 마치 눈이 잘 보이지 않는다는 듯 껌벅거리길 3회…… 그리고 드라마나 만화에서 늘 사용하는 대사를 뿌렸다.

"여긴…… 어디? 무슨 일이 있었죠?"

진후와 일준은 여전히 정신이 들지 않은 듯 멍한 얼굴로 은수를 보고 있었다.

'설마 눈치 챈 거야?'

그런 생각을 하며 식은땀을 흘리는 은수를 보며 솔직히 진후는 스물 일곱 평생 이렇게 어색하기 그지없는 연기를 본 적은 없다고 생각하고 있었다. 하지만 그는 배우였다. 그것도 세린이 견디지 못할 정도로 재능 있는 배우다. 그는 일준을 내보내고 은수에게 다가와 커다란 손으로 누워 있는 은수의 얼굴을 가렸다.

"왜…… 이래요?"

"일준이 나갈 때까지 이러고 있어."

"에?"

그의 이상한 행동에 놀라는 은수에게 진후는 밝은 목소리로 말했다.

"어렸을 때 선생님에게 들은 이야긴데, 새끼오리는 알에서 깨어날 때 처음 본 것을 엄마라고 생각한다잖아."

"그거랑 이거랑 무슨 상관인데요? 더워요, 손 치워요."

"상관있어. 더는 싸우기 싫은데, 얼굴만 마주대면 싸우잖아. 그러니까 이렇게 하고 있다가 날 보면 뭔가 달라질지 모른다구. 내가 엄마처럼 느껴질지도."

그렇게 말하면서 그는 눈을 가린 손을 치웠다. 싸우고 싶지 않다는 말을 참으로 특이한 방식으로 표현한다는 생각이 들었지만, 은수는 화해하자는 뜻으로 받아들였다.

"배고픈 것 같은데, 먹을래?"

그는 침대에 달린 테이블을 펼쳐서 죽이 담긴 하얀 용기를 올려놓고, 물을 한 잔 따라 왔다.

"지훈 씨는요?"

"난 별로 생각 없어."

사양하는 그에게 은수는 여분의 수저 하나를 내밀었다. 내키지 않는 얼굴로 수저를 받아드는 그의 손이 여기저기 긁혀서 부어 있었다.

"손은 왜……."

"아…… 이거."

사고 때문에 다친 것이 아니라 차에서 나오게 하려는 구급대원과 실랑이를 벌이는 동안 생긴 상처였다.

"아, 생각났다. 어딨지? 아…… 여기……."

질문에 대답하는 대신 진후는 이불 위에서 반창고를 찾아내 은수에게 내밀었다.

"에?"

"붙여줘."

"……저기요, 난 방금 혼수상태에서 깨어난……."

"그냥 잠든 거래. 머리에 아무 이상 없고, 뼈마디 다 멀쩡하대. 에어백 참 좋은 거 쓰시네요, 라고 칭찬 들었어. 그러니까 붙여줘."

은수의 눈썹이 파르르 경련을 일으켰다. 이제 막 깨어난 사람에게 시중을 들라는 이 싸가지 왕자의 행동은 이해할 수 있는 범위를 벗어나 있었다.

"이봐요, 내가 당신 하녀예요? 왜 멀쩡한 병원에서 나한테 밴드를 붙여달라고 시비예요? 문만 열면 백의의 천사가 즐비할 텐데!"

진후는 눈 하나 깜짝 않고 굳건한 모습으로 밴드를 은수의 손에 쥐어주었다. 은수는 손수 삽질을 해서 물을 퍼먹으라고 꿈속의 왕자에게 소리쳤던 그대로 돌려주고 싶었다.

"전에 밴드 붙여줬잖아. 그때 기분이 되게 좋았어."

예전에 화난다고 물건을 부수다가 발등에 상처가 났을 때, 밴드를 붙여준 일을 말하고 있었다. 좋았다는 말에 은수의 두 볼이 발갛게 상기되었다.

"어리광쟁이라고 놀려도 좋으니까, 붙여줘. 그때 기분…… 되게 좋았거든."

"어리광쟁이."

은수는 단박에 그렇게 말했다. 그렇지만 얼굴에 웃음이 가득했다. 그것을 보고 진후의 얼굴에도 편안한 미소가 번져갔다.

"싸우지 말자…… 이제."

은수는 고개를 끄덕였다. 그가 어제 왜 그렇게 화를 냈었는지 이해할 수 있었기 때문이다. 그리고 무엇보다 이 싸가지 왕자의 미소가 좋았다.

약혼식 예복을 입고 출장 미용사에게 머리손질을 받던 세린은 뒤에 서서 구경하는 규하를 거울로 바라보았다. 그와 결혼을 결심한 뒤에도 진후를 볼 때마다 마음이 흔들린 것이 사실이다. 진후가 그랬듯, 너무 오랫동안 함께 있었기에 자신이 있던 자리에 다른 사람이 있는 것을 보기가 혼란스러웠다. 그러나 지금은 마음속의 어둠이 걷힌 것 같았다.

"아까 어디 갔었어?"

아무 말 없이 뒤에 서 있던 규하가 불쑥 질문을 던졌다. 세린은 가슴이 뜨끔했지만 일부러 미소지으며 말했다.

"잠깐…… 시내에 갔었어요."

"뭔가 필요한 물건이라도 있었어?"

"네……."

규하의 질문이 더 이어지지 않도록 세린은 그만 일어섰다. 약혼식을 위한 모든 준비가 끝나 있었다.

"먼저 나가 있어. 갑자기 화장실이……."

"네, 그럴게요."

규하는 세린을 야외에서 기다리는 가족들에게 보냈다. 연분홍빛 예복을 입은 세린이 계단을 내려가는 것을 바라보는 규하의 눈빛이 불길한 느낌을 주었다. 팔짱을 낀 손에 양복 안주머니에 넣어둔 작은 수첩이 두툼한 부피로 만져졌다.

"거짓말……."

이틀 만에 퇴원해서 돌아온 은수는 그가 약속을 지킨 데 놀랐다. 그땐 그냥 즉흥적으로 달라고 한 것이었는데, 원래 은수가 사용하던 2층 제일 큰 방을 그가 선뜻 내준 것이다.

"이래봬도, 약속은 꼭 지키는 사람이야."

"어떻게 보이는 줄은 아니까…… 다행…… 아, 아니에요. 고마워요."

싸우지 말자고 한 말을 지키기 위해 은수는 얼른 말을 바꾸었다. 도끼눈이 되어가던 그의 눈매도 순식간에 정상적인 모양새를 찾았다.

둘 다 간신히 활화산 같은 성질을 참고 있다. 의미 없는 미소를 서로에게 지어 보이며 두 사람은 이 평화가 언제까지 지속될지 걱정했다.

그러나 다행히 진후는 그날부터 바로 영화준비 작업에 들어갔다. 이틀에 한 번씩 피아노 선생님이 와서 교습을 해주었고, 피아노 교습이 없는 날에는 함께 영화를 찍을 배우들과 대본연습을 하러 가거나 그 외에도 여러 가지 일로 바빴다.

"이진후 씨, 그냥 피아노만 쳐도 먹고 살겠는걸?"

풀하우스에 들른 감독이 만족한 얼굴로 말했다.

"정해진 곡 몇 곡만 죽어라 쳐서 이 정돈데요, 먹고살 만큼은 못 돼요. 그냥 연기해서 먹고살게 해주세요."

감독은 껄껄껄 웃어버렸다. 이진후를 이렇게 가까이에서 접하지 않은 사람들은 그의 화려한 외모와 배경 그리고 매스컴의 요란한 보도 때문에 그의 연기력이나 연기에 대한 진지한 자세를 잘 모르지만, 영화판에서 잔뼈가 굵은 사람들은 그와 잠시라도 일하고 나면 누구나 그의 능력과 노력을 높이 샀다. '스캔들의 사나이'라 불리는 달갑지 않은 명성이 버티고 있음에도 끊임없이 배역이 들어오는 덴 이유가 있었다. 비록 전에 터진 '동성애 스캔들'은 워낙에 여성들에게 섹스어필하던 이미지를 망가뜨려서 잠시 침체기를 겪게 하긴 했지만, 악성 루머를 걷어버린 지금은 그럴 염려도 없었다.

"나와서 차 드세요."

은수는 쟁반을 들고 거실을 가로질러 밖으로 나갔다. 커피나 녹차보다는 홍차를 좋아하는 진후 때문에 은수가 들고 있는 쟁반엔 티 포트가 두 개였다. 밖에서 경치를 구경하던 시나리오 작가가 쟁반을 받아서 1층 야외테이블에 놓아주었다.

"연주 잘하시네요. 피아노를 배우셨나 봐요?"

시나리오 작가도 밖에서 연주를 듣고 깜짝 놀란 것 같았다. 은수는 진후가 얼마나 열심히 연습하는지 알아준 듯해 기분이 좋았다.

"엄청나게 노력하거든요. 펜도 손에 쥐지 못할 정도로 매일 쉬지 않고 연습해요."

은수의 설명을 들으며 시나리오 작가도 기분이 좋은 듯 미소를 지었다.

"이렇게 아름다운 집에서 아름다운 부인과 연기에만 몰입해 살 수 있다니, 정말 행운아입니다."

야외테라스의 난간에 기댄 채 은수가 따라준 커피 잔을 받아들며 그가 말했다.

"저…… 아직 결혼은 하지 않았는데……."

그렇게 말하던 은수는 깜짝 놀랐다. '아직'이라는 단어의 미묘한 뜻 때문이다.

'내가 지금 무슨 소릴 하는 거야? 아직이라니, 그럼 때가 되면 결혼할 거란 거야?'

자기가 말하고 자기가 얼굴을 붉히는 것을 보고 시나리오 작가는 또다시 웃었다. 창피해져서 은수는 진후를 부르러 가는 척하며 몸을 돌렸다.

'어? 누구지?'

풀하우스 옆쪽에 하얀 자동차가 서 있었다. 건물에 가려 잘 보이지 않아 몸을 쑥 빼자 그쪽에서 먼저 눈치를 채고 급히 차를 출발시켰다.

'세린 언니?'

은수는 깜짝 놀랐다. 세린이 예전에 하얀색 승용차를 몰고 온 생각이 난 것이다. 하지만 그 안에 누가 타고 있었는지 확실히 보지도 못했고 차 번호도 모르기에 은수는 그것을 진후에게 말해야 할지 그냥 아무 일도 아니라고 생각해야 할지 고민했다.

'괜히…… 영화에 전념하는 사람 흔들어놓을지 모르니까, 말하지 말자. 내가 제대로 본 것도 아니니까.'

그때 감독과 진후가 차를 마시러 나왔다. 차를 준비해주기 위해 그들에게 다가가며, 그 기억은 은수의 머릿속에서 금세 지워졌다.

"그거, 뭐 하는 거야?"

피아노 선생이 다녀간 뒤 진후는 거실 한구석에서 헤드폰을 낀 채 텔레비전을 보는 은수에게 물었다. 진후가 보기에 은수는 매일처럼 몇 시간 동안 같은 DVD만 돌려보고 있어서 엄청 심심해 보였다. 헤드폰 때문에 질문을 못 들은 것 같아서 진후는 은수의 뒤로 가 헤드폰을 쫘악 양옆으로 벌리고 귀에 대고 말했다.

"채은수 씨~. 지금 뭐 하냐고요."

"에? 아우…… 고막이야. 무슨 일이에요? 배고파요?"

늘 입에 '배고파'를 달고 살기에 은수는 반사적으로 그렇게 물었다.

"……지금 뭐 하는 중이냐고 물었는데."

좀 억울한 듯한 얼굴로 진후가 말했다.

"아, 소리를 크게 하고 들었더니 귀가 잘…… 지금 뭐 하는 건가 하면요, 시나리오 연습을 하고 있었어요."

'시나리오'라는 말에 진후의 표정이 진지해졌다. 그게 기뻐서 은수는 자기가 무엇을 하고 있었는지 자세히 설명해주었다.

"영화를 보면서요, 그걸 시나리오 형식으로 받아 적는 거예요. 장면별로 번호를 매겨서 나누고 대사도 따라 적고, 등장인물들 행동도 분석해서 적는 거예요."

"아아, 그렇군."

은수가 공부중인 영화가 〈대부〉인 것을 보고 진후는 별장에서의 만찬이 생각나 웃었다.

"이렇게 하다 보면 그냥 지나치고 보지 못한 것들도 세세하게 보이고요, 또 영화화되는 시나리오는 어떻게 쓰이는가, 그런 것을 이해할 수 있어요."

"아아, 음악가들이 청음 테스트를 하는 거랑 비슷한 건가?"

지금 진후는 피아니스트 역할을 위해서 하루 여섯 시간 이상 피아노 연습을 하고 있었다. 그 때문에 요즘은 모든 것을 음악과 연관 지어 이해하는 버릇이 생겼다.

"비슷하긴 하지만 똑같진 않아요. 작곡가가 작곡을 하려면 악보 쓰는 법을 알아야 하잖아요? 그 비슷한 거예요. 어떤 장면이나 사건, 그리고 전체적인 스토리와 대사연출 같은 것을 남들은 어떻게 했나 공부하는 거죠."

"머리 아파 보이는데…… 잘도 하네. 꽤 오래 했잖아. 저것도 대부 2부고."

은수는 고개를 끄덕였다. 전에 혼자 살았을 때는 영화 한 편을 보고 시나리오로 받아 적는 일이 보통 한 달 이상 걸렸다. 하지만 바로 옆에 자신의 일에 미친 듯 매진하는 사람이 있다 보니 왠지 의욕이 생기고 '느슨하게 살아선 안 된다'라는 생각이 머리에 박혀 떠나지 않았다. 그래서 공모전은 포기하고 기초부터 찬찬히 단단하게 초석을 쌓아올릴 각오를 했다.

'그러고 보니 세린 언니 말이 이해가네. 이 사람의 열정이 날 자극하고 있어. 세린 언니도 그런 느낌을 받아서 열심히 한 걸 거야.'

'재능 있는 사람이 그것을 알고 노력하는 모습을 보면, 나도 가능하지 않을까라고 생각하게 돼. 그래서 파리에 간 거고. 그곳에서 난 다시 한번 깨달았어. 내가 가진 날개로는 날 수 없다는 것을 말이야.'

노력해도 얻을 수 없는 재능을 갖기 위해서 자신을 매질하는 일이 힘들었다고. 그래서 패배자가 되든 낙오자가 되든 안정을 찾아 쉬고 싶어서 떠났노라고.

'벌써 적응한 건가 아니면 내가 아직 덜 겪어서 그런가, 난 이 사람과 있으면 다이내믹해서 좋은데…….'

정말 조금도 여유를 주지 않고 사람을 흔드는 남자지만 그게 또 이 사람만의 독특한 분위기라는 생각이 들었다. 그리고 생각해보면 최근에 일어난 일들이 모두 이 남자의 탓만은 아니었다. 처음 터진 스캔들도, 두 번째의 스캔들도, 세 번째는 다른 사람이 달려와 차를 들이박은 일이니 그의 잘못은 별로 없다.

'내가 풀하우스를 되찾겠다고 계약을 하지만 않았어도 약혼이니 결혼이니 하는 문제도 거기서 끝났겠지?'

그래도 참 대단한 사람이다. 어떻게 매주 새로운 뉴스거리를 제공해주냔 말이다. 최근엔 영화를 위해서 살을 빼고 피아노 연습 중이라는 내용으로 연예뉴스가 나간 것 외엔 매스컴에 오르내리지 않은 게 신기할 정도였다.

"무슨 생각 해?"

"아무것도……."

"그럼, 잠시 산책할까? 집에만 있었더니 답답하다."

은수는 활짝 웃으며 고개를 끄덕였다. 마침 은수도 슬슬 졸음이 와서 그만하고 낮잠을 자거나 다른 일을 하려고 생각하던 차였다. 두 사람은 모자를 쓰고 풀하우스 주변의 녹음 속으로 걸어갔다.

"이젠 정말 여름이네……."

"그러게…… 장마도 지나서 뜨끈뜨끈……."

한 10여 분 걸었을까? 금세 땀으로 축축해진 이마를 문지르며 두 사람은 더운 날씨를 탓했다. 그러나 이내 푸른 논을 스치며 불어온 훈풍에 땀을 말리며 미소 짓는다. 싸우기도 잘 싸우지만 또 그만큼 같은 점도 많아서, 진한 풀냄새와 푸른 수풀, 정연하게 펼쳐진 논밭을 보며 걷는 것을 좋아했다.

"좋다……."

바람을 맞으며 숨을 크게 들이쉬었다 내쉬고 은수가 말했다. 그 모습을 바라보는 진후의 얼굴에 잔잔하게 미소가 번져갔다. 길고 가는 검은 머리칼이 바람에 살랑거리는 모습이 보기 좋았다.

두 사람은 좁을 길을 따라 나란히 좀더 걸어갔다.

"민지훈 씨, 우리 토마토 먹어요."

갑자기 은수가 명랑한 목소리로 말했다.

"토마토?"

혹시 입고 있는 반바지 주머니에서 토마토를 꺼내려는가 싶어서 바라보았지만, 홀쭉한 주머니엔 아무것도 들어 있지 않은 것 같았다.

"이리 와요."

"어디?"

은수는 영문을 몰라 하는 진후를 붙잡아서 옆에 있던 밭으로 끌고 들어갔다.

"서…… 설마……."

푸른 잎 사이로 보이는 둥근 열매를 보며 진후는 놀란 표정으로 은수의 얼굴만 바라보았다.

"이히히히, 맞아요. 토마토 서리~."

그렇게 말하는 은수의 손은 이미 먹음직스럽게 익은 커다란 토마토 두 개를 쥐고 있었다.

"무…… 무슨 짓이야. 그게 얼마나 한다고 서리를 해서 먹어?"

"조용히 해요. 이미 엎질러진 물이니까."

진후는 식은땀을 흘리며 주변을 두리번거렸다. 남의 밭에 함부로 들어와서 뒤적거리는 순간부터 이미 범죄는 시작된 것이라, 혹시 주인에게 들켜서 창피스런 일을 당할까 겁이 났다.

"저기…… 하려면 빨리 해. 누가 오는 것 같아."

"잘 안 따지네…… 옛날엔 잘했는데. 가물어서 질기네…… 이거."

은수는 일부러 뜸을 들이며, 긴장하는 진후를 놀렸다.

"진짜야, 저기 사람이 와. 앗, 본 것 같다!"

경사진 밭 아래에서 밀짚모자를 쓴 할아버지가 이쪽으로 오는 것이 보였다.

"튀어요!"

은수는 토마토를 가슴에 안고 빈손으론 진후의 손목을 잡고서 냅다 달렸다. 허둥지둥 끌려가던 진후도 할아버지가 막대기를 휘두르며 뛰어오자 은수와 함께 정신없이 달렸다.

"하악…… 하악…… 뭐…… 뭐야."

"헥헥……."

셔츠의 등 쪽이 땀으로 축축하게 달라붙을 정도로 미친 듯 도망친 뒤 간신히 숨을 고르며 진후는 은수를 바라보았다. 양손에 토마토를 하나씩 쥔 채 몸을 숙이고 숨을 고르다가 은수가 마주보며 웃었다.

"헤헤헤…… 재밌죠?"

"……전혀. 토마토가 먹고 싶으면 내가 사줄게. 심장 멎는 줄 알았다."

"민지훈 씨, 서리 처음 해봐요?"

손등으로 땀을 대충 닦으며 은수가 물었다.

"당연하잖아!"

"에…… 그게 왜 당연하지? 옆집 감나무에서 감 따다가 떨어진 적도 있다면서요."

"그건 이거랑 달라. 그 집 감나무 가지가 우리 집 쪽으로 뻗어 있어서…… 반은 우리 집에 소유권이 있었다고."

"그런 법이 어딨어. 뿌리가 그 집 마당에 있을 텐데. 그거랑 이거랑 뭐가 달라요? 무슨 남자가 간이 콩알딱지만 해서는……."

"달라……."

진후의 목소리에 자신이 없었다. 은수는 승리를 확신하고 의기양양하게 웃으며 토마토를 내밀었다.

"더럽게 그냥 먹어?"

"아, 진짜! 되게 까다롭네! 그럼 따라와요!"

진후의 손에 토마토를 쥐어주고 은수는 씩씩하게 앞장서서 걸어갔다. 토마토가 무슨 금덩어리나 되는 듯 진후는 다른 사람이 보지 않게 토마토를 가슴에 끌어안고 은수를 좇아갔다.

은수가 진후를 데려간 곳은 언덕 아래 있는 작은 약수터였다.

"이런 곳이 있다고 진작 말해주지……."

"언제 물어봤어요?"

"꼭 물어봐야 하나?"

휴전 선언을 한 후에도 정말 시시콜콜 싸움거리가 끊이지 않는다.

"앗, 차거!"

약수터가 있다고 알려주지 않았다며 투덜대는 진후에게 은수가 바가지로 물을 퍼 끼얹었다. 그러자 토마토를 물속에 던져 넣고, 진후도 지지 않으려는 듯 두 손으로 물을 퍼서 은수에게 뿌렸다.

"예끼! 먹는 물로 장난치면 안 되지! 애들도 아닌데 뭐 하는 짓이여!"

물을 마시러 온 노인 한 분이 신나서 물을 뿌리며 장난치던 두 사람을 야단쳤다. 진후와 은수는 멋쩍은 듯 배시시 웃으며 토마토를 들고 근처 나무 아래로 도망쳤다.

"맛있다. 먹어봐요."

토마토를 한입 베어 물고 은수는 망설이는 진후의 손을 툭툭 쳤다. 결국 진후도 포기한 듯 손에 들고 있던 토마토를 입에 물었다.

"맛있죠?"

"방금 딴 거라 그런지 맛있긴…… 하네."

"원래 훔쳐 먹는 게 더 맛있는 법이에요. 후후후후."

은수는 토마토에서 즙이 흘러나오자 후다닥 입술을 가져다댔다. 그 모습을 진후는 물끄러미 바라보았다.

"저기……."

"네?"

은수는 고개를 돌려 그를 바라보았다. 왜 그러냐고 물으려는데, 대답은 들리지 않고 그의 입술이 다가왔다.

'무…… 무슨?'

은수는 놀라서 눈만 껌벅거릴 뿐 움직이지 못했다. 살포시 겹쳐진 입술이 무슨 의미인지, 언제까지 이렇게 낯 뜨겁게 입술을 대고 있어야 하는지가 궁금할 뿐이었다. 아랫입술을 살짝 빨아들이듯 부드럽게 애무하고 그의 입술이 멀어졌다. 여전히 은수는 돌처럼 굳어서 커다래진 눈으로 진후의 얼굴만 바라보았다.

"토마토 맛이네……."

입술을 떼고 그가 말했다.

"지…… 금…… 무…… 무…… 슨……?"

마치 터미네이터가 말하듯 띄엄띄엄 끊어지는 질문에 진후는 기분 좋은 미소를 날리며 소년처럼 씩씩하게 말했다.

"훔쳐 먹는 게 맛있다고 했잖아. 확인해본 거야."

그렇게 대답해놓고는 은수가 때리려는 듯 주먹을 들자 토마토를 물고서 멀찌감치 달아나버렸다.

"정말 저질이야!"

"네, 저질 맞아요. 저는 변태거든요."

빨간 토마토를 야금야금 먹으며 그는 은수를 놀렸다.

두 사람이 10년 전, 소년소녀 시절로 돌아가서 티격태격하며 놀고 있을 때, 일준은 신경이 곤두선 채 운전을 하고 있었다. 계속 풀하우스와 진후의 핸드폰으로 전화를 했지만 받지를 않아 속이 탔다.

'받아, 받아, 진후 형! 은수 씨라도 괜찮으니까 아무나 전화 좀 받아 줘!'

한시라도 빨리 말해주어야 할 일이 발생했음에도 알릴 수가 없어서 그는 위산이 거꾸로 올라오는 것만 같았다.

키스 때문에 뾰로통해진 은수의 뒤를 죄진 사람처럼 따라가며 진후는 이젠 말해야 한다고 결심했다.

"저기……."

"저기라고 하지 마요!"

"나…… 이야기 들었어."

"변태라는 이야기요?"

은수가 서슬 퍼런 눈으로 돌아보았지만 진후는 그 표정이 재밌어서 웃고 말았다. 웃는 낯엔 침 못 뱉는다는 속담이 있지만 이번만은 진짜 얄밉다는 생각이 들었다.

"민지훈 씨 같은 바람둥이에, 연기로 입술박치기를 주구장창 하는 사람이야 키스가 아무 의미도 없고 장난의 수단이 되기도 하겠지만요, 난 말이에요, 보통사람이거든요? 장난칠 상대를 잘못 고르신 것 같거든요?"

예전처럼 기분 나쁜 키스는 아니었지만, 좋아하는 감정이 있는 상태에서 상대방이 장난으로 그런 짓을 했다고 생각하니 화가 나서 참을 수 없었다.

"세린에게서 헤어지게 된 이유를 들었다고."

따발총처럼 다다다 쏘아대던 은수가 돌연 입을 다물었다. 병실에 찾아

온 세린에게서 그가 무슨 말을 들었는지 토씨 하나까지 다 기억하고 있지만 모르는 척해야 했다. 어떻게 표정 관리를 해야 할지 조금 난처해졌다.

"이번 영화 촬영이 끝나면, 모두 정리될 것 같아."

"뭐…… 뭐가요?"

알면서도 왠지 가슴이 떨려서 은수는 되묻고 말았다.

"그 사람에 대한 모든 게 다 정리될 것 같아. 영화 속 주인공도 그렇잖아. 한낮의 햇살 아래서 잠을 자는 고양이를 쓰다듬으며 옆집 꼬마와 마주보는 장면, 기억하지?"

"알아요. 죽은 연인의 환상과 이별한 바로 다음날 아침이잖아요. 그 부분 참 좋아요. 굳이 노골적인 대사로 설명하지도 않고, 그가 환상의 세계에서 벗어났음을 암시하면서 끝나는 것이요."

진후는 고개를 끄덕였다. 은수는 시나리오 이야기에 흥분해서 지나치게 길게 대답하진 않았나 걱정하며 그의 다음 말을 기다렸다. 뭔가 굉장히 두근거리는 말을 들을 것 같았다.

"그래……."

바람이 이는 논을 보며 그는 조금 뜸을 들이다가 말했다.

"그때가 되면 모두 정리되겠지. 세린도 결혼했을 테고."

'뭐야, 아까 한 말이잖아. 딴 말 더 없어요?' 라고 마음속에서 고함을 지르며 기다리는 은수를 보고 진후는 뭔가 허탈한 듯 웃어 보였다.

"아, 그만 돌아가자."

그러면서 진후는 은수에게 손을 내밀었다. 한 번도 손을 잡고 걸은 적 없고, 그런 관계라는 어떠한 표현도 해본 적 없는 사람이 마치 당연한 듯 손을 내밀고 있었다. 어떻게 해야 할지 망설이는 동안 그는 덥석 은수의 손을 잡고 성큼성큼 걸어갔다.

"저…… 저기."

"가서 밥 묵자. 배고프다."

강하게 잡은 건 아닌데도 은수는 팔을 뿌리치지 못하는 척 그냥 함께 손을 잡고 걸었다. 해가 기울기 시작해서 좀 전보다 시원해진 바람이 기분 좋았다. 조용히 함께 걷는 동안 진후는 노래를 불렀다.

— 그대 잔잔한 바다라면 나는 조용히 그대 곁에 다가가 은모래에 던지는 하얀 미소를 보려오……

"무슨 노래에요? 가사가 참 예뻐요."

"〈바람〉이라는 노래야."

전에도 느꼈지만 노래하는 목소리가 참 좋았다. 조용한 전원의 풍경 사이로 손을 잡고 걸으며 은수는 그의 노래를 들었다.

— 그대 풍성한 잎새라면, 나는 천천히 그대 곁에 다가가 속살거리는 푸른 미소를 들으려오……

노래를 부르며 쥐고 있는 손의 마른 느낌이 좋았다. 길고 섬세한 손가락이 하나하나 슬며시 손가락 사이로 들어와 안기는 것을 느끼며 은수는 그가 하고 싶은 말을 노래로 대신하는 것이 아닐까 달콤한 의혹에 빠져들었다.

— 그대 하이얀 구름이라면, 나는 말없이 그대 곁에 다가가 아름다운 꿈으로 피어나게 하려오

"한국 가곡은 슬픈 노래만 있는 줄 알았는데, 이런 곡도 있었군요?"

"아아, 시가 노래가 된 것이 가곡이니까. 돌아가신 할아버지께서 가곡을 굉장히 좋아하셔서 어릴 적에 늘 듣고 자랐거든. 그런데 우리 아버지는 왜 그럴까 몰라."

은수도 그의 부친이 '딴따라' 운운하며 배우라는 직업을 천대하는 말을 자주 한다는 것을 알고 있었다.

"이번에 잘해서 꼭 인정받아요."

"부담이 큰 걸…… 우리 꼰대는 내가 할리우드 최고의 배우가 되어도 '저 딴따라 자식'이라고 할 거야."

"그래도 힘내 봐요! 노력하면 언젠가 되겠죠!"

진후는 고개를 끄덕이고 새로운 노래를 시작했다. 그건 은수도 어릴 적에 학교에서 배운 노래라 옆에서 따라 부를 수 있었다.

"이진후다!"

두 사람이 풀하우스 앞에 난 좁은 자갈길에 들어섰을 때였다. 웬 사람들 떼가 풀하우스 마당에서 뛰어나와 사진을 찍기 시작했다.

"내가 이래서 우리 부모님이 몇 날 며칠 애써서 지어준 이름을 안 쓴다니까…… 지가 언제부터 날 알았다고 대뜸 반말이야?"

그는 기분이 상한 듯 인상을 썼다.

"이번엔 또 무슨 일일까요?"

"정말 요즘 무슨 액운이 꼈나…… 왜 이리 자주 터져?"

"하하……."

영감님처럼 말하는 진후의 말을 듣고 은수는 그냥 웃어버렸다. 그러나 기자들이 달려와 던진 질문은 웃어넘길 수 있는 것이 아니었다.

"이진후 씨! 지금 인터넷에 떠도는 기사에 대해 어떻게 생가하십니까?"

"계획적으로 가짜 열애설을 퍼뜨린 사실을 인정합니까?"

"채은수 씨, 집을 담보로 가짜 연예계약을 강요했다던데, 사실입니까?"

은수는 깜짝 놀라 진후를 바라보았다. 잡은 손에 힘이 들어가서 아플 지경이었다.

"이봐, 당신들 어디서 그런……."

진후가 기자들에게 화를 내려 할 때였다. 은수가 그를 말리기 위해 손을 잡아당기는데 먼지바람이 일더니 일준의 목소리가 들렸다.

"진후 형! 은수 씨! 어서 타요!"

그대로 두면 진후가 기자들과 싸울 것 같아서 은수는 억지로 그를 잡아끌어 차에 태웠다. 일준은 뒤따르는 기자들을 따돌리고 인적이 드문 곳에 차를 세웠다.

"도대체 무슨 일이죠? 어떻게 된 거예요?"

은수가 물었지만 일준은 잠시 한숨만 내쉬고 말이 없었다. 그러다가 뒤에 탄 진후가 시트를 발로 차자 포기한 듯 입을 열었다.

"오늘 인터넷에 이상한 글이 떴어요. 지금 사무실에선 석간신문을 막으려고 난린데……."

"무슨 내용인데?"

말하기 곤란해서 괜히 모자만 벗었다가 도로 쓰고 일준이 말했다.

"진후 형이 은수 씨를 처음 만난 건 스캔들이 터진 후 은둔하기 위해 전원주택에 들어왔을 때고, 계획적으로 은수 씨를 이용해서 이성 열애설을 유포하고 또 집을 미끼로 결혼발표까지 한 것이라고요. 아…… 아직 결혼은 하지 않았지만……."

"또 어떤 자식이야?"

일준은 고개를 저었다. 사무실에서 조사를 시작했지만 아직 누가 퍼뜨린 것인지 잡히지 않고 있었다.

"이번엔 굉장히 악질이에요. 은수 씨가 전 집주인 딸이었다는 것과 진후 형의 최근 일정까지 전부 상세히 올라왔거든요. 보통 작정하고 한 일이 아닌 것 같아요. 이번에…… 정말 질 나쁜 놈에게 걸린 것 같아요, 진후 형."

"그런 것 같군……."

그렇게 말했지만 진후는 사실을 인정하는 게 좋겠다고 생각했다. 그 여파가 어떨지 알 수 없지만.

그러나 그의 결정은 옆에 앉은 은수를 바라본 순간 흔들리고 있었다. 만약 집을 미끼로 계약관계를 요구했음을 시인한다면 이제 둘 사이가 어떻게 될 것인지 두려워졌다.

"상황이 굉장히 안 좋아요. 형에 대해서 별별 욕설과 비방이 도배질되고 있어요. 이제 와서 사실임을 인정하고 용서를 구해도 소용없을 테니 사무실에서 움직일 때까지 아무 말도 않고 있으래요."

"그…… 정도예요?"

은수는 그 순간 진후가 준비 중인 배역을 또 빼앗기는 것이 아닌가 하는 무서운 생각이 들었다. 전에도 스캔들 때문에 배역을 빼앗겨서 괴로워하는 것을 보지 않았던가.

"일단은 형, 본가로 가 계세요. 아파트고 풀하우스고 전부 기자들이랑 팬들이 진을 치고 있어서 안 되거든요. 오늘 오후에 터진 일이 이 정도니까, 좀더 시간이 지나면…… 더 몰려올 거예요."

은수와 진후는 일단 일준이 시키는 대로 하기로 했다. 그곳에서 소란을 피해 있는 동안 대책을 강구할 생각이었다.

"못된 자식!"

하지만 두 사람은 본가에서도 환영받지 못했다. 아버지보다 어머니가 더 화가 나서 아들이 집에 들어서자마자 달려와 뺨을 때렸다.

이번 일만큼은 할 말이 없어서 진후는 신발을 벗다 말고 현관에 선 채 아무 말도 하지 못했다.

"네가 너를 어떻게 키웠는데 이렇게 부모를 속여? 이 불효막심한 녀석! 너 때문에 내가 친척들에게 고개를 들지 못해! 이 엄마보고 누굴 믿고 살라고 이러는 거니! 이 나쁜 녀석아……."

"……죄송해요."

이번 일은 정말 잘못한 것이라 진후는 변명하지 않았다.

아들의 가슴을 주먹으로 때리며 울음을 터뜨린 어머니를 보고 은수는 아무 말도 하지 못하고 같이 눈시울을 붉혔다. 때리는 사람도 맞는 사람도 너무 가엾었다.

"사모님, 들어오셔서 말씀 나누세요……."

보다 못한 도우미 아주머니가 거들었다. 진후도 어머니를 일단은 진정시켜야겠다는 생각에 신발을 마저 벗고 슬리퍼로 갈아 신었다.

"아가씨는 여기 있을 이유가 없으니, 그만 내 집에서 나가줬으면 좋겠군요."

뒤따라 들어오는 은수를 보고 진후의 모친이 부들부들 떨리는 목소리로 말했다. 간신히 화를 참는 것 같았다.

"어머니……."

"여자가 돈 때문에 아무 상관도 없는 남자의 애인 역할을 함부로 하는 것을 나는 구시대 사람이라 그런지, 이해할 수도 용납할 수도 없네요. 결혼도 안 한 사이에 동거를 하는 것도 마음에 들지 않았는데, 그땐 두 사람이 정말 사랑하는구나, 곧 내 식구가 되겠구나, 그렇게 생각해서 곱게 보려고 했지만, 지금은 달라요. 아가씨가 내 집에 발을 들이는 것조차 아주 치가 떨려요."

"어머니 말씀이 좀……."

은수와 어머니 사이를 막아서며 진후는 항변을 하려 했다. 하지만 등 뒤에 있던 은수가 팔을 잡고 작게 흔들며 그러지 말라고 하자 어떻게 해야 할지 혼란스러웠다.

"내 말이 틀렸어요? 내 아들이 잘못 생각해서 그런 제안을 했어도, 제대로 된 아가씨라면 그걸 받아들였겠냐고요. 대답해 봐요. 내가 지금 감정에 치우쳐서 틀린 말을 하고 있나요?"

은수는 가슴이 아프고 창피했지만 고개를 저었다. 그러곤 입을 열어서 조금도 틀리지 않았다고 시인했다.

"그럼. 이만 실례하겠습니다, 죄송합니다."

최대한 몸을 숙여 인사를 하고 은수는 현관을 나왔다. 마당이 넓어서 대문까지 가는 길이 길게만 느껴졌다.

"잠깐……."

진후가 달려와 팔을 잡았다. 그의 얼굴에 손자국이 빨갛게 난 것을 보고 은수는 가슴이 아팠다.

"괜찮아요. 어머님 말씀이 모두 옳거든요. 만약에 민지훈 씨 어머니가 아니라 저의 어머니였다면, 정말로 이보다 더 크게 혼났을 거예요. 어머님도 많이 참으신 거예요."

"그건 그거고……."

"뭐가 그게 그거예요? 난 괜찮다니까."

은수는 일부러 웃어 보였다. 진후는 아쉬운 듯 은수의 손을 잡고 놓지 않았다.

"너…… 마음 다친 건 어떻게 해……."

은수는 하마터면 진후를 끌어안고 고맙다고 말할 뻔했다. 정말 이 사람을 좋아한 것은 잘못 된 일이 아니었다는 생각이 들었다.

"민지훈 씨 걱정이나 해요. 어머님이 저러신데, 아버님은…… 또 어떠실지 걱정되네요."

"자식을 설마 죽이기야 하겠어? ……풀하우스도 저 모양인데, 어디 있을 곳 없으면 내가……."

은수는 고개를 저어 거절했다. 앞으로 영화가 어떻게 될지도 걱정이고 심지어 연예계 생활을 그만두어야 할지도 모르는 상황, 게다가 가족에게서도 비난을 받는 상황에서 자기 걱정으로도 벅찰 텐데, 그렇게 말해주는 그 마음이 고맙고 예뻐서 은수는 용기를 낼 수 있었다.

"전에 말했잖아요. 혼자 사는 친구네 집에 얹혀살면 된다고. 내 생각엔 민지훈 씨가 관련된 집보다는 내 친구 집이 더 안전할 것 같은데…… 안 그래요?"

속이 쓰리지만 진후는 은수의 말을 부정할 수 없었다.

"대신…… 내 전화번호 알려줄 테니까, 꼭 연락해. 옷이나 필요한 것 가져다줄 테니까. 알았어? 괜히 또 어디 가서 비 맞고 궁상떨지 말고 필요한 것 있으면 말해, 뭐든 해줄게."

그는 정말로 뭐든 말해주길 바랐다. 은수를 위해서 무엇이든 해주어야 조금이라도 마음이 편할 것 같았다.

"그럼……."

"뭐든 말해, 다 해줄게."

'제발'이라는 단어가 문장 앞에 살짝 생략되었음을 은수는 그의 눈을 보며 느낄 수 있었다.

"그러면요, 민지훈 씨……."

진후는 고개를 끄덕이고 간절한 눈으로 은수의 말을 기다렸다.

"무슨 수를 써서라도, 지금 그 영화, 꼭 완성해서 보여주세요."

"뭐?"

은수는 산책을 하고 돌아오던 길에 그가 한 말을 기억하고 있었다.

'그렇게 해서 세린 언니와의 감정을…… 다 정리해줘요.'

그리고 꼭 그가 주인공의 역할을 훌륭하게 연기해냈으면 하고 바랐다.

"그 역할은 당신 거예요. 다른 누구도 그걸 당신만큼 완벽하게 연기할 수 없다고 생각해요. 전에 내가 말한 거 기억해요?"

"무슨……."

은수는 팔을 하나 들어서 파이팅 포즈를 취하고 씩씩하게 말했다.

"스캔들 따위에 지지 말아요! 아자!"

진후는 목이 메서 말을 할 수가 없었다.

"아, 또 감동한 거 봐라. 진짜 감수성 예민하다니까…… 그럼 이만 갈게요."

은수는 일부러 진후를 놀렸다. 하지만 진후는 평소처럼 발끈해서 화를 내는 것이 아니라, 은수의 촉촉한 눈가를 바라보며 안타까워할 뿐이었다.

"내가 태워다……."

그가 친구 집까지 태워다주겠다고 했지만, 은수는 그것도 거절했다. 누가 보기라도 하면 친구에게 민폐라는 말에 진후는 이제 자신이 해줄 일이 없음을 깨닫고 은수를 보내주었다.

"어험!"

정원을 지나 문을 나서던 은수는 진후의 부친과 마주쳤다. 죄송한 마음에 고개를 숙이자 헛기침을 하며 그는 은수를 무시하고 걸어갔다.

'씁쓸하긴 하지만, 내가 자초한 일이야…….'

은수는 진후의 집을 한번 둘러본 뒤 대문을 열고 나갔다. 이런 일로 찾아왔지만, 좋아하는 사람이 어린 시절을 보낸 집을 보고 가는 것은 기분 좋았다. 다시 볼 수 없을 것이기에…….

'이젠 책임을 질 때야.'

은수는 담담한 얼굴로 마음을 정리했다. 문을 나서니 그곳에 일준이 서 있었다.

"태워다드릴게요. 타세요, 은수 씨."

"고마워요."

"……진후 형이 그러라고 한 거예요. 방금 전화로……."

은수는 커다란 나무 뒤에 보이는 집을 올려본 뒤 차에 올랐다.

"일준 씨, 풀하우스로 부탁해요."

"네? 거긴 지금 난장판인데, 팬들까지 어떻게 알았는지 몰려와서……."

"그래서 가는 거예요. 풀하우스는 내가 지켜야 해요."

은수는 단호하게 말했다. 일준이 걱정하며 진후에게 전화를 먼저 하자고 했지만, 은수는 절대로 그럴 순 없다고 강경하게 고집을 부렸다.

"그럼 경비업체에 사람을 더 보내달라고 말할게요. 그리고 저랑 같이 가요. 무슨 일이 있어도 혼자 가면 안 돼요."

"고마워요."

은수는 진심으로 그의 배려가 고마웠다.

일준의 말대로 풀하우스 마당엔 처음 보는 사람들이 광분하며 떠들고 있었다. 진후의 이름을 거론하며 사기꾼이라느니 매장해야 한다느니 과격하게 말하는 사람들도 있었다. 은수는 경비업체 사람들과 일준의 보호를 받으며 간신히 풀하우스 안으로 들어갈 수 있었다.

'……내가 해낼 수 있을까?'

밖에서 소란을 피우는 사람들이 무섭게 느껴졌다. 하지만 해야 한다. 하지 않으면 안 되는 일이다. 그렇게 생각하고 주먹을 불끈 쥐었다.

"잠깐 방에 올라갔다 올게요."

"예, 필요한 것 다 챙기면 부르세요. 제가 옮길게요."

일준은 은수가 짐을 챙기러 올라가는 줄 알고 그렇게 말했다. 그러나 잠시 뒤 계단을 내려오는 은수를 보고 일준은 눈이 휘둥그레졌다.

"서…… 설마…… 은수씨……."

말을 못 잇고 장승처럼 서 있는 일준을 은수는 소리 없이 지나쳐갔다. 그리고 문 앞에서 심호흡을 깊이 한 뒤 이를 꽉 물고 문고리를 돌렸다.

"이번 일에 대해 고백할 것이 있습니다! 들어주세요."

시끄럽게 떠들던 모두가 문 앞에 선 은수를 보고 깜짝 놀라 입을 다물었다.

Episode 10

백년의 폭설

“어서 와라, 좀 늦었구나.”

무표정한 얼굴로 집에 들어서는 큰아들을 모친은 다른 때보다 밝은 모습으로 반겼다. 하지만 규하는 얼굴 한 번 제대로 보여주지 않고 2층 자기 방으로 훌쩍 올라가버렸다. 거실에 앉아서 신문을 읽던 부친은 아들의 차가운 반응에 눈살을 찌푸렸다. 하지만 약혼녀가 소식을 끊고 잠적했기에 아무도 그를 나무라지 못하고 있었다.

“다녀왔습니다.”

큰아들이 들어온 뒤, 몇 분 지나지 않아 둘째아들도 이틀 만에 촬영장에서 돌아왔다. 핏기 하나 없는 마른 얼굴이 측은해서 식사를 하겠냐고 물었지만 그 역시 고개를 젓고 2층 방으로 말없이 올라가버렸다.

“집안 참…… 잘 돌아가네. 큰놈도, 작은놈도 여자하나 제대로 건사 못해서 이게 무슨 창피야…….”

"여보!"

아내에게 꾸지람을 들었지만 그는 여전히 불만이 가득한 얼굴이었다.

"안쓰러워서 그러는 게지…… 어디 하나 빠지지 않게 낳아주고 길러줬는데, 두 놈 모두 여자 때문에 다 죽어가는 몰골로 시체처럼 돌아다니는 게 안쓰러우니까 그러는 것 아니오……."

"그래도 당신이 그러면 안 되죠. 무슨 아버지가 아들들을 그렇게 몰아세우기만 해요? 이럴 때는 그냥 내버려두세요. 쟤들도 지금 힘들잖아요."

"규하 녀석은 그렇다 쳐도, 지훈이 그놈은 뭐 하는 짓이야? 나 참…… 내가 밖에 나가서 얼마나 면목이 없는 줄 알아? 자식이라곤 딱 두 놈뿐인데 한 녀석은 파혼을 당하고, 한 녀석은 결혼 사기를 당하고. 어디가 모자라서 저러는 건지, 병원에 데려가 진단서라도 좀 떼고 싶다니까."

아이처럼 투덜거리던 그는 아내의 차가운 얼굴을 보고는 슬그머니 말꼬리를 흐렸다.

"한 마디만 더 하면 이혼이에요."

"아니…… 그냥…… 난……."

"한 마디."

아내의 말대로 된다면 이 집안의 세 남자가 모두 결혼에 실패했다는 오명을 쓰리라는 것을 그는 불현듯 느꼈다.

"아…… 알았어. 내가 잘못 했어……."

아내의 말에 식은땀을 흘리며 사과를 하는 이 장면이 어디서 많이 보던 광경 같았다. 기분 나쁘다며 아무 말이나 막 하다가 서슬 퍼런 아내의 눈초리에 움찔움찔하는 모습이 꼭 진후 같다.

2층 복도에서 진후는 형과 마주쳤다. 욕실에 가려는 것 같았다.

"누나 소식은 어떻게, 알아봤어?"

스캔들이 터져서 집으로 들어왔을 때, 세린이 규하와 몇 주 전부터 삐걱거리고 있었다는 사실을 알고 진후는 적잖은 충격을 받았었다.

"누나가 뭐야, 형수 될 사람에게!"

규하는 눈을 부라리며 화를 냈다. 형의 기분도 별로 좋은 것 같지 않고, 자신도 남의 일에 신경 쓸 만큼 여유롭지 않아서 진후는 그냥 사과하고 방으로 돌아가려 했다.

"알고서 묻는 거 아냐?"

"뭐?"

"세린이가 어디 있는지 알면서 떠보는 거 아니냐고!"

"왜 내가 형이 모르는 걸 알고 있어야 해?"

미심쩍은 것이 있어서 진후의 눈도 날카로워졌다. 그때 갑자기 규하가 말도 없이 주먹을 휘둘렀다. 진후 쪽이 반응이 더 빨라서 헛손질이 되고 말았지만.

"딴 건 용서해도, 촬영 중에 얼굴 망치는 건 용서 못 해. 아무리 형이라 해도."

"이거 놔."

규하가 붙들린 손을 빼려 했지만 진후는 그러지 않았다.

"누나랑 무슨 일이 있었는지는 모르겠지만, 두 사람이 해결해. 괜한 사람 끌어들이지 말고. 안 그래도 충분히 힘드니까."

형의 손을 거칠게 놓아주고 진후는 규하를 지나쳐 방으로 들어가려 했다. 그때 규하의 입에서 경악할 말이 튀어나왔다.

"세린이랑 어디까지 갔어?"

순간 진후는 피가 거꾸로 솟는 것 같았다.

"미쳤냐?"

"이 새끼야! 세린이랑 무슨 관계냐고 묻잖아!"

규하는 진후의 멱살을 잡고 이를 갈며 말했다.

"그랬군…… 이제 이해가 간다. 결혼도 하기 전에 의처증에 걸렸구나. 그래서 이렇게 미친놈처럼 몰아붙여서, 누나가 도망가게 만들었어? 그래서 속 시원하냐? 네 여자 괴롭혀서, 도망가게 해서 속 시원하냐고, 미친놈아!"

진후는 멱살을 잡은 규하의 손을 두 손으로 맞잡고선 규하를 벽으로 밀쳤다.

"그따위 생각이나 하면서, 결혼까지 결심했냐? 그 정도 애정밖에 없으면서, 널 사랑하게 만들었어? 언제까지 버림받을까봐 좋아해주는 사람들을 다 내치면서 살 거야!"

세린이 어떤 생각으로 결혼을 결심했는지 규하에게 말해주고 싶었지만 진후는 그러지 않았다. 그건 두 사람의 일이다. 마침 부모님이 소란을 듣고 올라와서 두 사람은 더는 다투지 못하고 각자의 방으로 들어가 문을 닫았다.

"저저저, 저런……! 형에게 무슨 짓이야…… 저놈이!"

그는 따라가 둘째아들을 혼내려 했지만, 부인에게 꼬집혀서 그럴 수 없었다.

"그냥 조용히 두라니까요……."

"아니, 여자 때문에 집안이 박살나게 생겼잖소……."

"당신 부인도 여자예요."

"그…… 그건 다르지……."

뭐가 다른지 설명을 해야 하나, 말이 떠오르지 않아서 그는 부인의 충고대로 한심한 두 아들놈들을 그냥 두고 내려갔다.

진후는 할아버지가 쓰던 낡고 오래된 의자에 털썩 주저앉아 잠시 눈을 감고 움직이지 않았다. 할아버지를 유독 따랐기에 그의 방에 있는 가구는 모두 할아버지가 쓰던 물건이었다. 고풍스런 옛 가구에 둘러싸여 말이 없던 그가 뭔가 기가 막힌다는 듯 코웃음을 치며 중얼거렸다.

"멋대로 사랑하게 만들지 말라니…… 내가 해놓고도…… 웃기네."

사람이 사랑에 빠지는 게 그렇게 마음먹은 대로 되는 일인가 싶다. 그는 탁자 위에 놓인 리모컨을 들어 비디오를 틀었다. 매일 집에 오면 보는 화면이다.

비디오를 보며 그는 인터넷과 신문에 실린 기사들을 떠올렸다.

— 이진후 '결혼사기' 당하다
— 여성들의 복수, 이진후 '결혼사기'
— 이진후 달콤한 바람, 결혼사기로 결말
— 이진후 '고소 안 해'
— 돈에 울고 사랑에 울고, 영화배우 L 전격 합의
— 이진후 영화를 위해 은둔?

기사의 헤드라인 카피만 보아도 그동안 무슨 일이 있었는지 정리가 될 정도다. 사건이 있은 뒤로 벌써 세 달이 지났지만 사람들은 아직도 그 이야기를 했다. 진후는 녹화해둔 화면을 피곤한 눈으로 바라보았다.

"후훗……."

처음에는 정말 놀랐었다. 사람 얼굴을 잘 기억 못 하는 탓에 몰랐는데,

남색의 남자정장을 입고 기자들 앞에서 말하는 은수의 모습을 보니, 그때 만난 그 녀석이었다. 몇 번을 보아도 이 부분에서 진후는 웃음이 나왔다.

"아버지가 설계한 이 집이 2년 전에 아버지의 사업부도로 이진후 씨 소유가 된 것을 얼마 전에 알게 되었습니다. 부모님의 유일한 유산으로 알고 소중하게 가꾸어온 집이, 사실은 오래전에 남의 것이 되었다는 사실이 너무 충격적이라 이성적으로 받아들일 수가 없었습니다. 무슨 짓을 하더라도 이 집을 다시 되찾고 싶었습니다.

다시 한번 말씀드리지만, 이진후 씨에겐 잘못이 없습니다. 모두 제가 집을 되찾기 위해서 꾸민 일입니다. 이진후 씨에게 접근하려고 남장을 했고, 동성애 스캔들을 유도한 뒤 이를 역이용하여 결혼약속을 하게 했습니다. 후에 위자료로 저의 부모님이 지은 집을 다시 되찾을 계산이었습니다. 하지만 시간이 지날수록 제 잘못을 깨닫기 시작했습니다. 진실을 밝히려던 차에 이런 일이 발생했고, 본의 아니게 또 한 번 이진후 씨에게 피해를 입히고 말았습니다.

누가 그런 소문을 퍼뜨렸는지 모르지만, 그분도 시간이 지나면 자신의 잘못을 깨우칠 것이라 생각합니다. 이 자리를 빌려서 이진후 씨와 이진후 씨의 가족들, 이진후 씨를 사랑하는 팬 여러분께 용서를 구합니다. 모든 죄의 대가를 달게 받겠습니다. 죄송합니다. 정말 죄송합니다."

오랫동안 준비한 말인 듯 은수는 조금도 말을 더듬지 않았다. 하지만 진후의 눈에는 기자들을 피해서 다시 집으로 들어가는 은수의 얼굴에 그늘이 진 것이 보였다. 진후는 화면을 돌려 처음부터 반복해서 보았다.

'풀하우스에서 처음 만난 상황도 의도한 건가?'

샤워 후에 옷을 가지러 밖에 나왔다가 집에 들어가지 못하고 은수와 싸운 일이 기억났다. 은수의 말을 전적으로 믿는 건 아니지만 진후는 한 가지 찜찜한 생각을 떨친 수가 없었다. 처음부터 계획적으로 접근한 것인가, 라는.

'아냐, 그럴 리 없어.'

남자를 유혹하려고 작정한 여자가 그 남자의 엉덩이를 진흙 묻은 발로 차버리겠는가. 유혹은커녕 매일 잔소리에 구박을 들으며 지낸 과거를 생각하면, 그건 원수가 되려고 작정한 것이지, 사기결혼을 하려고 작정한 것이라곤 생각되지 않았다.

"크큭……."

게다가 원피스 하나 사 입히는 것도 얼마나 힘들었던가. 밥 먹고 그릇 안 치웠다고 주걱으로 때리는 여자고, 화가 나서 말 한 번 잘못 내뱉기라도 하면 빰을 때리고 귀가 아플 정도로 혼을 내는 여자다. 애교라고는 태어날 때부터 없었으며, 남자보다 더 남자다워서 시나리오 작가로 성공 못하면 더 늦기 전에 군대에 들어가 말뚝 박으라고 놀리기도 했다. 그런 여자가 무슨 사기결혼을 위해서 일부러 남자를 유혹하려 했다니, 거짓말도 보통 거짓말이 아니다.

"채은수 군, 정말 대단하다. 배우인 나보다 더 연기를 잘하잖아…… 정말 대단해……."

벌써 그 일이 있은 지 세 달이 지났다. 가슴 두근거리며 토마토 서리를 하던 그 밭에도 이젠 토마토가 없을 것이다. 은수가 심어놓은 화단의 꽃이나 오이도 이제는 모두 지고 없을 것 같았다.

'그러면요, 민지훈 씨. 무슨 수를 써서라도 지금 그 영화 꼭 끝내서 보여주세요. 그 역할은 당신 거예요. 다른 누구도 그걸 완벽하게 연기할 수 없다고 생각해요. 전에 내가 말한 거 기억해요?

집을 나서기 전에 은수가 한 말이 마치 바로 옆에서 들리는 것 같았다.

"열심히 하고 있어. 진짜야…… 정말 열심히 하고 있어."

매일 밤 죽은 연인의 환상을 만나는 영화 속 주인공처럼, 진후는 바로 옆에 은수가 앉아 있는 듯 그곳을 바라보며 말했다. 개구쟁이 소년처럼 이상한 소리로 은수가 웃고 있는 것 같았다.

"어휴, 이 바보! 그래서 네가 다 뒤집어쓰니 좋디? 그게 어떻게 의도적으로 접근한 거야? 미쳤냐……? 너 완전히 한국에서 매장당하고 싶어?"

혜정은 맥주 캔을 내려놓고 입술을 닦으며 미련한 친구에게 잔소리를 늘어놓았다.

"시간이 지나면 잊히겠지 뭐……."

오징어다리를 씹으며 은수는 태평스럽게 말했다. 석 달 동안 온 국민에게 온갖 표현으로 씹히고 났더니 더는 뭘 생각하거나 미래를 걱정할 정신도 남아 있지 않았다. 그저 오랜만에 찾아온 친구와 단둘이 풀하우스의 야외테라스에서 맥주를 마시는 지금 이 순간을 즐길 뿐이었다.

"그 사람도 진짜 징하다. 이 집을 핑계로 그딴 계약 같은 걸 하자고 한 건 네가 아니라 그 사람이라며? 사람 참 무섭네. 자기에게 유리하게 돌아가니까 입 딱 씻고, 아무 말도 없고 말이야."

"지훈 씨 욕하지 마. 그 사람 잘못 없어."

"너 미쳤냐? 채은수, 스트레스 과다로 정신이 이상해진 거야? 네가 지금 왜 그 사람 편을 들어? 완전 그 인간 때문에 신세 망친 건데."

은수는 오징어를 입에 문 채 그냥 씩 웃었다. 술이 과해선지 두 여인네의 볼이 빨갛게 익어 있었다.

"난 말이야. 차라리 팍! 터져버려서 잘됐다고 생각해."

"뭐어어?"

술에 취해 몸을 좌우로 끄덕거리며 은수는 기쁜 얼굴로 말했다.

"내내 그 사람에게 받기만 했거든. 주려고 해도…… 내가 뭘 주어야 그 사람을 기쁘게 할지…… 행복하게 해줄지…… 알 수가 없었어. 받기만 하니까 혜정아, 공주님이 된 것 같기는 한데 썩 기분이 좋진 않더라. 동화 속의 공주들은 참…… 비위도 좋아."

"뭐가……?"

은수의 진심이 절절하게 전해졌기에 혜정은 잔소리를 하지 못했다.

"공주들 보면…… 신데렐라도 그렇고 백설공주도 그렇고, 징글징글하게 구박받고 설움당하고 고생 지지리 바가지로 하다가, 왕자가 와서 하루아침에 럭셔리해지잖아."

"고생한 보람이지 뭐."

은수는 혜정의 말을 부정했다. 고개를 도리도리 젓고 허벅지를 무는 모기를 때려잡으며 말했다.

"그거야 지 팔자 때문에 고생한 거지 왕자 탓이 아니잖아."

"네 말 들으니 그렇기도 하네?"

"그치? 개네들이 왕자를 겟(get)! 하는 데 들인 거라곤 미모랑 착한 마음씨? 뭐 그딴 것뿐이잖아."

"응……."

"난 그런 거 싫어. 왕자가 나에게 주는 만큼, 아니 그보다 더 많이 내가 왕자에게 주고 싶어. 그 사람이 날 도와주었듯이, 나도 그 사람에게 떳떳해지고 싶어. 받기만 하는 건 자존심도 상하고, 비위도 상하고…… 암튼 난 싫더라."

혜정은 은수의 마음을 이해할 수 있었다. 뚱뚱하고 못생긴 얼굴로 '미저리'라고 놀림 당하던 시절, 얼굴 예쁘고 날씬하단 이유로 무엇이든 양보 받고 이해받는 아이들을 보면서 상대적으로 허탈했었다.

"너 진짜 그 사람 좋아하는구나?"

"어…… 좋아…… 헤헤헤."

술기운이 올라서 은수는 계속 실없이 웃었다. 그것을 보고 혜정은 마음이 아팠다.

"어쩌면 좋니…… 너. 이렇게 되어버리면 다신 그 사람과 같이 있을 수가 없잖아."

"응…… 아마도."

은수는 고개를 끄덕이고 다시 몸을 흔들었다. 술에 취해서 자기가 무슨 말을 하는지도 모르는 것 같아서 혜정은 그게 또 안쓰러웠다.

"그 사람도 널…… 그런 여자라고 생각할까?"

"으음…… 그건…… 모르겠다. 그렇게 생각해도 하는 수 없지 뭐. 내가 좋아서 한 일이지 그 사람이 알아달라고 한 일은 아니거든. 그냥 막…… 힘들어 보이는 거, 내가 대신 힘들었으면…… 그랬어. 아, 이 사람이 얼마나 그 영화를 위해서 노력했는데, 이깐 일로 무너져야 하나…… 억울하기도 했고, 부모님에게 맞는 거 보니까 짠하기도 했고…… 아무튼 내가 뭔가 할 수 있으면, 아무 거라도 좋으니까 다 해주고 싶었어."

마지막에 은수는 '그 사람이 몰라줘도'라는 말을 덧붙이고 꼴깍꼴깍 맥주를 마셨다.

"그건…… 은수야, 그건 좋아하는 게 아니야."

혜정은 너무 슬퍼서 입술을 깨물고 울음을 참았다.

"그건…… 말이야. 은수야, 좋아하는 게 아니라, 사랑하는 거야. 너 그 사람 사랑하는 거라구, 이 바보야."

순간 혜정은 은수가 돌이 된 건 아닌가 착각이 들었다. 몸을 좌우로 흔들어대며 헤헤거리던 녀석이 시간이 정지된 것처럼 딱 멈춰서 눈 하나 깜박거리지 않았다.

"……에이, 설마~."

은수는 아무렇지 않은 듯 손을 내두르며 웃었다.

'엄청나게 어색해…….'

약 3분 동안이나 정지화면이었으면서 아무렇지 않은 듯 깔깔거리고 맥주를 마시는 모습이 너무나 어색해 보였다.

"바보온달은 좋겠다. 평강공주가 물심양면으로 뒷바라지해줘서."

친구 모습이 가여워서 혜정은 한숨을 지었다.

"난 네가 평강공주가 되지 않았으면 좋겠어…… 바보온달이야 나라를 구한 장수가 되었다지만, 공주는 뭐냐? 공주로서 정치를 잘한 것도 아니고…… 한 남자 마누라로 죽어라 내조만 하다가 과부신세밖에 더 됐어?"

"응……."

"결혼사기니 뭐니 안 좋은 꼬리만 잔뜩 달려버렸는데, 이제 어떻게 해? 바보온달 때문에 똑똑한 평강공주, 신세만 망쳤잖아."

"알았어. 알았어."

두 손을 들고 항복하는 친구를 보고 혜정은 한숨만 푹푹 내쉬었다. 말해봤자 상처만 건드리는 꼴이 되는 것 같아서 더는 말하지 않는 게 좋을 것 같았다.

"너 시집도 못 가고 데뷔도 못 하면…… 내가 먹여살려줄게. 열심히 글 써라."

"에?"

"나도 내 성깔 이상한 거 알거든. 보아하니 너나 나나 편할 팔자는 아니니까 상부상조하는 거지. 걱정 마라! 채은수! 친구가 있다! 우리 친구 아이가~?"

"헤헤헤, 맞다 찡구야~!"

맥주 캔을 퍽 소리가 나도록 힘껏 부딪친 둘은 캔을 완전히 비운 뒤 머리 위에 거꾸로 흔들어 보인 다음, 새까만 밤하늘을 바라보며 '껄껄껄' 웃어댔다.

'그건…… 말이야. 은수야, 좋아하는 게 아니라, 사랑하는 거야. 너 그 사람 사랑하는 거라구, 이 바보야.'

술을 마시고 잠을 청했지만 잠이 오지 않았다. 혜정의 말이 계속 머리에 남아서 두통이 생긴 것 같았다.

'사랑한다고? 사랑이었던 거야? 뭐야…… 무슨 사랑이란 게 이렇게 꿀꿀해?'

뭐라더라…… 사랑에 빠지면 온 세상이 아름답고, 찬란하게 빛나고, 종소리가 울려 퍼지고, 종달새 두 마리가 하늘을 날아다니고 그래야 하는 것 아닌가. 그런데 이건 달라도 너무 다르다. 온 세상이 다 손가락질을 하고, 찬란하기는커녕 한치 앞도 보이지 않고, 종소리가 아니라 곡소리가 울려 퍼지는 기분이다.

'그 사람이 몰라도 된다고, 말은 그렇게 했는데…….'

그렇게 당당할 자신이 없었다. 이 마음을 말해본 적도 없고, 사랑받아 본 적도 없는 것 같다. 은수는 침대에 누워 머리맡에 있는 창문으로 하얀 달을 바라보았다.

'민지훈 씨…… 영화는 잘 돼가요? 많이 정리되었어요? 살이 너무 빠

진 것 같던데, 밥은 잘 먹어요? 하도 굶어서 위장병 생긴 거 아니에요?'

무소식이 희소식이라는 말이 있다. 영화에 몰입해 아무 연락을 하지 않는 거라는 생각이 들었다. 그렇지만 묻고 싶은 말이 너무 많다.

풀하우스의 주택양도계약서가 도착했을 때, 그렇게 되찾고 싶던 집을 다시 되찾게 되었는데도 기쁘기는커녕 눈물만 나오던 것이 기억난다. 서류와 함께 들어 있던 하얀 쪽지, 그 위에 적힌 말이 너무 아팠다.

'이제 '풀하우스'를 이유로 당신을 힘들게 하지 않겠습니다.'

그 말은 마치 더는 만나지 않겠다는 이별의 통보 같았다. 그와 함께 나눈 접점 하나가 사라지는 순간이었다.

퍽!

차가운 아침을 깨우는 요란한 소음, 신문 배달 소리다. 단단하게 굳은 신문 뭉치가 현관문에 몸을 부딪치고 가련하게 추락하고 있었다.

도시의 매연과는 거리가 먼 곳에 있다 보니, 아침의 차가운 공기가 유독 상쾌했다. 은수는 바닥에 떨어진 신문을 손에 쥐고 기지개를 켠 뒤 몸을 부르르 떨었다.

"우…… 춥다……."

장맛비처럼 우울하고 습한 기분도 시간이 지나니 조금 건조해졌다.

'뭐, 나는 늘 한 발 늦으니까.'

어렸을 적에 첫사랑에게도 그랬다. 그게 사랑인 줄 모르고 함께 있는 시간만 즐기다가 헤어지고 나서야 무엇인지 알았다. 십 년이 지난 지금도 그런 미련한 점은 조금도 나아지지 않은 것 같다.

"어? 뭐지?"

신문 아래에 하얀 봉투가 떨어져 있다. 간혹 무슨 족발집 전단지가 들어 있기도 해서 은수는 대수롭지 않은 기분으로 봉투를 열어보았다. 요즘은 족발집 광고를 컬러 전단지가 아니라 하얀 편선지에 손 글씨로 써서 하는 모양이다. 그런데 그것을 읽는 은수의 얼굴에 좋지 않은 표정이 떠올랐다.

"족…… 발집…… 이 아니었네?"

반갑지 않은 사람에게서, 반갑지 않은 사실을 알게 되었다.

'그따위 생각이나 하면서, 결혼까지 결심했냐? 그 정도 애정밖에 없으면서 널 사랑하게 만들었어? 언제까지 버림받을까봐 좋아해주는 사람들을 다 내치면서 살 거야!'

집무실에 앉아 말없이 창밖을 바라보며, 규하는 동생이 한 말을 생각했다. 세린과의 관계를 추궁할 때마다 불같이 화를 내던 동생이 이제는 집에도 들어오지 않는다. 집에 와서 가족들과 부딪히면 다음날 배역에 대한 몰입도가 떨어진다는 이유였다. 말썽부리지 말고 집에서 다니라는 아버지의 명령에도 고집을 꺾지 않고, 녀석은 촬영장 근처의 호텔에서 지내고 있었다. 바로 어제 규하는 몰래 호텔에 가서 진후와 세린이 같이 있는 것은 아닌지 살펴보았었다. 실망스럽게도, 혹은 다행스럽게도, 세린은 그곳에 없었다.

초라하다. 동생에게 여자를 빼앗길까봐 전전긍긍하는 자신의 모습도, 아버지에게 미움받을까봐 하고 싶은 운동도 포기하고 회사에 매여 있는 것도, 한심하고 초라하다.

'오빠는 사랑받지 못하는 것이 아니라, 사랑하지 못하는 거예요.'

진후와 어떤 사이였는지, 어느 정도로 깊었는지 따져 묻자 세린이 한 말이다. 그때는 궤변을 늘어놓아 말을 흐리지 말라고 대답했었지만, 지금 또 같은 말을 들으면 뭐라고 대답할지 자신이 없었다. 그때 비서가 "유세린 씨 친구 분께서 방문하셨습니다"라고 알려왔다. 규하는 깜짝 놀라 비서가 문을 열기도 전에 뛰어가 문고리를 돌렸다.

"죄송합니다. 거짓말을 했어요."

비서와 함께 서 있는 여자는 세린의 친구가 아니었다. 채은수, 진후와 사귀었다는 스캔들의 그 여자다.

"잘도 찾아왔군. 내 동생에게 그런 사기를 쳐놓고, 이젠 세린이 이름을 팔아?"

규하는 세린과 관련된 사람이 아니라는 것에 화를 냈다. 하지만 그러면서도 내치지는 않았다. 은수가 말없이 그의 얼굴 앞에 편지 한 장을 펼쳐 보였기 때문이다.

"거짓과 기만은 저보다 지훈 씨 형님이 더 능숙하세요."

규하는 편지를 빼앗아 다시 살펴보았다.

"당신이 사주한 남자였군!"

"편지 내용을 잘못 이해하신 것 아닌가요? 이 사람은, 뭐라고 불러야 하나…… 지훈 씨 형님이라고 그냥 그렇게 부를게요. 아무튼 지훈 씨 형님에게 자기 기사거리를 빼앗긴 분풀이를 하는 것처럼 보이는데요. '양심이 있다면 수첩을 속히 돌려주거나 파기하라고 전하시오'라잖아요. 그리고 저에게 전하는 메시지도 있네요. '관련 없는 사람이 희생되어 안타깝게 생각합니다. 채은수 씨에겐 정말 죄송합니다. 그 일은 민규하 씨가 약혼녀 유세린 씨와 동생과의 관계를 의심하여, 보복하기 위해서 퍼뜨린 것입니다. 그가 사용한 기사 정보는 모두 내 노력의 성과이며, 그는 그것을 도둑질해간 파렴치한 인간입니다'라고 적혀 있죠."

은수는 편지의 내용을 외울 정도로 몇 번이나 읽었다. 자기가 한 짓은 생각도 않고 규하의 행동만 비판하는 비정상인이 보낸 편지지만, 일단은 형이 동생을 음해하려 했다는 것은 용서할 수 없었다.

"정보를 제공한 사람이나 지훈 씨 형님이나 둘 다 똑같이 파렴치한이긴 하지만 말해둘 게 있어서 왔어요."

규하는 동생을 사회적으로 매장하려던 계획이 이 여자 때문에 다 망쳤다는 생각에 억울해하고 있었다. 그 모든 오명을 혼자 뒤집어쓰고 지훈을 구해낼 사람이 있다고는 생각하지 못했기에 뒤통수를 맞은 기분이었다.

"지훈 씨와 세린 언니는 옛날에 사귀었어요. 그게 그렇게 기분 나빴나요?"

뭘 믿고 그렇게 당당한지 알 수 없는 은수의 기세에 눌리지 않기 위해 규하는 냉정하게 말했다.

"남자라면 자기 여자가 다른 남자와 관계가 있다는데 불쾌한 게 당연하지 않아?"

그 말을 뱉은 순간 그는 지옥의 고통을 맛보았다. '않아?'까지 말하자마자 대비할 여유도 없이 앞에 서 있던 여자의 다리가 남자의 급소를 인정사정없이 걷어찼기 때문이다. 그는 비명도 지르지 못하고 입만 크게 벌린 채 바닥에 쪼그리고 앉아 숨을 헉헉거렸다.

"그런 남자를 두고 뭐라는 줄 아세요? '한심한 놈'이라고 해요. 다른 말로는 '맞아도 싼 놈'이라고도 하죠. 더 많은 표현이 있는데 말해줄까요?"

"뭐…… 이런 여자가…… 다 있어?"

새빨개진 얼굴로 일어서지 못하고 으르렁거리는 규하를 보고 은수는 순간 웃어버렸다. 그 말은 늘 진후가 입에 달고 살던 말이었다.

"별장에서 사고 났을 때, 병원에서 세린 언니가 지훈 씨에게 말했어요. '규하 오빠 곁에 있으면 편안해진다'고요. '그래서 그를 택한 것이다'라고요. 두 사람은 이미 오래 전에 끝난 사이에요. 설마 모든 여자가 결혼할 남자를 만나기 전엔 사랑도 해선 안 된다는 사이코적인 생각을 하는 건 아니죠?"

"당신이 뭘…… 알아……."

"알 건 다 알아요. 지훈 씨는 형님 걱정을 많이 했어요. 자기 때문에 형이 상처 입을까봐, 실연당한 자기 상처를 보살피는 게 아니라 형이 괴로워할까봐 그걸 더 신경 썼다고요!"

한 대 더 차주고 싶은 충동을 간신히 누르고 은수는 볼일을 마쳤다는 듯 몸을 돌렸다.

"어떻게…… 그럴 수 있지?"

책상을 짚고 몸을 일으키며 괴로운 목소리로 그가 말했다.

"사랑은 움직이는 거라잖아요. 지훈 씨와 사귀었지만, 지금 세린 언니는 지훈 씨 형님을 택했어요. 사랑이 지훈 씨에게서 형님에게로 옮겨간 것이겠죠. 그걸 두 사람은 이해하고 있었어요. 어떤 꽁생원은 이해 못 하고 바보짓을 하고 있지만."

식은땀이 가득한 얼굴로 규하는 힘들게 손을 내저었다.

"아니…… 내 말은…… 그게 아니라, 지훈이 자식을 어떻게…… 그렇게 사랑할 수 있냐는 거야. 어떻게 그렇게 다 내주냐고…… 알아주지도 않는데."

그는 모두에게 악녀라고 손가락질을 당하고, 사랑하는 사람과 그의 가족들까지 속이면서 자신의 모든 것을 희생한 은수를 이해할 수가 없었다.

"내 친구 말이, 그게 사랑이래요. 좀 다른가? 아무튼 그게 내가 사랑하는 방식이에요."

더 할 말도 없는 것 같아서 은수는 이번엔 진짜 사무실 문을 열었다.

"참, 오늘 내가 여기 온 건 지훈 씨에게 비밀이에요. 그 더러운 편지도 지훈 씨 형님이 알아서 처리해주세요. 난 이제 아무 상관없으니까요."

홀연히 나가버리는 은수를 보며 규하는 멍한 얼굴로 혼잣말을 했다.

"아무…… 상관이 없다니…… 내가 자기에게 무슨 짓을 했는데…… 아무 상관이 없다니……."

정말 어리석은 여자 같았다. 편지를 빌미로 많은 것을 요구할 수도 있었고 다른 사람들에게 자신의 오명을 해명할 증거로 삼을 수도 있었는데, 그녀는 이젠 상관없다면서 당당하게 걸어 나가버렸다. 도대체 어디서 그런 배짱이 나오는지 이해가 되지 않는다. 그저 동생 녀석이 참으로 복 받은 녀석이란 생각이 들 뿐이었다.

물건이 번잡스럽게 늘어져 있고, 조명 선, 마이크 선, 카메라 선 등등 전선이 거미줄처럼 뻗어 있는 중심에 진후가 서 있다. 아니 지금 그는 민지훈이나 이진후가 아니라 '유성'이라는 이름의 가상인물이다.

촬영장은 정적에 싸여 마치 빛과 형태만 존재하고 소리가 없는 세계 같았다. 모두의 눈길이 집중된 한 지점에서 '유성'은 보이지 않는 연인을 쓰다듬으며 눈물을 흘리고 있었다. 상대 여배우가 앞에 없는데도 마치 정말로 죽은 연인이 보이기라도 하는 듯 시나리오에 몰입하는 그를 보며 사람들은 숨이 막히는 것 같았다. 침 삼키는 소리마저 방해가 될까봐 긴장해서인지 다들 촬영장의 추위도 느끼지 못했다.

"컷! 엑셀런트! 퍼펙트!"

온갖 찬사용 영어단어가 감독의 입에서 큰 소리로 터져 나왔다. 그것을 신호로 모두들 한숨을 내쉬고 다음 장면을 준비하기 위해서 분주히 움직이기 시작했다.

"훌륭해! 아주 잘했어! 이진후 씨는 내 구세주야! 좋아, 다음은 몇 씬이지?"

눈부신 조명을 피해서 메이크업 아티스트와 스타일리스트에게 손질을 받는 진후를 향해 감독은 흥분한 얼굴로 찬사를 내던지고 바로 다음 카메라로 이동했다.

"팔십구 번입니다."

조감독의 말을 듣고 진후는 한시름 놓았다. 잠시 쉴 틈이 생긴 것이다. 눈 먼 피아니스트와 그의 죽은 연인, 그리고 이웃집 소녀로 구성된 세 주인공 중 진후의 출연 빈도가 가장 많기에 그는 다른 사람이 연기할 때에도 촬영장에서 떠나지 못했다.

"따뜻한 거 좀 드릴까요?"

아직 좀 전에 연기한 감정이 잔상처럼 남아 있는 진후가 우울한 얼굴로 고개를 끄덕였다. 스텝 중 한 사람이 금세 따뜻한 홍차를 손에 안겨주었다.

"진후 씨 다음 씬 98번, 피아노 씬이죠?"

"예. 맞아요."

"손가락 좀 녹이게 난로를 좀더 가져다주세요."

촬영장의 모든 사람이 진후의 말에 군소리 없이 움직였다. 영화의 시간 배경이 여름과 가을이라 얇은 셔츠 한 장만 입고 촬영하는 일이 보통 힘들지가 않았다. 일단 감정이 잡히면 추위가 느껴지지 않아서 좋은데, 다음 씬을 위해서 잠깐 틈이 벌어지면 순식간에 혹독한 추위가 몸을 덮쳤다. 담요와 난로에 둘러싸여 의자에 앉은 채 그는 다음 씬의 시나리오 콘

티를 보며 자신이 생각한 표현 방법을 다시 다듬었다.

"진후 형, 형님 오셨어요."

"뭐?"

"형님이요, 진후 형의 형."

앉아 있는 의자의 손잡이를 건반 삼아서 손가락을 움직이던 진후 앞에 일준이 데려온 규하가 서 있었다. 동생이 일하는 곳에 처음 와본 것이라 어색해하는 형을 보고 진후는 자리에서 일어났다.

"괜찮아……."

"아니, 일어나서 몸을 풀어야 해서…… 곧 내 씬이거든."

일준이 가져다준 두껍고 커다란 털코트를 뒤집어쓰고 진후는 규하와 함께 사람이 드문 곳으로 걸어갔다.

"갑자기 왜 온 거야?"

"물어볼 게 있어서……."

"또 이상한 소리 할 거면, 그냥 가. 형이랑 싸우고 얼굴 구길 순 없거든. 다음 장면은……."

영화에 대해 설명하려는 것 같아서 규하는 고개를 저었다.

"그래서 온 것 아니야."

그 이유가 아니면 갑자기 무슨 바람이 불어서 꽁생원이 여기까지 왔나 궁금해 하며 진후는 형을 물끄러미 바라보았다.

"세린이가 갈 만한 곳…… 혹시 아는 것 있으면 알려줘. 장인어른도 화만 내시고 아무것도 알려주지 않거든…… 네가 뭘 알 거라 생각해서 온 게 아니라…… 지푸라기라도 잡는 심정으로 온 거니까, 생각 좀 해봐."

왜 형이 갑자기 태도를 바꾼 것인지 알 수 없지만 진후는 잠시 고민해 보았다.

"지난 몇 달 동안 생각나지 않던 게 갑자기 생각날 리 없잖아. 내 생각에 누나네 부모님은 아실 것 같아. 형이 좀더 굽히고 얼마나 절실한지 말씀드려봐. 부모님도 어디 있는지 모른다면 실종신고를 했어야지."

전에도 비슷한 질문을 받았지만 그때는 규하가 화를 내서 대화가 제대로 되지 않았다. 하지만 웬일인지 지금은 편안히 말할 수 있었다.

"진후 형!"

일준이 촬영지에서 손을 흔드는 것이 보였다. 세트 안으로 손짓 발짓을 하는 것으로 보아 촬영준비를 해야 할 듯했다.

"가야겠네. 여기까지 왔는데……."

"아냐, 나도 분사 시찰 나온 김에 온 거야."

진후는 변명이라는 것을 알면서도 모르는 척했다.

"내가 먼저 좋아했어. 형은 누나가 먼저 좋아해주었잖아. 나보다 잘났으니까 좀더 근성을 보여봐."

규하는 그냥 피식 웃어버렸다. 서른이 넘은 형이 여섯 살 아래의 동생에게 연애상담을 받으러 지방까지 내려온 이 상황이 우스웠다.

"채은수 씨가 얼마 전에 찾아왔었다."

"무슨 일로?"

표정과 말소리에 파문이 인 것을 확인하고 규하는 슬쩍 주머니에 손을 넣고 걸음을 옮겼다.

"나중에 물어봐."

병원에서 본 장면을 상기하며 규하는 살짝 심술을 부렸다.

"아, 그래. 알았어."

당황스럽게도 동생 놈의 반응이 너무 단조로웠다.

'역시 이 녀석은 바람둥이였어.'

그게 아니라면 자기를 위해서 그런 거짓말을 해준 여자에 대해 이렇게 무반응일 수가 없다.

"왜 그래?"

촬영장에서 부르는 소리에 신경을 쓰며 진후가 물었다.

"넌 궁금하지 않냐? 은수 씨가 왜 나를 찾아왔는지?"

"나중에 만나서 물어보라면서? 그럼 되지 뭐. 나 그만 가볼게. 조심해서 가."

그렇게 말하고는 촬영지 쪽으로 걸음을 옮긴다. 정말 무신경한 반응이었다.

혜정의 차가 풀하우스 마당으로 들어서자, 오래된 카디건을 팔랑거리며 은수가 뛰어나왔다.

"전화하고 오지~."

"세상에, 채은수! 머리가 왜 그 모양이야?"

혜정은 짧아진 머리를 보고 경악을 금치 못했다. 삼복더위에도 남자처럼 보이기 싫다고 머리를 치렁치렁 늘어뜨리고 살던 애가 이 추운 겨울에 목이 시리도록 짧은 단발을 하고 있다니.

"무슨 바람이 분 거야? 왜 안 하던 짓을 했어?"

은수는 차에서 짐을 꺼내 끌어안고 집으로 도망쳐 들어갔다. 혜정의 눈에는 그 모습이 일부러 명랑해지려고 발악하는 것처럼 보였다.

"야, 채은수! 또 나도 모르게 무슨 사고 친 거야?"

"사고? 아냐, 그런 거. 그냥 기분전환도 하고, 음, 머리가 너무 길어서 감기도 귀찮고 그래서 자른 거야."

"야야, 우리 사이에 무슨 내숭을 떨고 그러냐, 어차피 일 터지면 다 아는 사이에."

어떻게 말을 해야 하나 고민하다 결국 은수는 혜정에게 머리를 자른 이유를 말했다.

"평강…… 공주 이제 그만두려고."

"갑자기…… 왜?"

은수는 얼굴을 보여주지 않으려고 서둘러 찻물을 얹으러 돌아섰다.

"바보온달이 있어야…… 평강공주 노릇도 하는 거잖아. 온달이 없으니까…… 그만두어야지."

가스불이 잘 붙지 않아 '따따따따, 따따따따' 하는 소리가 계속 부엌에 울렸다.

"가스레인지 진짜 오래됐다. 나 어릴 때도 본 거잖아. 한 이십 년 됐냐?"

"그…… 정도는 아닌데, 한 십 년 됐나?"

두 사람은 번갈아가며 점화 버튼을 눌러보고, 불길이 자리를 잡자 식탁으로 돌아가 앉았다.

"너희 집에 통닭 해먹으러 자주 왔었는데, 기억 나?"

"응. 아빤 네가 일요일에 찾아오면 통닭 먹는 날이라고 말했었지. '우리 할머니네 닭집 하거든, 닭 가지고 갈게!'라는 거 그냥 흘려들었다가, 진짜 생닭을 들고 와서 놀랐었어."

"하하하, 맞아. 정말 닭이 너무 먹고 싶은데, 우리 엄마가 살찐다고 못 먹게 했거든. 그래서 너희 집에 올 때 할머니네 냉장고에서 훔쳐서 달려왔었잖아."

"맛있었는데……."

"아, 닭 사올걸~!"

"근처에 닭 파는 데 있어. 이따가 나가서 사오자. 둘밖에 없으니까 반은 찜해서 먹고, 반은 죽 끓여 먹으면 되겠다. 찹쌀 좀 있는데, 아…… 담가 놔야지. 죽 끓이기 좋게."

은수는 벌떡 일어나서 찬장에서 찹쌀을 꺼내 찬물에 담갔다. 그런 친구를 보는 혜정이 슬픈 표정을 지었다. 평강공주를 그만두겠다는 은수의 말이 무슨 뜻인지 알기에 혜정은 더는 그 일에 대해 말하지 않았다. 그저 오늘 저녁에 무엇을 해먹을지, 어떻게 요리를 할지에 관해서만 이야기를 나누었다.

'그는 바보온달이 아니니까…… 평강공주는 필요 없어.'

친구와 함께 저녁을 먹으며 은수는 그렇게 생각했다. 영화촬영이 끝나면 모든 감정이 정리될 것이라는 말에 기대를 한 것이 잘못이다. 감정이 정리되면 그 뒤에 어떻게 하겠다는 말을 그는 한 적이 없다.

'괜찮아, 채은수. 이십오 평생, 그 사람 없이도 잘 살아왔잖아.'

뜨거운 국물을 후루룩 마시며 은수는 맛있다는 친구의 말에 웃어주었다. 모든 것이 예전처럼 평화로웠다. 풀하우스도 다시 품안에 들어왔고, 혼란스럽게 하는 괴짜 남자도 곁에 없다. 자신은 여전히 가난한 작가 지망생이고, 그다지 사랑스럽지 않은 여자다.

'이젠 내 마음도 정리하자. 나 혼자 꾼 꿈이니까…….'

암흑과 불꽃의 왕, 하데스의 곁이라 해도 그와 같은 꿈을 꾸었다면 페르세포네는 행복했을 것이라 생각했었다. 그러나 이제 그와 함께할 수 있는 것이라곤 여름이 시작되던 그때의 짧은 기억뿐이다.

같은 꿈을 꾼다고 착각한, 그 시절의 기억뿐이다.

"형, 시사회 티켓 나왔어요."

문을 열고 들어오는 일준의 얼굴이 왠지 살짝 흥분되어 있었다. 링거주사를 팔목에 달고 누워 있던 진후가 졸음 가득한 얼굴로 고개를 끄덕거리고 말했다.

"네가 알아서 발송해줘."

"어차피 내가 늘 했는데요, 뭐. 전에 보낸 사람들 말고 더 추가할 사람 있어요?"

"없어, 옛날 명단 그대로 보내면 돼."

촬영하는 동안 쌓인 피로가 한꺼번에 몰려와서 그는 무엇이든 귀찮아 했다. 중요한 것을 잊고 있는 것 같아서 일준은 일부러 진후의 잠을 방해했다.

"저기, 형. 은수 씨에게도 보내야죠?"

"……왜?"

귀찮은 듯 돌아누워 있어서 얼굴을 볼 수 없었지만 순간 일준의 눈에 진후의 모습이 굉장히 알미워 보였다.

"알았어요. 내가 알아서 할게요."

"그 사람에게 보내지 마라……."

무심하게 대답하고 진후는 새근새근 숨을 쉬며 잠이 들었다. 일준은 대답하지 않고 그만 방을 나왔다.

'진후 형 그렇게 안 봤는데, 진짜 나쁜 사람이네. 어떻게 은수 씨에게 그럴 수가 있어?'

사기죄로 고소도 하지 않고, 풀하우스를 양도까지 해준 걸 보면 은수가 한 말을 믿지는 않는 것 같았는데 정말 이상하다. 전화도 하지 않고, 기껏해야 '잘 있지?' 정도로만 소식을 묻는다. 그때까지만 해도 영화 때문에 바빠서 그러는 것이라고 생각했는데, 시사회 티켓을 보내지 말라는 것을 보니 일부러 피하는 것이 확실했다.

일준은 지금까지 진후의 로드매니저로 일하면서 한 번도 진후의 말을 거스른 적 없지만, 이번엔 그래서는 안 된다고 생각했다.

"오랜만이에요, 일준 씨."

영화 촬영이 끝나고 본격적인 홍보가 시작되었는데도 연락을 해오지 않아서 은수는 진후가 영화를 찍는 동안 세린에 대한 감정뿐 아니라 풀하우스의 기억까지 모두 정리해버렸다고 생각했다. 그런데 뜻밖의 손님이 찾아와 문을 두드렸으니, 반갑게 인사하는 은수의 얼굴이 너무 밝아 일준은 다시 한번 속으로 진후를 힐책하며 손에 든 것을 내밀었다.

"저, 제가 바빠서 금방 돌아가야 하거든요. 이거 받으세요."

"뭔데요?"

고급스런 편지봉투를 보고 혹시 진후가 보내는 편지가 아닐까 기대하며 은수는 봉투를 열었다. 놀랍게도 그가 출연한 영화의 시사회 초청권이었다.

"지훈씨가 보…… 냈어요?"

이제는 포기하겠다고 마음을 먹어놓고, 메모 한 장 없는 티켓을 들고 은수는 저도 모르게 크리스마스 선물을 받은 아이처럼 기뻐하고 있었다. 일준은 차마 사실대로 말할 수가 없었다.

"지훈이 형이 몸이 좀 안 좋아서요, 지금 외출을 못 하거든요…… 그래서 연락도 못 하고…… 제가……."

말하는 동안 일준은 괜한 거짓말을 하는 건 아닌가 겁이 났다.

'아냐, 형이 그럴 사람이 아니야. 뭔가 이유가 있을 거야. 은수 씨를 잊은 건 아닐 거야.'

일준은 지금까지 자신이 보아온 진후의 모습을 믿기로 했다.

"알아요. 텔레비전에서 봤어요. 많이 안 좋아요? 지금은 어때요?"

"집도 부자에 보살펴줄 사람 많은데 뭘 그렇게 걱정해요?"

일준은 미련할 정도로 진후 걱정만 하는 은수가 안타까워 본의 아니게 큰 소리를 내고 말았다.

"다 나아서요, 밥도 잘 먹고 잘 있어요. 걱정 마세요."

놀라서 입을 다무는 은수에게 투덜거리듯 말하고 일준은 그만 돌아섰다.

직접 와서 준 것도 아니고 사람 시켜서 보낸 걸 보니 그냥 겉치레나 할 속셈이라며 혜정이 가지 말라고 극구 말렸지만, 은수는 오랜만에 풀하우스를 나섰다.

사람들이 알아볼까봐 모자를 눌러쓰고 목도리로 얼굴을 가린 뒤 시사회장의 조명이 어두워 졌을 때 느지막하게 들어가 자리에 앉았다. 바빠서 직접 오지 못한 것일 수도 있고, 아파서 그런 것일 수도 있다고 생각하며 은수는 마지막 한 오라기 희망의 끈을 놓지 않았다.

'아, 지훈 씨다.'

감독과 영화사 사장 등등 관련자들이 나와서 인사를 한 뒤 배우들이 한 명씩 등장했다. 진후의 모습을 보고 심장이 팔딱거리기 시작한 은수와는 달리 사람들은 진후가 아니라 그의 상대역 여배우에 더 환호를 했다. 거짓 스캔들 유포에 대해 은수가 잘못을 뒤집어쓰고 그를 변호했지만, 아무래도 좋지 않은 일로 계속 매스컴에 등장했기 때문인지 이미지가 많이 실추된 것 같았다.

'아냐, 저 사람은 그런 일로 위축되는 사람이 아니야.'

은수의 믿음은 곧 실현되었다. 인사를 마친 그가 스크린 앞에 놓인 그랜드피아노 앞에 앉아 영화에 삽입된 쇼팽의 녹턴을 연주하기 시작하자 사람들은 깜짝 놀라는 표정이었다. 대역을 쓰지 않았다고는 해도 어차피 피아니스트가 연주한 음악을 덧입혔을 테니, 대단한 실력이 아닐 것이라고 생각한 것이다. 은수는 그의 연주를 들으며 내심 미소를 지었다. 한여름의 뜨거운 햇살이 가득한 거실에서 땀을 흘리며 연습하던 그의 모습이 생각나서다.

시나리오 공부를 하다 지쳐서 고개를 돌리면 그곳에는 항상 고민하며 연주를 하는 지훈이 있었다. 가끔 상대 여배우의 대사를 읽어달라고 대본을 들고 와서 조르던 모습도 기억나고, 함께 산책하던 좁은 흙길도 떠올랐다.

연주를 끝낸 진후는 자기가 연주할 줄 아는 곡은 몇 곡 되지 않으니까, 앙코르는 사양한다고 농담을 했다. 어느새 사람들은 그가 농담을 하면 웃고, 영화에 대해 설명을 하면 다들 진지하게 듣고 있었다. 중간 중간 감독이나 다른 배우들에게 마이크가 옮겨지기도 했지만 사람들이 주목하는 것은 진후 한 명뿐이었다. 그는 지나치게 무겁지도 그렇다고 가볍지도 않게 말을 했고, 너무 짧아서 성의 없어 보이지 않으면서도 길어서 지루하지 않게 말하는 재주를 타고난 듯했다. 시사회 전의 오픈 행사가 끝난 뒤 드디어 영화가 상영되기 시작해서야 관객들은 이 행사가 진후의 무대가 아닌 영화 시사회였음을 기억해냈다.

……영화가 끝난 뒤 엔딩 크레디트가 올라갈 때 은수는 눈물을 닦으며 사람들을 살펴보았다. 여기저기에서 훌쩍거리는 소리가 들렸다.

'시나리오 이상으로 아름다운 영화였어. 정말 대단해…….'

시나리오도 훌륭했지만, 영화를 만든 모든 사람의 정성과 뛰어난 감각이 잘 어우러진 영화였다. 사람들이 박수를 치기 시작했다. 은수도 손바닥이 아플 정도로 정신없이 박수를 보냈다. 박수로 부족하다고 느낀 사람들은 일어나서 환호하고 격려의 말을 외치기 시작했다.

배우와 감독 그리고 시나리오 작가가 나와서 몸을 숙이며 인사를 했다. 영화를 만든 사람들도, 그 영화를 감상한 사람들도 모두 행복하고 기쁜 미소를 짓고 있었다.

"브라보! 대단해, 이진후 파이팅!"

누군가가 그렇게 소리를 지르자 그것이 파도를 타고 번져갔다. 밴드에서 보컬이 청중들의 눈에 가장 돋보인다고 하듯, 이 영화에서 가장 돋보이는 존재는 바로 주연을 맡은 남자배우, 이진후였다.

'정말 잘했어요! 잘 해냈어요!'

일어선 관객들 사이로 은수도 벌떡 일어나 박수를 치며 흐뭇한 얼굴로 무대 위의 진후를 바라보았다. 가슴 벅찬 기쁨에 눈물이 흘러내렸다.

"아, 추워……."

시사회가 끝나자 시간이 너무 늦어, 은수는 그만 마을버스를 놓치고 말았다. 아침부터 영하 10도 아래로 뚝 떨어진 기온이더니 밤이 되자 코트깃을 세우고 몸을 움츠려도 떨림이 멈추지 않았다.

'정말 대단했어. 그 정도까지 멋지게 연기하리라곤 생각하지 않았는데, 기대 이상이야! 정말 대단한 사람이야!'

풀하우스를 향해 뻗은 길고 좁은 길을 따라 걷는 지금까지도 은수는 흥분을 감출 수가 없었다. 그를 직접 만나지 못해서 인사를 할 수는 없었지만 충분히 멋진 밤이었다는 생각이 들었다.

영화에 자극을 받아 은수는 다시 한번 의욕을 불태웠다. 언젠가는 반드시 그처럼 뛰어난 배우들을 매료할 수 있는 시나리오를 써내리라. 이런저런 생각을 하며 걷다보니 춥고 어둡기만 한 길도 그렇게 길게 느껴지지 않았다.

"아, 눈이다…… 눈 올지 모른다더니, 진짜네?"

풀하우스의 하얀 벽이 보일 때쯤 하늘에서 꽃잎처럼 여릿여릿한 하얀 눈송이들이 떨어지기 시작했다. 어렸을 때는 겨울마다 눈이 많이 내렸는데 언젠가부터 겨울에도 눈이 거의 내리지 않았다. 긴 겨울 가뭄 뒤에 맞는 반가운 첫눈이라 은수는 더욱 기분이 좋아져서 집을 향해 달리기 시작했다. 빨리 집에 돌아가서 뜨거운 차를 마시며 눈 내리는 풍경을 감상하고 싶었다.

"어?"

풀하우스에 도착한 은수는 깜짝 놀랐다. 집에 무슨 일이 생겨서가 아니라 집 옆에 무슨 일이 생겼기 때문이었다. 웬 텐트 하나가 지붕 위에 소복소복 쌓이는 하얀 눈을 얹고 담장 옆에 자리하고 있었다.

멍하니 텐트를 바라보는데, 문이 걷히고 손이 하나 불쑥 나오더니 텐트 앞에 있는 스토브를 들고 사라졌다. 은수는 가만히 텐트에 비치는 검은 그림자를 바라보았다. 그림자의 사내는 스토브에서 뜨거운 차를 잔에 따르더니 이불 같은 것을 뒤집어쓰고 핸드폰처럼 생긴 것을 주워서 뭔가 신나게 눌러대기 시작했다. 설마 하는 생각에 은수는 텐트 가까이로 다가갔다.

"아, 진짜…… 무슨 게임이 끝이 없어! 대체 마지막이 몇 판인거야? 벌써 오십 판인데 끝 아니야? 이 게임 만든 작자가 누구야? 사디스트 같으니라구. 스트레스 풀려고 하는 게임 때문에 스트레스 받는다는 생각은 못했나?"

그는 뭐가 그렇게 불만이 많은지 손에 쥔 물건을 향해 한참을 구시렁거렸다. 한심한 생각이 들어서 은수는 텐트를 열고 안을 들여다보았다. 이불을 뒤집어쓰고 앉아 있던 남자가 깜짝 놀라서 고개를 들었다.

"민지훈 씨, 여기서 뭐 해요?"

"……노숙."

놀라서 눈을 껌벅거리며 그가 짧게 대답했다.

"왜 여기서 노숙하는데요?"

"집 앞에서 궁상떨면 집주인이 안에 들여보내주지 않을까 하고."

"지금…… 그 말, 마치 내가 전에 궁상을 떨었다는 말처럼 들리네요."

"사실이잖아."

그는 그것도 모르냐는 듯 피식 웃으며 말했다. 은수의 눈꼬리가 살짝 올라가는 것도 모르고 이 상황이 재미난 모양이었다.

"이거 불법이란 거 알아요? 이 땅이 당신 것도 아닌데 맘대로 이러면 안 되죠. 구청에 신고하기 전에 얼른 치우세요."

언젠가 진후가 은수에게 한 말이었다. 진후는 안 들린다는 듯 무시하며 뜨거운 홍차를 홀짝거렸다.

"오늘 밤에 영하 십삼도까지 내려간다는데, 얼어 죽어도 난 몰라요."

"정말이야?"

"뉴스 좀 보고 사세요."

은수는 놀라는 진후를 버려두고 풀하우스의 마당으로 들어섰다. 왠지 웃음이 나왔다.

"저기!"

다급하게 부르며 그가 담장을 넘어서 들어왔다. 귀가 달린 털모자에 벙어리장갑까지, 나이에 걸맞지 않은 귀여운 차림이라 하마터면 은수는 배를 잡고 마당을 데굴데굴 구르며 웃을 뻔했다.

"왜요?"

"집에 빈방 많잖아…… 하루만 재워줘."

"빈방 없어요."

"거짓말!"

장난삼아 한 말에 그가 발끈하며 열을 냈다. 그게 재밌어서 은수는 계속 그를 놀렸다. 그러자 뭔가를 잠바 안에서 꾸물꾸물 꺼내더니 거래를 하자는 듯 내밀었다.

"이게 뭐예요?"

"첫 상영회 초대권! 영화 보여달라고 했잖아. 내가 영화관까지 모셔갔다가 모셔올 테니까. 응? 어때?"

조금 이상했다. 그래도 주는 것이니 일단 받아 챙기고 대답을 기다리는 진후에게 물었다.

"나 지금 시사회 보고 오는 건데요……."

진후는 무슨 말이냐고 소리를 질렀다. 일준을 시켜서 티켓을 보내지 않았냐고 되묻자 길길이 날뛰기 시작했다.

"뭐야! 내가 보내지 말랬는데 보냈단 말이야? 뭐야! 왜 내 계획을 다 망치는 거야! 아아아! 짜증나!"

예상은 했지만 직접 티켓을 보내지 않았다는 말을 본인 입으로 확인받고 나니 은수는 기분이 그렇게 좋지가 않았다. 그래서 그냥 무시하고 안으로 들어가려 하자 그가 코트를 붙잡고 매달렸다.

"영화가 완성되면 보여주려고 했단 말이야. 시사회 반응을 보고 편집 수정을 할 수도 있어서…… 완성된 걸로 보여주려고 했는데…… 뭐야, 왜 완성도 안 된 걸 보러간 거야……."

그는 애써 준비한 멋진 재회 장면이 생각지도 못한 시나리오의 난입으로 망친 것을 억울해했다.

"이렇게 내가 직접 들고 오려고 했는데……."

투덜거리는 소리를 들으며 은수는 눈이 내리는 하늘을 올려보았다. 구름이 잔뜩 끼었는데도 하늘색이 참 고왔다.

"눈 오는 동안에만 들어와 있어요."

"뭐야, 치사하게……."

자기가 예전에 한 말은 기억도 못 하는 듯 그는 부은 볼을 하고는 은수보다 먼저 콕콕콕 현관 비밀번호를 눌러댔다.

"근데 말이야, 영화 어땠어?"

"추우니까 들어가서 말하죠."

"뭐야? 무슨 반응이 그렇게 시큰둥해?"

문을 열고 서서 그는 또 발끈했다. 뭔가 찬사의 말을 들어야 하는데 그러지 못해서 화난 얼굴이었다.

"내가 뭐라고 했어요? 추우니까 들어가서 말하자고 했지."

"그러니까 그 반응이 맘에 안 든다는 거야. 어땠어? 그러면 즉각 '좋았어요'라던가 '멋있었어요'라고 감상을 말해야지, '추우니까 집에 들어가요'라니…… 멋없어…… 무슨 여자가 그렇게 무감동해?"

진후는 자기 입으로 좋다느니, 멋있다느니 자화자찬을 하고 있었다. 그게 좀 얄미워서 은수는 시큰둥한 표정을 지으며 진후를 밀치고 안으로 들어갔다.

"안 들어와요? 오늘부터 폭설이 내릴지도 모른다고 했는데."

"폭설? 진짜?"

'폭설'이라는 말이 뭐가 그렇게 좋은지 그의 얼굴에 웃음꽃이 활짝 피었다.

“백 년 만의 폭설이라던가…… 오십 년 만이라던가? 아무튼 엄청 쏟아질 거래요.”

“그래? ‘백 년 동안 폭설’이라고?”

어깨와 모자에 쌓인 눈을 털며 그가 신이 나서 말했다.

“……누가 백 년 동안이라고 했어요?”

“내 귀엔 ‘백 년 동안 폭설’이 내릴 거라고 들렸는데?”

“고막이 얼었나 보네.”

“진짜야, ‘백 년 동안 폭설’이라고 들었어.”

그는 우기기 시작했다. 그가 우기면 못 들은 척 무시하고, 무시했다고 화내면 오히려 약을 올리면 된다. 은수는 코트를 벗고 찻물을 얹었다.

“아무튼 난 ‘백 년 동안 폭설’이라고 들었으니까, 백 년 동안 여기서 살 거야.”

그는 끝까지 우기며 머그잔 두개를 꺼내서 나란히 놓고 홍차와 커피를 꺼냈다. 그러고는 능숙하게 은수의 취향대로 커피와 설탕, 크림을 넣기 시작했다.

“다음에 찍을 영화 시나리오를 몇 편 받았는데, 좀 고민되는 게 있어. 마음에는 드는데…….”

“왜요?”

홍차가 적당히 우려나자 우유를 천천히 부으면서 진후는 은수의 옆모습을 슬쩍 바라보았다. 다시 잔으로 시선을 돌리는 그의 얼굴에 기분 좋은 미소가 비쳤다.

“전작이랑 분위기가 너무 다르거든. 사람들이 이번 영화를 보고 나에게 요구하는 이미지가 생겼을 텐데, 그게 다음 영화에서 확…… 다 깨질 테니까, 좀 신경이 쓰여. 시나리오 있는데 보여줄까?"

은수는 진후가 영화에 대해 설명해줄 때 기분이 좋았다. 직접 대놓고 부탁하지는 않지만 은근히 도움을 청하기에, 그럴 때마다 인정받는 기분이 들었다.

"그런 거 신경 쓰면 어떻게 다양한 캐릭터를 접해보겠어요? 겁내는 건 당신에게 어울리지 않아요."

은수가 그렇게 말하자 기대하던 대답이었는지 진후의 볼이 조금 붉어졌다.

"영화를 완성하면 말해주고 싶은 게 있었어……."

갑자기 그가 진지하게 말했다. 은수는 아무렇지 않은 듯 일부러 무표정한 얼굴로 옆에 서 있는 진후를 올려보았다.

"키스…… 해도 돼?"

"에?"

기껏 잡은 표정이 무너져버렸다. 얼굴을 찡그리며 무슨 소리냐고 되물으려 하자 그의 입술이 다가와 살짝 스치고는 멀어졌다.

"키스…… 말이야. 두근두근해."

"에에?"

그가 무슨 말을 하는지 정확한 뜻을 알 수가 없어서 은수는 또 이상한 소리를 내고 말았다.

"거짓말이었어. 키스해봤자 조금도 두근거리지 않는다고 한…… 그 말."

은수의 얼굴도 진후의 얼굴처럼 순식간에 새빨갛게 홍조로 물들었다. 복숭아 빛깔이 된 서로의 얼굴을 마주보다 두 사람은 갑자기 창피해져서 시선을 돌렸다.

"저기……."

헛기침을 하고 진후가 먼저 말을 꺼냈다.

"저기 말이야, 상드…… 조르주 상드……."

진후가 하고 싶은 말은 '당신의 쇼팽이 될 테니, 나의 상드가 되어주오' 식의 고백이었다. 그러나 그가 생각한 다소 유치한 고백의 말이 은수에게는 통하지 않았다.

"아아, 난 그 조르주 상드 싫어해요."

"에엣? 왜 싫어?"

말도 꺼내지 않은 고백을 은수가 단박에 거절한 것 같아서 진후는 억울해하며 소리를 질렀다.

"쇼팽이 병들어 죽어갈 때, 휙 버려버렸잖아요. 난 그런 못된 여자랑 비교되는 거 싫어요. 그렇게 차버리려면 병이 나은 뒤에 그래야죠."

"저기, 그런 뜻으로 말한 게 아닌데……."

어째서 이렇게 은수와는 낭만적인 장면이 연출되지 않는 것인지, 진후는 괴로웠다.

"나는요, 민지훈 씨."

허리에 손을 얹고 마치 잘못한 아이를 꾸짖듯 엄한 얼굴을 하고서는, 거기에 전혀 어울리지 않게 얼굴을 붉히며 은수는 당당하게 말했다.

"나는 내가 사랑하는 것은 끝까지 지켜요. 끝까지 지킬 거예요. 그게 풀하우스가 되었든, 당신이 되었든 말이에요."

진후는 뭔가 둔탁한 것으로 머리를 한 대 세게 맞은 듯, 멍한 얼굴로 은수를 바라보며 한참을 그렇게 서 있었다. 기껏 끓여놓은 찻잔 위에 몽글몽글 올라오던 하얀 수증기가 사라질 즈음 그가 입을 열었다.

"멋져…… 당신."

은수를 바라보는 그의 눈이 정말 감동한 듯 반짝거렸다.

"태권브이처럼 진짜 멋져. 감동했어."

"에엑?"

뭔가 이상한 대답을 들은 것 같아서 삐끗거리는 동안 그가 다가와 어깨를 두 손으로 꽈악 쥐고 말했다.

"배트맨보다 슈퍼맨보다 울트라맨보다 당신이 더 멋져!"

그는 은수를 넓은 가슴으로 끌어안고 등을 토닥토닥하며 자신이 얼마나 감동했는지 온몸으로 표현했다.

'뭐야, 그렇게 낭만을 찾아대더니 기껏 힘들게 한 고백에 대고 뭐라는 거야…….'

지금까지 보여준 로맨틱한 행동을 넘어서는 가장 로맨틱한 말로 대답을 해주리라 기대했다. 그러나 역시 사이코 아니랄까봐 온갖 만화의 영웅들을 찾아대면서 등을 토닥거리고만 있다.

'훗…….'

기대한 장면은 아니었지만 은수는 이것도 그럭저럭 괜찮은 시나리오라고 생각했다. 비록 귓가에 '살림은 내가 할게, 당신은 집안일 신경 쓰지 말고 지구를 지켜!'라는 이상한 말이 들려왔지만 은수는 그냥 웃으며 남자의 등을 부드럽게 끌어안았다.

풀하우스의 커다란 창 너머로 하얀 눈송이가 끊임없이 내리고 있었다. 장담할 수는 없지만 앞으로 적어도 100년 동안 그렇게 내릴 것 같았다.